打泉水去

桑格格 著

江苏凤凰文艺出版社

图书在版编目（CIP）数据

打泉水去 / 桑格格著. -- 南京 : 江苏凤凰文艺出版社, 2025. 8（2025.8重印）. -- ISBN 978-7-5594-9476-4

Ⅰ. I267

中国国家版本馆CIP数据核字第2025W14T51号

打泉水去

桑格格 著

出 版 人	张在健
责任编辑	姜业雨
特约编辑	何小竹
装帧设计	马海云
责任印制	杨 丹
出版发行	江苏凤凰文艺出版社
	南京市中央路165号，邮编：210009
网 址	http://www.jswenyi.com
印 刷	苏州市越洋印刷有限公司
开 本	880毫米×1230毫米 1/32
印 张	12
字 数	210千字
版 次	2025年8月第1版
印 次	2025年8月第2次印刷
书 号	ISBN 978-7-5594-9476-4
定 价	59.00元

（江苏凤凰文艺版图书凡印刷、装订错误，可向出版社调换，联系电话 025-83280257）

目录

打泉水去 / 001

邻居小柳 / 005

杨义飞 / 018

晶晶 / 034

画家 / 072

老白 / 094

在沙溪 / 195

去古城菜市场 / 210

看星星 / 215

小邱 / 220

爸爸桑国权 / 227

二舅 / 261

莽夫大哥 / 265

阿茫 / 282

老汀带我去巡山 / 323

看见诗人 / 331

在拉萨 / 348

去呼兰 / 364

打泉水去

我家背后有个大雄寺,大雄寺旁边有座柏树庙,柏树庙对面有一眼泉水,泉水叫作龙泉水。

很多人来打这个泉水,是免费的,有开着车来的,也有骑着电瓶车来的。我家近,只需要拖个小拖车来,走路六七分钟就到了。

为了打这个泉水,我专门买了个小拖车,买的质量好的那种,三百多元呢,轮子是特制的,可以上楼。我家没电梯。以前喝桶装水,一桶五升的农夫山泉,要八元,我每次一个人能打三桶。现在算来,小拖车的钱已经省出来了。想到这个就开心。一开心我就给龙泉水的小亭子里挂着的二维码打点钱,二十元到五十元不等。过年多给点。

最近打得尤其频繁,因为最近醒得早,晚上九点就睡了，早上六点准醒。醒那么早，就出门锻炼，锻炼内容之一就是去打泉水。

不需要打泉水的时候，就去大雄寺里转转，拜拜佛。我不是佛教徒，但拜拜这个活动可以锻炼腰腹和下肢，大雄宝殿门口有巨大的钢铁转经筒，转一圈是要点子力气的，转三圈，锻炼上肢力量。全身都锻炼到了。

我虽然不是佛教徒，但进寺庙是守人家规矩的，这和去人家家里做客要讲礼貌一个道理。而且大清早的大雄寺里一个人也没有（平日这里人也很少），看着干干净净、古色古香，心情就很好。看见寺里的尼师和志愿者，我都客客气气双手合十，戴了帽子时就脱帽行礼。

由于这个夏天热，热得我也剃了光头，所以寺里的人看见觉得我也信佛，对我可亲切了（但实在对不起，我就是怕热而已）。由于是光头，我出门一般戴个鸭舌帽，但早上来大雄寺我可以不戴，不戴也没人看着我奇怪，就放松得很。

进大雄寺的这条路两边都停满了车，目前不收费。真是慈航普度啊。我村所有没有地方停的车估计口口相传，大雄寺那边可以停车。大雄寺也不驱赶（可能也是没有精力），仅仅在寺门口立个牌子：此地只作短暂停留，请勿过夜。感恩！

瞧瞧，人家多客气，还感恩。我注意过，这两块地方确实每次都停不满，只有几辆车，不知道是脸皮厚的人的车还是人家寺里自己的车。

这条路除了两边的车，剩下的就是风景了，一边是山，一边是一溜庄稼蔬菜地，更远的是山和竹林。六点的早上走到这里，看着朦胧的天一点点亮起来，薄薄一层淡蓝色的雾霭挂在竹林和山峦间，眼睛都亮起来。似乎真正的醒来不是刚才在床上，而是在这时候。

一路走，路两边还有大牌子立着的佛号：南无大悲观世音菩萨、南无大行普贤菩萨……这条路没有更小的路牌，我和我的邻居有时候约着打水，说自己在哪里，我就说我在观世音那，她就说知道了，我在地藏王那。我就加快步伐，一分钟后就能看到她。

但普贤菩萨那有一棵小树枯死了，而且已经朽了，我就提醒朋友，注意哦，走的时候小心点。

今天我在观音菩萨那看见一只甲壳虫，好像被人踩了一脚，挣扎着要死了，我本来是怕虫子的，心里斗争了一会儿，还是用小木棍把它挑进林子里了，下意识地念了一句牌子上的佛号：南无大悲观世音菩萨。

寺门开得很早，我起再早，它永远都是开着的。走进去，大雄宝殿也永远是开着的，里面香气缭绕，烛光摇曳。一进去就看见金光闪闪的如来佛，十来米高，胖乎乎的脸庞一脸慈悲。如果刚才看见晨霭刚刚醒来，这会儿看见如来佛，就真的完全醒来了。他的表情让我心里明亮起来。有种慑服力，让我倒头就拜，拜三拜。拜完了，顺时针走，左边是普贤菩萨，也拜三拜，普贤骑大白象，那个大白象是双眼皮，特别可爱。后背是观音，拜三拜。

今天拜的时候，我特意对观音说了："有一只小甲壳虫在您那，可能要死了，您慈悲，看护它一下可以吗？"观世音说："好呀。"右边是地藏王菩萨，我也拜三拜，但拜到这里，已经有点记不清拜了几拜，就按感觉拜的，礼多人不怪，菩萨脾气好，更不怪了。

地藏王菩萨的交通工具是蓝色的"狮子"，也很可爱，没看清楚是不是双眼皮。但地藏王菩萨自己是。菩萨的交通工具永远有地方停，不用挤在外面。

拜完出来，拖着小拖车回家，经过小区大铁门，车子拖不动。我的办法是把三桶水一桶一桶拿出来，放过门去，再把空车子扛过去，又一桶一桶放回车上。如果一次拿不动的东西，分开就能拿得动了。

回到家，还是清晨，烧一壶刚打的泉水，泡壶茶，很香的。香得很远的。

邻居小柳

1

小柳就住我楼下。

她来敲我的门,说:"我好像又长高了!"我说:"什么!你还能长!你都一米七八了,你知道吗!"她严肃地点点头:"我吃了两个月钙片。你家有皮尺吗?帮我量量。"我转头去拿了皮尺,她已经靠墙站着了,紧紧贴着那墙:"来。"

我拿着皮尺发了愁:我只有一米五九点五。但是我脑子好用,立即拉了一张凳子来,一边让她踩着皮尺一头,一边爬上了凳子,嚓,拉开了皮尺。皮尺真长,长过了她的头顶,立刻又有问题了:需要一个横向平直的东西,顺着她脑袋的高度平着搭在那皮尺刻度上,要不然不准。我脑子好用啊,让小柳把胳膊举起来,自己拿着那皮尺。

我从凳子上跳下来,满屋找那合适的横向平直的东西,哎,一个长方形的牛皮纸包装盒可以!我抄起这个包装盒,又爬上了凳子,把皮尺从她手里接了过来,用盒子横着一比,我瞪大眼睛:"天!你有一米八了你知道吗!"说完,松了皮尺,皮尺嚓嚓嚓收拢了。

她从墙边走过来,松松肩膀:"嗨,我就说我又长高了,还真是。"回头看我还站在凳子上,说:"你下来吧。"我回过神,咕咚跳下来:气死我了。我也想长高。

身高不行,我打算在别的方面碾压她。我举起右手,看了看掌纹,叹口气说:"哎,我可能以后会成仙。"小柳满眼放光:"真的啊!你成仙的时候能不能带上我?"我忍住笑又叹口气:"你太高了,我估计背不动。"

小柳水瓶座,本来特别淡泊的人,居然也有一样看重的事情,那就是成仙。看她那么激动的样子,我也不好立刻就说,我是瞎说的,而是更煞有介事地说:"让我看看你的手掌吧。"她唰的一下,把细长的右手掌伸在了我的面前。我装模作样看了一会儿,严肃地说:"你不用靠我。你自己就能成仙。没准儿比我还早些呢。"

她满意地嘻嘻嘻笑了一分多钟,好容易收住了笑容:"放心,那我一定带上你。"我说了声谢谢,又问:"带上老三吗?"她认真地点点头:"必须的。"老三是我的猫。

2

二号快递柜门口的那株樱桃树结果了。

我绕着树查看了一圈：大部分都是青黄相间的小果子，红的都在高处——下面的被人摘了。我跳起来去摘，连带着抓下来两片叶子，抓下来一颗还算红的。只能是抓，因为跳起来下手哪能有什么准确度呢。

路过的人都看我一眼，准确地说，是白我一眼，觉得没有公德心之类的吧。但是也有好奇的。两个大姐抱着手臂远远地看，眼睁睁看着我把两颗樱桃塞进了嘴里。挺甜的，我发亮的眼神说明了这一点。那两个大姐的眼神开始松动了。她们讪讪地蹭到树下，开始抬头看，看哪一颗更红一点，也要摘来尝尝。

小柳取了快递路过，问我："你干吗呢？"我指指樱桃树："摘樱桃呢。"她说："这能吃吗？"我点点头："能，但能吃的都在上面，够不着。"她把快递放地上："让开，我来。"她身高一米八，才量过。

我指给她看："这颗，还有那两颗。"旁边两个大姐也看见这几颗好，她们也够不着，只摘了低一点的黄樱桃，被酸得直眯眼。小柳把手抬起来，轻轻地把那三颗红樱桃摘下来了。她递给我："给你。"我拿起一颗塞给她："你吃。"她犹豫了一下，吃了，一吃眼睛就亮了：还真能吃。还剩两颗，我递给那两个大姐："你们吃。"两个大姐眉开眼笑："哎哟，那就谢谢啊！"她们一人塞了一颗在嘴里，立刻也说，果然挺好吃的。

两个大姐心满意足地走了。小柳却来劲了，她绕着树逡巡了一圈，现在果子更高了，光是伸手也够不着了。她绕着树又转了一圈，把我拉过去："你站在这儿，站好了。"我照做了。小柳后退了几步，助跑，然后嘿的一声起跳，一个高高的樱桃枝被她扯在手里了，枝条垂着，两个红红的果子诱人地晃动着。我直蹦："摘摘摘。"小柳嘿嘿一笑："你把头抬起来，把嘴张开。"我抬起了头，张大了嘴，漫天都是樱桃叶在阳光下乱晃，晃眼。

小柳摇着那枝条，摇啊摇啊，啪嗒——我嘴里掉进了一颗樱桃！脸上也被樱桃砸着了！我含着樱桃哈哈大笑。小柳放开枝条，枝条咻的一声立刻弹了回去。她拍拍手："怎么样，不赖吧？"我笑得上气不接下气，含着樱桃，口水要流出来了，混混沌沌地说："噗、噗、噗赖！"

3

上午，小柳发来信息：天气好。我立刻回：在准备了。这七个字加两个句号，扩展开来的意思就是：太阳这么好，我们去后山晒太阳吧。我说好，我在烧开水准备茶具和茶。

因为天气好，后山的樱花居然又开了。路过的时候，小柳问我这个啥花，我说："樱花啊，你不认识啦，春天我们在这里照相的。"她看了一下，惊讶极了："还真是！但是它现在开什么花啊！"我白了她一眼："傻呗，太阳一出以为春天又来了。"她把枝头的花牵到眼皮下面看了看，哈哈大笑。这个大傻子。

太阳把亭子下的木板已经晒得滚烫了。我们在那斜着的阳光里并排躺下了。她用呢帽盖着脸，我用草帽盖着脸。我问她："擦防晒霜了吗？"她说："用擦吗？不都盖着了嘛。"我说紫外线无处不在，下次记得。她哦了一声："怪不得你总那么白，我却越来越黑。"我嗯了一声，已经让太阳的热度蒸得有些迷糊了。草帽有极其细小的孔洞，眯着眼睛看，都是五彩的小光斑，像是待在万花筒里一样。一眨眼睛，光斑也在闪动。小柳躺在身边，静静的，一点声响也没有。

背烤暖和了，我坐起来盘腿打坐。小柳也学着我打坐，她腿盘不了，问我可以不可以就散着。我说那是休息。打坐还是要一条腿盘在另一条上面。她懵懂地问："为啥？"我说："这样才会成仙。"她哦了一声，还要问什么，我已经闭眼，两只手以智慧手印的姿势搁在双膝盖上。其实过了一会儿，我悄悄睁开眼睛看小柳，她一丝不苟地学着我的样子，也已经闭上了眼睛。我无声地张嘴笑了笑，也闭上了眼睛。

我闭上眼睛依然可以感受到小柳在旁边散发的气息。她在静静地听自然的声音，而且仅仅这件事就让她很满足。在虚空中，一团红红的光笼罩着天地。车流声从很远的地方传来，隆隆的；近处是鸟叫和虫鸣，前后都有。还有风声，树叶落在脚边。

睁开眼睛，我搓热双手按摩脸。小柳也从虚空中立即醒来，学着我那么做。我说："来吧，开始喝茶。"她哦一声，说："好呀。"我说："今天你泡。"她又哦一声："好呀。"喝了一口她泡的茶，我点头说真不错。她开开心心地说："那我去爬会儿树。"我说好。

4

早上，做了一杯咖啡，一喝，可以。马上倒了一杯端下楼去。小柳把门开了一条缝儿，头发跟闪电打过一样炸着，穿着个背心，一股子被窝的味儿。她眼睛还没咋睁开呢，一看见咖啡，立即精神了："哎哟！真棒呀！"我得意地递给她，转身上了楼。一会儿，她发来微信：咖啡真不错。我回：那是，要不然端给你？

有人敲门，一听就是小柳的敲法。开门了，果然是她，带着一本书匆匆进来，说："有一页书想给你看看。你坐下。"我在餐桌边上坐好。她打开书，说："就是这一页，你看看，很短。"我低头看，看完了点头说是不错，写得好。她开心了，把书收起来："好，那我下去了。"

我说我不想吃饭，天真热。打算饿一顿。小柳说行。

终于下雨了,温度比昨天降低了十度。午睡后,我叫小柳:"散个步吧。"她说:"走。"

我们置身于凉爽得不可思议的空气中,到处看。很久没有在这个时间到室外了。她突然说:"栾树开花了。"我说怎么可能,这才几月……等我定睛一看,还真是栾树,黄色米粒般的花簇布满了整个树冠。我默默想,真是快啊,栾树都开花了。这不是说,秋天真正就来了吗?

换季真是个奇怪的事情,怎么准备,都觉得还能有几天好拖的。夏天再热,真要结束了,也是可惜和不舍得。我没说话,小柳也不说话。别人不说话,但是心里是有千言万语的(我就是那种心里有千言万语的人)。而小柳不说话,心里就是没有话的,干干净净,安安静静。

我默默想着我心里的千言万语。她一边走一边把长长的胳膊在空中划着,打咏春拳,比画了两下,自言自语道:"唉,忘记了……"

马褂木叶子还那么绿。她说:"它不结果吗?"我点点头:"不结。玉兰结果,一嘟噜一嘟噜的。"她说:"玉兰的果子有点丑。"我说:"是不是像粑粑?"她哈哈笑:"对。"

走着走着,她的脚步不由自主就加快了。我在后面喊:"慢点!"她一回头,看我气喘吁吁在后面一阵小跑。我追上来,念叨:"你别忘了,我只有一米六,你有一米八!"她不好意思地笑了:"忘了。"

凌霄花开了,金红色,一朵又一朵完完整整的花朵,顺着墙绽开。她看了一会儿："这不是南瓜花吗？真像。"我说："差别也太大了好吗？"我问摘不摘？她摇摇头："不摘。"她说不摘，我也不想摘了。

看见紫薇花也开了，她一时想不起叫什么，问我，我也到了嘴边说不出来。低头想，想了好一会儿，突然憋了出来："紫薇。"她哦了一声："紫薇。"我又问她："摘不摘？"她摇头："不，姿态不好。还不如刚才那个凌霄花呢。"她这么一说，我就点头："那倒是的。走吧。"

走过竹林，我又念了一遍古诗里对竹的雅称：团栾。我喃喃地说："你看，一团一团翠绿的竹叶，多么形象啊，团栾。"她说："你上次走到这里就是这么说的，和这次说的一样。"

其实秋天的到来对我而言不是这次散步才感到的。前几天就感到了，那天我独自下楼去取快递。为什么我独自去不叫小柳呢？因为我快递太多了，不好意思让她看见那么多。她平日很节俭，对于大手大脚是很有看法的。

那天估计是大降温的前奏，风已经变凉了，空气也爽洁了不少。我一走出来，觉得那么舒服，居然没有直接走去快递箱，而是绕着小区转了一圈。哎呀，舒服呀。天透蓝透蓝，云非常白，哪哪都显得比平日宽阔似的，黧黑的柏油马路在爽朗朗的天气中都显得在邀请人似的：走走吧，多好的天儿啊。

我就走着，四处看着，在这小区住了三四年了，每棵树都熟悉了，看了它们三四年四季的变化。现在它们又处在一次变化中，不少树叶边缘黄了一圈，而樱花树的叶子掉得就更多了。一阵风要吹来了，我听见它在林子里盘旋，果然，它掠过林子，把一阵落雨般的黄叶刮在柏油马路上了。风也刮着我了。

5

出远门。进了古村。小柳站在老乡家的柴火堆面前，站了好一会儿，说："哎呀，垒得这个好，嘎嘎新的木头。真想要！又不知带回去干啥！"

小柳是新疆人，见南方啥都新鲜。只要带笋、豆腐皮的菜都被她奉为高级食物。中午，吃个豆皮汤，我喝一口就放下了，觉得不大干净。小柳，喝一头汗。我看一眼晶晶，晶晶也没喝，我悄悄对晶晶说："快去让那个大傻子别喝了。"

晶晶也是邻居，住隔壁小区，陶艺家，心灵手巧。

我对于植物的了解简直让小柳崇拜。目前几乎没有遇到她问我，我答不出来的。走在村里，我指着地里一排植物，我觉得这个还算有点难度，考她："知道这是什么吗？"她当然摇摇头。我漫不经心地说："这是姜。"她啊一声，瞪着眼睛："不可能，你骗我！"我哼一声，双手插兜走了。她问后面的当地大妈："这是什么？"人家热情地回答："这是姜。"

小柳平日可不傻。她身高一米八，又瘦又高，会法语，知道各个国家的电子乐，会打篮球。最酷的是，她不怕孤独。她问我能在农村住多久，我说条件好点，有网，多久都行。她哦一声："你就不向往繁华都市？"我摇摇头："我内心就很繁华。"她哈哈大笑，给我递了一支烟。我知道她这么开心，不是因为得到了答案，而是找到了一个和她相似的人。

在后山的时候，就能显出她是个新疆农村长大的人了。猴子一样，长手长脚，几步上树。下面的杈她还嫌矮。她往上攀登着，一直到觉得高度满意了，才停下来，睡在那树杈中间。她摇晃着腿，叫我："格格，你上来吧，我告诉你，你只要上来了，看见了这叶子里的天，你就不会满意再坐在地上了。"

我抬头看看她，太高了，都看不清。她晃动的双腿，让我觉得她像个活了的木偶娃娃。

只要一出门，她在车上放的第一首歌，一定是我爱听的那首好妹妹乐队的《青城山下白素贞》。一放，我就会拍手，我一拍手，她就露出开心的微笑。

6

半晌午，小柳问我："去不去后山晒太阳？"她说她买的篮球寄到了。我立刻说去，因为早就知道她的篮球是粉色的，她前几天告诉我买了个粉色的篮球。我哈哈大笑，也不知道为什么觉得好笑，她说正经的要三千多呢！我问她买的多少钱的，她说九十。我说："好好好，便宜这么多，你可真行！"

她一出门，背着个黑色尼龙包！我就大大惊奇："九十人家也给个包啊！"她说："可不！可以背着外面玩儿去。"我急不可待拉开一看，哈哈大笑！果真是个粉球！白粉白粉的，很可爱啊！一闻，有点橡胶味。她不让我闻，说有点味道怕什么，拿出去拍拍就好了！我们就开开心心带着粉球去了后山。

她在篮球场，一下子变了个人似的，拍起球来，像是电视上那些人一样。不知道身体怎么动起来的。她说她小时候长那么高，就是因为打篮球打的。我一听就急了，我要是也打，是不是也能高些！她说："那可不！"但是现在打也长不高了。她没这样说，怕打击我的积极性。她说："你来，你来拍拍！"我捧着大粉球，又哈哈哈笑起来，用双手拍着，也能拍得一跳老高，我说："这和正经的球一样大吗？"她说："大是一样大的。"

她说："你不要双手拍，要单手，也不要用掌心拍，要用……"我立刻抢着回答："用爪子空着拍。"她说："对对对。你拍拍，往篮筐跑，然后往上一扔，看见篮板上那个黑方块了吗？往那里扔就能扔进去！"我一扔，居然真的扔进去了！我高兴得哈哈大笑！双手叉腰，宣布自己是个篮球高手。

　　小柳一脸不好意思，朝四周看看。她那意思我知道，是幸好没人。她让我继续拍，继续玩儿。我又扔了几次，没那么好运气了，都没有扔进去。我拍拍手，跑了。我去看桂花去了。篮球场周围长了一圈桂花树，香得人咳嗽。只有她一个人在打球，她跳起来真灵活啊。我远远看着她，觉得她怪可怜的，一个人。我问她："篮球就这么玩儿的吗，一个人扔来扔去？"她说："是啊，就这样玩儿。"

　　我说："我回头去给你找个伙伴玩篮球，我是不行的，不要指望我。"她说："嗨，这就够好玩的了。"

7

　　太阳好，爬山。桃花亭的木板晒得滚烫，我和小柳二话不说，躺下去，两个人哇一声，背上烫得舒服，扯撑了熨烫。一会儿翻面，又是一声哇，肚子烫得咕咕叫。汗起一层。我们躺着，四周一个人没有，只有鸟叫，虫子叫。小柳说，好舒服哟。我说："你挪过来一点，太阳更猛些。"

　　晒一会儿，小柳爬起来去草地上打拳，我坐起来盘腿闭目，感觉太阳在皮肤上滋滋冒烟。闭上眼睛，眼前红彤彤一片，听四周的声音更清晰了，一片树叶飘下来，接触到草，发出很轻微的噌的一声。

　　睁开眼睛，小柳不知道跑哪里去了。我渴了，泡茶，第一泡泡好了,叫她:"小柳!小柳!"没有人回应。四周只有鸟叫。我就只有先喝了,哎哟,好喝,含着一块玫瑰香的纯巧克力似的,在上颚化开。我眯着眼睛,那滋味从嘴里化到四周去了,然后与四周的山林化成一片了,连到下面的桂花林子。我又叫:"小柳!小柳!"还是没有人。我只能一个人含着这味道,看着这片山林。

不觉得阳光太烫了,但是摸摸后脖子,烫手。又是一层汗。还想喝茶,但是小柳那一杯不动,要等她自己喝。泡第二泡,一点点啜,又烫又香,脑子里又清晰又迷糊。有虫子来,嗡嗡嗡一阵,落在茶巾上。

小柳回来了,原来她去了山顶,又跑下来。她问我:"我走了多久?有二十分钟吗?"我傻乎乎地望着她:"不知道。"她看见有茶,一口喝干,哇一声,说:"好茶,是不是很贵?"我说:"不是,只是茶片,平日在家里泡了你都不喝的。"她喜气洋洋:"咋今天这么好喝!"我眯缝着眼睛:"那是因为你心情好。还有,你渴了。"她哦一声,又喝一杯,连说好喝。我把茶都倒给她:"尽你喝个够。"

她喝了,又倒在木地板上,闭上眼睛,说:"我有点成仙的感觉了。"我也躺下了,半天后说了一句:"我也是。"

杨义飞

杨义飞说,他去看卡塞尔展,有一个作品给他留下了深刻的印象。这个作品,是一张贴在墙上的告示,告诉大家:进门的时候,你会感觉到一阵风,那阵风就是这个作品。只有一部分人,看到这个提示,会再次走到门口去,仔细感受,还真有这阵风。我点点头:"我也会去。"

1

杨义飞最早是我先生九色鹿的学生。我先生刚研究生毕业分配到美术学院成为一名年轻教师时,杨义飞就是他教的头几批学生中的一个。那天,我和杨义飞算了一下,我们认识了多少年,当时算清楚了,现在又忘记了,我自己又算不出来。他正在和九色鹿忙工作，不好打扰。

九色鹿以博学深奥得到学生们的喜欢，以下我们称呼他：九大师。

杨义飞一开始叫我师母，颇为尊敬，后来发现我是个什么样的人了，远远看见我就说："哟，那不是格格吗，过来过来，跳个舞。"

我会跳。

他让人觉得很放松，还不是一般的放松，而是有一种童年感的放松。和小柳在一起也是这样的感觉，和才让在一起也是这样的感觉……仔细想想，第三个人就是杨义飞。

他最近从广州来杭州帮九大师工作，我就觉得有个伙伴了。我常常去他们的书房转一圈：你们在干啥，这是啥，那是啥？

最终我实话实说：你们很久没理我了！他们俩盯着屏幕认真工作，依然没人理我。我讪讪地走了。然后在茶室里喊："泡茶了哟。"

茶室里有一个懒人沙发，我们都很爱。我刚躺上去，杨义飞站在旁边，说："我打算躺的！"但是我姿势都摆好了，非常舒服，一点都不想挪窝，于是对杨义飞说："你坐椅子吧！"

杨义飞坐下来，喝了口茶："苦了。"我头都不回："兑点儿开水。"

吃饭的时候，我喜欢点多一些菜。这一回又点多了，九大师就一直唠叨,说到了第二天。我实在忍不住了:"就多点一个排骨!你说了五遍!"杨义飞嘿嘿一笑:"不止。"

有个伙伴帮忙说话真好。

有一天,去茗禅老师那里喝咖啡,飞虹也在。飞虹是个最爱谈论艺术的人。我也爱艺术,但是我说不清楚,一着急就干瞪眼。这个时候,杨义飞就不紧不慢和飞虹谈起了"当代艺术",把这门艺术的起源、发展、国内外的一切现状说了个清清楚楚。

回家的路上,我崇拜地看着杨义飞:"你还很厉害嘛。"他把近视眼镜往上推了推:"格格,我是美院实验艺术系的副教授。"

2

杨教授呢,这一次带着一些人生困惑,也遭遇了一些人生变故。简单说来就是:有一段短暂婚史,无孩,肤白(其实不太白),显年轻。

我作为师母,觉得有必要和他谈谈。他说:"格格,我怎么觉得什么都不太要紧呢?干点啥才有劲儿呢?"我启发了他半天,如何拥有远大理想,如何成为有志青年,他都摇摇头:"没劲儿。"我口水都说干了,他还是一脸迷茫的样子。最后,他眼睛一亮:"我知道了!我就装得什么都带劲儿不就行了吗!"我趴在桌子上,伸出一只胳膊,在半空中竖起了大拇指。

九大师教给他的活儿，他都干得很快。干完了，就过来和我泡茶玩儿。我煞有介事地把每一样茶具介绍一遍，茶也都介绍一遍，他很配合："哇，格格好厉害啊，格格这几年会好多东西啊。"我得意地晃着脑袋："可不。你学着点，来，拜我为师，我教你泡茶。"他说这个还要教啊，不就是把水倒进去，泡会儿，倒出来嘛！我说你来！你来试试看！他说那有什么，然后就泡。我一喝，像是沙漠里的旱獭一样站了起来：太好喝了！他把那泡茶泡了二十多泡吧，一直持久圆润、甜蜜，最后笑着说："呵呵，格格，你这么多年就在忙这个啊。"

这之后，他们工作快要结束了，杨义飞都会提前喊："格格，去，把水烧上，我一会儿来泡茶。"我就嗯一声烧水去了。

我只有去弹琴。心想，我还有厉害的呢。心里着急吧，总错音。错到九大师拨冗从书房来看我："你今天是学新曲子了吗？"我实言相告："走调了。"一会儿，杨义飞来转了一圈，他捧着水杯在我背后看了一会儿，说："你这个居然还有谱子，不是乱弹的啊。"

我也就不弹琴了。

3

在淘宝看中了一件毛衣，收藏了有一段时间，拿不准好看不好看。问九大师，九大师拂了一下他的胡须（如果他有的话），沉吟了一下，说："来，我给你看一段柯布西耶的话，你参透了这段话，就知道这件毛衣该买不该买了。"我默默看了一遍这段话，更不明白自己该买不该买了。只有去请教杨教授："这件毛衣如何？"他看了一眼："丑啊。"

我就明白了，立刻删除了这件毛衣，省了一小笔钱。

杨义飞审美可以的，也努力想让自己看上去像个艺术家，以至于这次戴了一顶草编礼帽来。我说："可以啊，你现在果然很有艺术家范儿。"他很高兴，中午去食堂也戴着，还问我如何。我说："好是好，就是显胖。"他沉默了一会儿，把帽子摘下来，说："不怪帽子，是我真的胖了。"他问我胖了是不是很像那谁谁，我看了他一眼，没有说像还是不像，只是笑得捂住肚子蹲在地上。他说："那就是像呗。"

再也没看见他戴那顶帽子。

因为他的泡茶天赋把我镇住了，我就送了一把紫砂壶给他。这是我自己的约定：如果遇到一个泡茶厉害的人，会以一件心爱茶具相赠。送了他之后，因为他还没走，还放在茶桌上继续用。今天泡茶的时候，我琢磨着用哪把壶。他嘿嘿一笑："就用我那把吧！"我拿起那把壶摩挲良久："你不说，我都忘记这把已经送你了。"他说："我记得。"

一般人觉得茶杯不就是个造型吗，或者一样造型的杯子也应该是一个味。我悄悄告诉杨义飞：不一样。他也不信。

我买的一批杯子到货了,杨义飞也要几只。一排杯子倒上水,让他喝。我说:"你喝出来就拿走。"他挨个喝了一遍,把好的那几只准确地挑了出来,颇为惊讶:"还真不一样。"

我一看,剩下的杯子就全是鸡肋了。我大气地挥挥手:"拿走。"他嘿嘿一笑:"不用,我这样的喝一般的就可以了。"我推给他:"你就这几只杯子,要好的。"一时间,气氛温馨而充满古意。

喝完茶,我们一家三口(我、九大师、杨义飞)出门散步。桂花开了,那是桂花开放的第一天,香味新鲜热烈。杨义飞闻着桂花,说:"这人生还是有点意义的吧。"我问他是什么?他说是桂花。

楼下的石榴也挂果了,我总是看着,不敢去摘,派杨义飞去。杨义飞乐呵呵就去摘了,站在树下:"格格你要哪一个?"我说:"摘开口的!小声点,人家听见了。"他不慌不忙,绕着树看了一圈,摘了半衣襟,笑呵呵兜着出来。我开心极了。

石榴不甜,我尝了一口就放下了。他却坐在桌子边上,认认真真全吃了,他吃水果的样子极其投入,达到了忘我的地步,居然有种热气腾腾的感觉。我问:"好吃吗?"他说一般。我说:"一般还吃这么香?"他呵呵一笑:"我吃水果没够。"

4

昨天我们一家三口去了云溪竹径，昨天的一家三口是：我、晶晶、杨义飞。每一次的一家三口都略有调整。

杨义飞开车，我坐副驾。我虽然不会指路，但是会骂人。遇到不规矩开车的，我先主驾之忧而忧——杨义飞还没有开口骂人，我就怒不可遏："会不会开车啊！有没有素质啊！驾校毕业了吗！"我一骂，开车的人就立刻心情舒畅，笑容满面，说："算了算了，不要一般见识。"我见好就收，留着能量下一次再骂。有时候我走神了，杨义飞都亲自骂了，我才反应过来，就觉得自己失职了，立即热火朝天地加入："刚才那个人怎么回事！会不会开车啊！简直了！这样的人怎么能上路！"杨义飞就呵呵一笑，云淡风轻地摆摆手："唉，算了吧。呵呵呵呵。"

进了云溪竹径，我们从烦躁和喧闹中立刻安静下来。这里人不多，大片的竹林和千年枫香树把天空都填满了。我们避开主道，走僻静的竹林间的木栈道。我回头得意地对杨义飞说："这里符合你的要求吗？"出门前他说了自己对环境有要求，但具体是什么也不知道。

他笑得合不上嘴："太符合了。"杨义飞这个人平日也没什么不开心的，也不焦虑，看上去体健貌端、心态平和，但是一到了这样茂林修竹处，才知道其实他是可以更开心的。他开心起来，脸上的青春痘都更红艳一些，眉宇间一股喜气,好像刚刚听了一个笑话,憋着不笑。

我时不时写两笔他,还发在微博上,不少人围观。他紧急把荒废了三年的微博密码找了回来,亲自赶来观看。观看之后,他发表意见:"呵呵呵,格格,怎么有人说你把我写得太好了呢,我觉得你不就是实话实说吗?"我点点头。他又笑着说:"怎么没人来找我呢,他们不是想看我吗?"

杨教授这几天心情可真好啊,简直可以说是意气风发。我教他一些茶席礼仪,说如果有新客人来,茶哪怕才泡一泡,也要换新茶,这是对别人的尊敬。他呵呵呵笑,停不下来:"这怎么能行呢,茶才泡了一泡,让客人出去。"

在竹林间,我们把茶具铺开。杨义飞说:"唉,你能不能把那块包杯子的布铺上?"我说:"为啥?"他说好看。我铺上了,他说:"翻一面。"我说:"为啥?"他说:"那一面更好看。"我瞪了他一眼,把布翻了一面。

5

在车上,我热心打碟,给杨教授听了很多我热爱的歌曲,然后等着他的评价。他的评价是:"你要找齐这些歌还挺不容易的哈。"这些歌曲是:刘鸿的《站台》、迪里拜尔的《燕子》、马玉涛的《马儿啊你慢些走》、万晓利的《这一切没有想象的那么糟》、王向荣的《赶牲灵》、赵牧阳的《黄河谣》、朱逢博的《北风吹》、好妹妹乐队的《青城山下白素贞》、张继青的《离魂》。

他唯一拒绝的是古尔德弹的巴赫。他说:"路况本来就复杂,能不能整个简单的来听?"

我问:"你有喜欢的音乐吗?"他说:"没有吧。"我又问:"那你有喜欢的作家吗?"他也说没有。我再问:"你有喜欢的吃的吗?"他说:"以前有,现在也觉得一般了。"最后一个问题是:"那你有觉得长得漂亮的女孩吗?"他回答:"有啊,但是和我有什么关系呢?"

杨义飞教授回答这些问题的时候,放松又心平气和,不时发出笑声,说:"我这样是不是有问题啊?"我说:"不,你没问题,是这个世界太乏味了,杨教授。"

他就呵呵咯咯说:"别逗我,我觉得我有问题……哎哟!这个人变道又不打灯!"我跳起来:"哪里?哪个?我来骂!"杨教授摆摆手:"没事没事,习惯就好了。嗯,你觉得我有问题吗?"

我换了个话题:"你相信前世吗?"

"信吧。"

"啊!为什么信?"

"我不能信吗?"

"你可以信,但是为什么要信?"

"……有时候去一个地方,虽然没去过却觉得怪熟悉的,这能行吗?"

"能行。"

杨教授侧目看了我一眼:"还有问题吗?要不你再放一首歌吧。"

我换了一首唐代古乐,问他:"这个音乐如何,够唐代吗?"杨义飞听了一会儿,严肃地回答:"我没去过唐代。"

回家后,杨义飞表示要补补文学,很认真地在我那一堆文学书里翻找。最后他选了一本巴西女作家克拉丽丝·李斯佩克朵的《星辰时刻》出来。我正在吃牛肉干,激动得差点噎住了:"啊!你果然眼光过人!你怎么把这本找出来的?太赞了!"他推了推眼镜:"格格,就这一本最薄。"

然后他问:"你吃什么呢?给我吃点。啊牛肉干,太好了,我最爱吃了……"书放回了原处。

现在每一次出行,杨义飞已经习惯带着茶出门了。我让他去茶仓自己挑,他说我哪里认识啊。我说茶罐上贴了名字。他说哦,在里面挑了半天,拿一罐出来:喝这个"不知道"吧。

那罐茶的名字是:不知春。

6

昨天去径山寺,寺庙还在修,又下过几天雨,我和杨义飞都踩了一脚泥。今天看他,还穿着昨天那一双鞋,问他:"你刷鞋了吗?"他淡淡地说:"刷它干吗,泥干了,走走就掉了嘛。"还真是,他那双鞋本来也是灰色的,不怎么看得出来。

　　杨义飞在径山寺问我:"格格,你在这里感觉到茶了吗?"我回头瞄了他一眼,此时正在重峦叠嶂的高处,风大,我缩肩双手插兜,朝远处昂昂头:"看见那些山了吗?这就是茶。"杨义飞哦了一声。我又指指近处的竹林:"这也是茶。"杨义飞又哦了一声:"格格,你是说万物都是茶吗?"我哈哈大笑:"要不我给你取个法号吧,杨教授。"他眼睛一亮:"啥法号?"我双手合十:"幼稚大师。"

　　这不是我说的,这是杨义飞的学生说的。据说他学生很认真地对他说:"杨老师啊,我觉得你没啥社会经验,这样混社会是不行的,有点幼稚。"杨义飞有点生气。

　　他最气的是,他的老师九大师说:"杨义飞,你怎么还在想我十年前想的事情呢?你怎么还待在广州呢?不改变一下生活。"杨义飞画图,一条直线画不直,被九大师唠叨了好几天,很严肃地批评了又批评。大有一线不直何以直天下的问责深度。

　　我安慰他,你别放在心上,你看我多点一个排骨,他不也唠叨了我好几天吗?杨义飞闷闷地不说话,沉吟了半天,说:"不,格格,我觉得老师说得对。"

7

　　到了富春江,要坐轮渡去严子陵钓台,大渡船刚走。

要等将近一个小时。我啊了一声,如丧考妣。杨义飞放松地往不锈钢椅子上一坐:"那怕什么,等会儿就等会儿呗。""唉,格格,你昨晚是不是又写我了?我正好看看,有人夸我了吗?我正好批阅一下。""啊,格格,有好几个人要加我,要通过吗?!""啊,这样好吗?你怎么贴我照片了呢?这样不好吧!呵呵呵!"

我哼哼两声:"你慢慢看,我去上个厕所。"在厕所里,手机微信噔噔噔响了好几下,我掏出来一看,杨义飞连发了好几张自己的照片。他自己觉得很满意的几张。

我插着兜从厕所出来,慢悠悠地对杨教授说:"教授,你莫着急嘛。"他脸红了,呵呵笑起来:"不是,我就是给照片调了下颜色,你看可以吗?"我面对富春江,看看表,说:"还是不发了吧。"然后陷入了沉思。他说:"你想什么呢?"我说:"我在想一只猪。"

上一次来富春江是好几年前了。我在路上遇见了一个农民逮了一只小野猪,我当时打算跟那农民买下后放了。价格都谈好了,却被当时的朋友推着走了。

这个我没有讲给杨教授听,毕竟没有救下来。但是他听说我在想一只猪,也陷入了沉思。

这里实在是一个太冷清的景点,等了半天也没有人来,调度船的工作人员看我们等得实在有点可怜,招招手:"你们去坐快艇吧,不多加钱了。"杨教授坐在快艇上,高兴得满脸通红:"啊,格格,我们怎么拍照才能拍出这船上没人呢?"

从快艇下来,偌大的景区几乎没有一个人。这里还真是一个孤岛一样的存在,没有船来,就没有人至。怪不得东汉隐士严子陵要选这里终老。天有些阴,雾气蒙蒙,石阶都长着青苔,一路碑林蜿蜒往上。碑上的诗句也不都好,但挑挑,也有动人的。

杨义飞好像对这些不感兴趣,背着书包晃晃悠悠(里面背着泡茶的水,挺重的)就走前面去了。我把他揪过来:"你看,这句'七里桐江春水碧,画眉啼断竹林烟'好不好啊?"他哦了一声:"挺好的。"然后我又让他看另一首:"平生久要刘文叔,不肯为渠作三公。能令汉家重九鼎,桐江波上一丝风。"他看了看,推了推眼镜:"这个又怎么了,格格?"我说:"这是严子陵不肯做光武帝的官,要来这桐江和自然做伴。了不起啊!"我叹口气,又说,"这个'不肯为渠作三公'的'渠',是不是广东口音啊?不说'他',说'渠'。"他点点头:"这还真是!"

游览寺庙,我大多都要磕几个头的。他问:"你是佛教徒啊?"我说:"不是,就是强身健体活血散瘀。你也磕几个吧!"他说:"不,我身体挺好的。"但是在严子陵的祠堂里,我还是点燃了三炷香,递给他:"去,你还是给这个人上个香。"他就插上了,说:"然后呢。上香干吗?"我转身走了。

景点有卖豆腐干的,闻着我流口水了,问他:"你吃豆腐干吗？"他摇摇头："不吃。"我愣了一下，拉住他："那我要吃。"他还是摇摇头："你也不能吃。"我更想吃了，挣扎着要过去，他拽着我："哎呀！那个豆腐干很脏的！九老师在这里也不会让你吃的！"我只好哭丧着脸放弃了。他乐呵呵地理了理被我拉皱的衣服："真的，很脏的。"

但是上次吃牛肉干，他可不嫌脏：吃到最后才发现有一块牛肉干长毛了，我立即就要扔掉，杨义飞拦住："啊！干吗扔掉，这是风干的，不怕的！把毛擦掉，我吃！"我再三要扔掉，他都不让，我只好全给他。最后他还把牛肉干在微波炉里转了一圈，说："格格，我给你消过毒了。"

那天，我家弥漫着一股经久不散的酸牛肉干气息。

这么说起来，杨教授不是没有在意的事情的。他除了对牛肉干用情颇深，听说我家附近有一家饭馆卤猪大肠特别好吃，格外兴奋。但是那家的猪大肠不是去就能吃到的，赶到饭馆的时候，果然最后一份正要从厨房往外端。

我在厨房求老板娘："老板娘，你就行行好吧！你看这个小伙子从广州专门来吃你家的猪大肠的，他明天就要走了……"杨义飞站在一边，特别配合，露出了伤感和渴望。

老板娘看着他的眼神，心软下来："唉，但这一份还是不能给你们。这样吧，我悄悄剪一块你吃吃如何？"杨义飞乐得鼻涕泡都出来了："好呀。"老板娘剪了一块塞到了杨义飞的嘴里，杨义飞珍惜地嚼起来，脸上慢慢浮现出敦煌飞天的喜悦感。

我问他："好吃吗？"他点点头："好吃。特别好吃！"

而我认为最好吃的兔子家的椒麻鸡，他却觉得一般。在上天竺，一大碗椒麻鸡，一碗白米饭，我吃得如痴如醉，真的是如痴如醉。吃的时候，有一种传说中修行打坐时，身体轻安灵魂上升的感觉。

我嘴里塞满了椒麻鸡，瞪着杨义飞："你咋不吃？"杨义飞看着我："有那么好吃吗？"我气死了："特别好吃！你怎么觉得不好吃？"他摇摇头，放下筷子："我觉得没你做的菜好吃。"

我含着一嘴鸡呵呵笑了："也不能这么说。"

没吃成豆腐干，只能流着口水看一路的碑林诗词了，杨教授对内容不感兴趣，现在连书法也看不上了："很一般啊。"我白了他一眼。

林间杂木苍翠，立着许多诗人的石雕。杨教授以美院教授的专业眼光评价道："太丑了吧。"我嗯了一声，是挺丑的，但是这些石像好多年了，丑久了就有点丑的味道了。"人家都长青苔了呢。出来玩，要开心。你看是不是一个人都没有，特别符合你的要求啊。"他呵呵笑了："对对对，特别好，特别好。"

终于登顶了。眼前一亮，天地山水突然就出现在眼前，把世界从上到下填得满满的！富春山的山峦以一个缓慢的角度在眼前转了一个弯。我站在悬崖边上，耳朵里都是风声，好宽广的山水啊。突然有一只鸟叫出了一句带着音阶的旋律。我眼眶热了,都不好意思转身。

我缓缓地说:"理解黄公望了。我要有画笔有才华,此刻也要画那样的画。杨义飞,你有这样的感觉吗?"

江面上有船呜呜地开来。我突然挥起手来,开始一只手挥,然后两只手挥。那艘船上的人比蚂蚁还小,估计船上的人看我也是吧,我就更大力地挥手。我问杨义飞:"你说有人会回应我吗?"杨义飞帮我仔细地看了看,确定地告诉我:"没有,格格,没有人回应你。"

我怔怔地放下手来,那只鸟又叫出了一声音阶,眼泪莫名其妙就流下来了,把脸转了一个方向。

杨义飞的声音在背后传来:"格格,你看我,像不像古人?"我转头看,他一边掏耳朵一边严肃地说:"我随手就在地上捡了一根树枝掏耳朵,这是不是很像古人?"我点头:"像。"他说:"我要把这个树枝带回去送给九老师。"我点点头:"好。"他又说:"这样他就不会总用你的茶针掏耳朵了。"我说:"你倒还有几分孝心。"他呵呵呵:"那个茶针你说要送给我的。"

他把水壶拿了出来,一路上都由他背着的。他泡出了一杯茶来,有些得意地递给我:"来,格格,喝喝看,看我这个古人的茶如何?"

晶晶

1

我住到杭州的村里之后，认识了一个叫晶晶的女孩。几年前，她刚从美院陶艺系研究生毕业，高高瘦瘦的，腿极长，肩平平宽宽的，五官清秀。熟了以后，她给了一件她穿不得的衣服给我，说肩窄了，我一穿，正好！衣服好好看，我开心死了。

她皮肤很白，但总有失水的感觉，嘴唇也干干的，又不爱说话，显得更瘦了。但她绝不孱弱，站在那里，有种说不出的力量感。

第一次见面，因为我学过几天陶艺，又怕冷场，就和她主动聊天，陶土、釉料、温度什么的，这样一来，她的话果然就多了。我每问一个问题,她都会给出她所知道的一切答案,具体细微。但是说完她又恢复沉默,微笑着坐着。如果话题不在陶艺上,她就一直安静地陪着大家坐到最后。那是我们相识的最初。后来我们真的熟起来,可以不必依靠谈论陶土了,我们发现了彼此都是害怕"大人",害怕煞有介事的人。

有一次,晶晶来,我正在画我那本手抄手画的小诗集——其实我何尝不知道我的画和诗幼稚呢。晶晶是美术学院的高才生,我居然一点儿也不忌讳,热情地给她展示我画的"卖草莓的人"和"耍猴的人"。晶晶看了大笑说:"好可爱啊。"她还给我看了一个帖子,那帖子里都是敦煌壁画里的画工随手涂鸦的小画,说:"你们是一派的!"我就更加得意了。

我是狡黠的,知道人家不取笑我,就越发得意,越发大胆。她翻看我的诗,看得那么认真,我问她:"你不觉得这诗很幼稚吗?"她点头:"觉得。"然后她又说:"但是我觉得这些诗好像能走进我心里。"我却不知道说什么好了,刚才那么上蹿下跳的,人家真的一夸,就脸红了。从那以后,我们就真的熟了。

2

晶晶打麻将是我教会的,但是教会以后,我就后悔了。

我忘记她是个学霸,智商奇高这件事。她不敢和大家的牌,最后不得不自摸清一色。打个麻将,她一直说对不起,对不起,对不起……我好像又自摸了。大家内心都有点崩溃。在老展教会我打麻将之后,真的也只有晶晶这枚硕果可以给她老人家做回报了。

但是晶晶不怎么玩,不仅仅是麻将,她也没什么别的爱好,住在杭州这样的地方,也不游个山玩个水,啥也不,整天就在她那个工作室里待着干活。我作为一个成都人,不大理解。但是她人很客气,叫她呢,又会来,穿着工作鞋,带着一身还没有洗干净的泥点子站在门口:"格格,我来啦!"据说有一次,她站在水池边洗配料桶,一个打扫的阿姨看了她半天,说:"妹子,你也是做保洁的啊。"

我在淘宝上找到好看的衣服,发链接给她,她笑眯眯回一句:"我没机会穿。"

她第一次喝我泡的茶,是在一个冬天的夜里。她那张粉白的脸瞬间涨红了,我问她:"怎么了?"她说:"格格,这个茶真好喝。"我不是爱得意吗?她这么一夸,我就使出了浑身解数,把茶往最好里整。她的脸越喝越红,依然不怎么说话,好像憋了一肚子话,还是那句:"真好喝,格格。还有吗,格格?"她那有点失水的脸蛋,变得水色莹润了……最后,她有点不好意思地说:"格格,别说茶,我喝水都没够。"

关于她究竟能喝多少水才够,到现在,我也不知道。

3

晶晶现在不戴眼镜，但是她小时候是个"小眼镜"。好像眼睛有点啥问题（好在现在好了），得配厚厚的镜片，儿童眼镜架子都装不下。她妈妈给眼镜腿拴一条绳子，她就那么戴着。晚上睡觉也不摘，因此折断了眼镜腿。我问她为啥不摘，她想了想说："我好像不知道可以摘，我以为得一直戴着呢。后来我妈说可以摘，我就摘了睡，眼镜腿就没事了。"

我隐隐觉得，晶晶的那种失水，可能和性格里"不知道可以摘就一直戴着"有关，不是觉得，就是有。有一次，唉，她和男友吵架。她男友告诉我："快去劝劝晶晶，她要砸作品。"我屁股着了火一样，急忙赶过去。砸了的东西，不知道扫哪里去了，一屋子的打包纸箱，她红肿着眼，唰唰地用大号胶带封口，一言不发。她是大连人，她说要回家。她那毕业作品，得了很多奖，金奖银奖铜奖，省优部优国优啊。我心疼得直跳脚。"你说说，你说说，你送我多好啊！砸了干吗啊！"

她直起身来，这个时候，我在恍惚中觉得晶晶个子真高身材真好，哭得跟泪人儿似的，还那么好看。她说："格格，谢谢你这么久以来对我的照顾，我也没给过你什么东西，因为我觉得现在我做得还不好，还配不上你的茶。"我当时就恨不得"剁"了她男友新宇。

幸好，没剁。两个人甜甜蜜蜜又和好了。然后结婚了。

4

不知道为什么，我对海边来的姑娘，都有一种说不清楚的感情。这估计和我小时候唱的一首歌有关，那首歌叫作《赶海的小姑娘》：赶海的小姑娘，光着小脚丫……接下去的歌词记不得了。那时候我就觉得我应该有一个小伙伴，在海边的，我现在还不认识她，但是我很想念她。她天天提着篮子去海边……她会送我很多好看的贝壳。最早，我觉得这个小姑娘是小变态，她是湛江人。有一次我丢了五百元钱，小变态听说了立即赶来抱住我安慰我，说格格你不要去死啊。我很喜欢她，她现在很厉害，是个手艺人，英国啥啥艺术学院毕业，专攻绣花。

第二个来自海边的小伙伴，就是晶晶了。我问她在海边捡过贝壳吗？她说捡过啊。我继续问："那你坐过大轮船吗？"她笑得有点不好意思："格格，我爸爸是大轮船的船长。"我立刻晕了过去。等我醒过来（这是夸张手法），问："是很大很大的轮船吗？"她说："很大很大的轮船，上万吨。（我有点记不清到底是上万吨还是上十万吨了，反正很大）可以去世界各地的轮船。"我说不出话，嗯了半天，问："那你上去过吗？"她笑眯眯地说："小时候上去过一次，但是按照规定，是不能上去的。"

"他的制服是蓝色的吗？""对，天蓝色的。一年四季有点不同，但是都是天蓝色的。""那你爸爸下次来，我可以和他合影吗？"晶晶哈哈大笑："当然可以了！"

5

晶晶的爸爸妈妈来了。但是让我震惊的不是她爸爸。当然啦，晶晶的爸爸又年轻又帅，跟晶晶一样，瘦瘦高高的，皮肤白白的，眼睛细长。而且真的有着当船长的威严，虽然不说看不出来吧，但是一说，就看出来了！我都不敢直视她爸爸，真的，居然也问不出任何和大轮船有关的问题。人家的船长爸爸，就那一个劲儿地微笑着嗯嗯回应大家（和晶晶一个样）。最后，我终于想出了一个问题："叔叔，你们船上的东西好吃吗？"晶晶的船长爸爸哈哈一笑："嗯，也说不上多好吃吧，开始航行的时候会有一些新鲜蔬菜，后面就比较单调了。"我问："那你能吃得比别的船员好一些吗？"船长爸爸笑了："在待遇配置上来说是可以的，但是我基本会和大家吃一样的。"

我满足了。

真正让我震惊的是晶晶的妈妈。其实晶晶在父母来之前，就给我打过招呼，说她是她们家最矮的人，她姥姥，她妈妈，一个比一个高。但是，当晶晶的妈妈站在我面前的时候，我倒吸了一口凉气："阿阿阿姨，您真高啊！我从小生活在四川成都,没什么机会见到这么高的人,还是女性。"

我想起了一句诗:"啊,你向我大面积地走来!晶晶的妈妈,真的是一位高大华美的北方妇人啊。"她衣着华美,烫着精致的大波浪,送给我一盒高级海参。她妈妈极其优雅,说话吧,细声细气的:"格格啊,老听我家晶晶念叨你,哎呀就说啊有个好朋友格格,多谢你照顾她啊。这个海参啊,是我们大连特产,你蒸鸡蛋糕吃。"我被她妈妈的华美和优雅弄得有点眩晕:"嗯嗯嗯,谢谢阿姨。但是我不会做。"她妈妈说:"可简单了!让晶晶教你。"晶晶站在她妈妈旁边,嘻嘻地笑着,像小鸟儿似的,不过也要算个宽肩膀的小鸟儿。

6

说句不好意思的话,我和晶晶在一起的时候,总是上蹿下跳的,我感觉自己比她小。晶晶是一个持重能担当的女孩子,我不知道这是她天生的,还是陶艺这个职业带给她的。一个女孩子,从自己上山挖土开始,炼泥摔泥揉泥,拉坯修坯配釉,装窑素烧上釉本烧,没有一样可以省,没有一样可以急。这一行的人,我这几年接触下来,大部分都有一个共同特点:慢,以及质朴。而最能打动我的,又是这群人中,更慢更质朴的人。

老游已经慢和质朴到变态的地步,到不可能接近的地步。而老游的作品，在我的经验中，也完全是神经质的。他的东西，我现在也无法解释，他更不会解释是怎么做到的。我和晶晶在两年前认识，为什么那时候，她不送我东西，我也比较少提到她呢？因为那时候，老游是一个障碍，他的东西摆在那里，让我看不到晶晶的东西。

说到这里，我多说一句关于喝茶和茶具的关系：目前兴起的喝茶方式是前所未有的，也就是十几年的事。所以针对这种新的品饮方式，茶具的实用和口感要求也是全新的。以前，陶艺家主要在陶艺造型和质感表现上做研究，如果不做茶具就影响不大，如果做，这种新要求就是全新的挑战了。但因为喝茶人群中，总有不可避免的表面浮华存在，这让质朴的人难以一下子接受。所以，有一部分陶艺家排斥或者干脆不喝茶，喝，也是随意喝喝。普通人可以随意喝，做这个专业的人，问题就很大了。但是，茶具，尤其是壶和杯子，对于茶滋味的影响之大，我指天发誓：如果不存在，我出门撞死。哈哈，不死不死，我就是说着急了，不知道怎么让你们相信了。

7

晶晶也送过我东西。晶晶那时候也没开始喝茶，她做的茶具，其实也是从造型出发，不是从口感出发的。所以，我收下以后，总是客客气气地摆在架子上。晶晶是一个什么样的女孩子，她那么强的自尊心能不知道。她是宫二一样的人，我开玩笑叫她"陶艺界大明星"不是开玩笑的。主要是……长得像！有一天我把一张大明星的照片给晶晶看，那角度很像，晶晶平日都害羞着急摆手："哪能跟人家比。"那天，她凝视了一会儿照片，细长的眼睛也冒出吃惊的光芒，不好意思起来："别说……还真有点像。"然后又嘻嘻笑起来，"不能跟人家比。"

她这样一个心气的女孩，看见自己的作品被束之高阁，想来我都有点觉得对不住她。但是在茶方面，我撒谎我会"死"的。真的。我很认真地给她喝饱了水之后（因为她水没喝够），让她用不同的杯子不同的壶体会体会味道的差别。要说呢，学霸就是学霸，她的聪明可不光在陶艺和自摸清一色上，也在味觉上。只是她以前没想到差别会这么大。她喝的时候，不停放下一个杯子，又不停拿起另一个杯子，仔细体会着。那样子和要自摸了的表情，也差不多。

有一天，我路过她的工作室，她不在，可能出去打水了。门虚掩着，我进去，浏览了她摆在架子上的新作品，有烧好的，也有素坯。有变化了，我看在眼里。等了一会儿，她没来，我就走了。走了之后，我发了个微信，告诉她："你进步了，晶晶。"她秒回了一个开心蹦跳的小卡通猫。

新宇同学，以前是晶晶的男朋友，现在荣升为先生了。写晶晶是绕不开新宇这个活宝贝的。在正常排序中，新宇比我大，我比晶晶大；在实际排序中，晶晶比我大，我比新宇大。新宇的心理年龄，满打满算，十二岁不能再多了，又童真又调皮，晶晶为他操碎了心。谁让新宇是个大帅哥呢，我妈叫他"外国人"。新宇说："格格，你要多鼓励晶晶，她这个人很封闭的，她很听你的意见的。我的意见不听的呀。"

一个心理年龄十二岁的人给人提意见，确实没啥威慑力。

8

突然想起前年的冬天了。前年的冬天，杭州特别冷，冷到零下十摄氏度，在南方，零下十摄氏度啊。大雪下了好几场，好多小区的水管子都冻炸了，挂着冰凌子，也算奇景。那个时候，晶晶居然还在做东西，其实根本不能做了，她说："工作室有暖气炉，勉强可以的。"一双手冻得跟红萝卜似的，一场感冒没好，又接着一场重感冒。她现在身体都没有恢复过来，急得新宇说："格格，你去劝劝晶晶吧。"对的，我对于新宇的存在，有时候像个求救热线。新宇是真心疼晶晶的，但是两个人太熟了，反而不如外人说话管用。何况，我现在在发自内心觉得，我不是晶晶的外人。

我住的地方有暖气，我说："晶晶，你晚上带几个坯到我这里来修。"晶晶拒绝过好几次，说："不不不，做活很脏的，搞得到处都是泥。"我说："别看我是处女座，但是我没那么在意的,真的,家里乱得跟什么似的。"

劝了几次,她真的来了。晶晶这样的人,如果能接受去麻烦人家,比如"麻烦我",对我而言那是一种莫大的亲近和信任。

那天下午,她扛着一箱子东西来了。那个重啊,真的,她的臂力惊人。估计和肩膀宽也有一点关系,作为一个美少女,肩挑手提,我没见过第二个那么肯吃苦的。她把东西摆在桌子的一头,细心地在下面垫了塑料布。我放了杯热茶在她旁边,把台灯拿了过去,她很温柔地说:"谢谢格格。"为了显示我完全不受打扰,我自己在另一头看起书来。她慢慢地舒展了一下手臂,开始干起活来。

我假装不看她,但是我的眼光根本不能离开她那双灵巧纤细的手,台灯照亮了那双手。

9

我和晶晶再一次加深友谊,不是关于精神探索,而是在淘宝买东西。

"双十一"前夜。我去年还说才不赶什么"双十一"呢,今年又早早把购物车装满了。还问:"晶晶,你都买啥了?"晶晶跳起来:"格格,我要给你介绍一款洗衣液,可好用了!你快买吧!"

我是敢在淘宝上买某一类茶具的,甚至一百多的粗紫砂壶都买。那个泥料，一般人看不上，但是透气性极强，而且那一款，虽说不是全手工，但是造型有独特之处，泡岩茶很有效果。我买了给晶晶看，她竖起大拇指夸我。

有一次，我陪晶晶去宜兴买泥，顺便逛了一下紫砂城，哎呀我的妈，好贵。一样没买，唯一的好处就是知道购物车里哪些壶可以下手了。老九总说我乱花钱，关于这一点，晶晶是有发言权的。她说："格格可会买东西了，她一点都不冲动，人家货比三家，她货比三十多家。"可不，逛淘宝，半天看个三十多家茶具店，一点难度没有。瞧，我的好晶晶，她懂我。

尤其是有晶晶在，她数学好，能计算各种纷繁复杂的优惠政策。但是也有失手的时候，有一次在优衣库，有个优惠，积满多少减十元。我脑子笨，只知道积满，没看后面还要关注店铺微信公众号。晶晶看见了，她心细如发地帮我关注了，可还是没有成功。因为必须用我的手机支付。我们差点抱头痛哭。

"双十一"的夜晚，我和晶晶执手相看挂钟，还有最后几分钟了！

10

九大师不知道从哪里给我搞来一个鸡毛毽子，据说是一个著名的建筑师太太的手工活，蛮可爱的，十分结实，毛随便咋个整，硬是一根都没有掉过。估计做这个毽子的时候，她老公从建筑原理上给过技术支持吧！鸡年送鸡毛毽子，蛮好的。但是对于我这个从小不会踢毽子的人来说，不如把那只鸡给我提来。

毽子放在那，我一直没碰过，直到有一天晶晶来了，终于出现了上下翻飞的景象。我发现这个人啊，一通百通，心灵就手巧，手巧就啥都巧。晶晶又告诉我，她在学校就打网球，还代表学校去比过赛。我叹口气，人家腿多长，我腿多长，是吧，不能比。人家妈多高，我妈多高，是吧。晶晶鼓励我："你来试试嘛！格格，不难的，你不要紧张，不要总盯着毽子，每一次踢中之后，身体要回正，只要身体正了，保持节奏，就慢慢好了。"

这让我想起老游教我拉坯前最重要的事情是把泥柱把正。把正，是一切的开始，泥正了，每一次旋转才是有效的。而且不要被速度吓到，可以慢，但是不要停，停下来就是被自己的恐惧控制了。

晶晶走了之后，我换了一双布鞋，在我家还没有沙发的空旷客厅里开始练习踢毽子。（从买房子装修到现在，我家资金链暂时断裂。等第二期工程再买）

真的就像晶晶说的那样，每一下踢完了，最重要的不是去追逐在半空中的毽子，而是让身体回正。调整身体的同时，去靠近毽子，而且每一次踢，力度不要太大。毽子落在脚面，脚也要正，正了就能把毽子控制在可控的范围。节奏，一下，一下，踢，回正，踢，回正。

报告各位，我最高纪录已经踢到了十五个，以前只有三个。

11

我有几个"自己做的"杯子，底款还打了自己的款：格物。

那是跟老游学陶时期，第一个拉坯和第一个拍泥片手捏的杯子。如果给人看，一般人都会觉得还可以。但这两个杯子，除了我拉坯和手捏基础造型，老游帮我修了底，老游配的釉，老游烧成。其实，这两个杯子我根本没有资格打上"格物"这个底款，大部分都是人家帮我完成的。

但真正的作品，从原始泥料的处理开始，到最后从窑里拿出来，都得是自己动手，你才有资格落上自己的款。而我真正的水平呢，如果泥土没有经过陈化，黏性不够，我连在泥中搞个坑还不裂开都很难。我去晶晶的工作室，捏了几个这样的，嘻嘻哈哈捏完的，很不严肃。

结果人家晶晶还给我烧出来了。真的没有比这几个更丑的杯子了。我想起以前打着"格物"底款送给朋友的杯子，深深羞愧。其实那天认真一点会好，但是这有什么意义呢。我鄙视我自己，对不起晶晶的烧成。

关于陶艺，天赋确实太重要了。但是成为一个什么样的人,不取决于天赋,其实取决于选择。这么漂亮的一句话,当然不是我说出来的。那天去电影院看电影,出来的时候,看见墙上写着这么一句话,出自《星球大战》的台词。大意啊,大意。

12

我选择成为一个爱喝茶、爱茶具的人。我之前所谓的学陶经历,只是让我了解和学会欣赏这个专业的经验。

但是我这么一个爱嘚瑟的人,怎么能放弃那段经历呢。比如,我要去晶晶工作室,我绝对不会碰任何东西,坯子拿不得。烧成的东西,想上手,先问能不能摸,说可以,再上手。有时候带朋友去,走进去,我就这样开始宣布,不要碰啊大家不要碰,用眼睛看。然后站在那里等晶晶哈哈大笑地夸我:"格格可专业了!啥都懂!"我就背起手,或者叉腰,右脚点地。

有一天,晶晶来了,那眼睛红红的好像刚哭过似的。对了,我从没见过晶晶哭,但是她眼睛红红的样子看过。一问,原来工作室来了个熊孩子,大闹天宫,捏碎了几个她精心修出来的坯。我脸一下子就拉下来,黑着脸就要拍案。晶晶却扑哧一声笑了:"没事没事,格格,没事。我就是,唉,我没事。"

这么几年,我没学会做东西,但是我算是知道了,一样东西来之不易。因为来之不易,我觉得每一样东西都要到懂的人手里。刚才有人问:晶晶的作品卖吗?卖的,这是晶晶的职业啊。但是每一样东西,应该交给合适的人。我大半年都没有开朋友圈,昨天开了,因为我想追回几只杯子。那是老游的,每一只,用了没有感觉的人,我都双倍价格追回。不还我,绝交,我最喜欢绝交了。

晶晶最近状态井喷,是她一个创作的高峰。这个高峰怎么到来的,我一会儿说。在这个高峰稳定了之后,她就能做出真正可以给茶人用的茶碗和壶了。那时候,如果她愿意,我会一一帮她给作品找到主人。但是我会回访哟,亲,不要随意领养。

13

晶晶第一个让我吃惊的是一个茶碗。那天去她工作室闲逛,一眼就看见这个碗,我的雷达小天线嘀嘀嘀开始响了,跟在商场看见"全场三折,两件再九折"一样兴奋。我问:"可以拿起来看看吗?"晶晶抿嘴一笑:"你看。"我拿上手,捧在手里手感极好,敞口微微内收,流也看上去出水会收得干净。捏了捏厚薄,很薄。我脱口而出:"晶,这个碗泡生普、单丛会很好喝。"她看着我说:"那你拿走。"说完她就把眼帘放下了。这是我第一次真正夸她的东西,尤其是茶具,第一次。所以我也不客气,说:"那我真的会拿走。"她把眼睛抬起来："你拿走。"

　　拿回家，我就泡了生普。果然，这个碗把香气表现得太好了，蓬勃、清晰。我微信告诉她。她又秒回了一个蹦跳起来的卡通猫。她说，这个碗是她最新的一个想法，不是拉坯也不是拍泥片围合，而是全部由手指一点点捏，捏出这个厚薄。幸亏她手指长！要是我捏，估计比盘子深点。为什么手捏的发香会这么好呢？可能这种不是一致的厚薄，在香气的折射上有细微的作用。茶具的每一点改变，直接能创造出全新的口感，就像这只碗。

　　我全面启动了夸奖模式，当然啦，我想起了新宇说的，"格格你要多夸夸晶晶"。现在，我找到了下嘴的地方。但是，对于手艺人，夸也要讲究力道和方法的，他们很难夸。夸不到点，他们不爽。总的说来，那天我让晶晶同学感受到了，我作为一个喝茶的人和写东西的人，双重的激情赞赏。夸得她说："格格，我要去床上躺会儿。格格谢谢你。"

　　过了一会儿，她又回了一句："格格，真的谢谢你。"

14

　　晶晶给了我这个茶碗之后，我忙别的事情，一忙一个月过去了。等我再去她的工作室，惊呆了：她居然做了半桌子的壶！而且没有一个壶是正常的圆形，全是异形的壶！以方壶为主，居然还有三角的。说实话，我当时内心有点——怎么说，反正不是惊喜，而是惊吓。壶在茶具里是最难做的，她不仅开始做壶，还做最难的壶。以前在紫砂壶界里有一句话：十圆不如一方。你要是用了圆壶，就会发现，壶真的天经地义就该是圆的。别的形状，都是异形，都是自找麻烦！没有难度创造难度。反正，我这么一个横扫淘宝茶具店的人，从来不敢买方壶。这批壶，还是素烧坯，样子怪异地静静地站在桌子上。

我假装镇定，围着这批壶转了一圈，又转了一圈，背着双手，指指其中一把的把手："这个烧出来，手指能放进去吗？"晶晶脸涨红了："可能不能，但是现在已经没法改了。"我哈哈一笑："你吃了没有？你晚上去哪里吃？要不要去海来野味馆？"晶晶小声地说："不了，你们去吧。我还有一点收尾的事情，做了再说。"

我觉得晶晶太冒进了。但这是她的尝试，不能过于打击。对于做创作的人，这个时候最脆弱了。但是也不能盲目夸奖，有问题要说。那句话怎么说来着：注意方式方法。我自己也是这样，写了心里没底的文章，发给人家看的时候，会凶巴巴地说："以夸为主。"但是好不好，我们心里清楚。只是脆弱。创作的人，也是脆弱的人。

一个月又过去了，这中间杨义飞教授还来了呢。我拉着晶晶，带着他还出去玩过几次。但是我们全程没有交流她做的东西。她显得有点疲惫，又感冒了，头疼得厉害。人瘦了一圈。

15

有一天，我在家打扫卫生，微信响了。我一看，是晶晶发来的，是一把烧成的方壶的照片。壶的质感，像是铁一样，黑灰，有粗粝的颗粒感，真的是一把铁骨铮铮的壶。质感不错，我脑子里立即想到，这个壶泡铁罗汉不知如何，如果好，那真的内容和形式统一了。微信又接着发来，是一段视频，是那把壶出水的动态。滴水不漏。我放下扫把，跳在懒人沙发上，把视频看了五六遍，说："牛啊！晶晶，出水能做成这样！"出水好，这个壶就成了一半。晶晶发了一个笑脸。我说："把小壶壶带我这里来试试水。"她说："我这就来。"

她端来一个盒子，里面装满了各种各样上次我看到的方形的壶、三角的壶。三角的壶只有一把。我说："可以啊，这批壶这么快就烧出来了。"晶晶轻轻地说："这不是那一批，这是第二批。我改了很多地方。"我没说话，怪不得她最近瘦了，她在这么短的时间内又做了一批。她有点疯了。

这批壶放在我的茶桌上，充满了科幻感，它们实在是太奇特了！真的像是一堆外星来的小飞船，我说你这批东西不如叫"降临"吧。她哈哈一笑："好的，听你的。"我先试方壶，我拿起来，第一感觉，怎么这么轻。晶晶说："因为方壶不如圆壶能装水，如果做厚了就更不装水了。而且，格格你说薄的壶发香好，对吗？"我点点头："对。但是薄壶难做啊,也容易变形。而且方壶没法像圆壶那样靠拉坯来造型,完全靠四片泥来接,用手和眼来完成方正。"她说:"是的,尤其是靠着嘴的那一块,因为要接嘴,薄了难度很大。"

我打开盖子,盖子却极有分量,居然是夹层的!这多难做啊。晶晶说:"你说,盖子如果能重一点,能增加一定的内压,对茶的释放有帮助。"我点头:"是这样的。"我看了一眼壶里面,那排水洞,我笑了:"晶晶你太聪明了,这就是我买的那把便宜粗紫砂壶的排水洞构造,你做得更彻底了。"她说:"是的,格格,谢谢你启发我解决这些技术问题。"

等水烧开,我开始泡,入水的时候,有点恍惚——我第一次用这样的壶,方的,像铁一样的陶壶。其实有陌生感的。出水时,浑圆的水柱从嘴里有力地冲出来,我更恍惚了,像是一把不知道怎么抽出来的锋利的剑。方壶拎在手里,有种神奇的陌生感,但是操作性能又这么好。实话实说,完全出乎我的意料。因为这个形状,我真的有种开宇宙飞船的感觉,只不过,我还不懂它怎么升空的,它就飞上去了。断水的时候,果真和视频里一样,滴水不漏。

我当时就说了那句话:"好的断水,就要跟好的分手一样,绝不拖泥带水。"我泡的是佛手,比较保守,我还不确定这个小方壶能泡铁罗汉。喝的感觉,茶的发香好得不得了。有一种见筋见骨的香气线条,清晰,层次多,送得远,和圆壶迥异。我喝了一口，请晶晶也喝一口。我们的眼睛都亮得跟什么似的。

我说："晶晶，这是我泡佛手以来，最棒的一次。晶晶，这把壶，成了。"晶晶说："是吗，那太好了。"她的脸红了，又一次泛出了盈润的光泽。哦，她不用灌饱水，脸色也能这么好啊。

16

试用的第二把，就是这批壶里的唯一一把三角壶。说实话，这把壶的造型，当初是最让我崩溃的，我接受方壶都有难度，更不要说这把小怪物了。我算在茶具方面接受度高的，但这把壶，真的太挑战审美，这就是一把来捣乱的壶，这是一把……不知道为什么要来到这个世界的壶。我记得以前有位老师说过，茶席上不要出现尖尖角角，有一种锋芒毕露的感觉。我一直觉得他说得对。我把小三角壶发给好几个茶友看，人家的回复简直展现了各种绅士或者淑女的经典敷衍句式。有一位我极其喜欢的设计师，居然只是回答了一串哈哈哈哈。

我问："晶晶，你为什么要做这把壶？"她说："我想做些不一样的东西吧。我只是想试试看……"我哦了一声，没说话。我想起了以前让老游做一个新的壶型，他一口回绝，理由是他没觉得自己把原来的型做到位了。不做新的。

他们是两个性格截然不同的陶艺家。晶晶的大胆和老游的固执坚守反差太大。我和晶晶交流这么多，其实最终也不知道她会拿出什么让我吃惊的东西。而老游，看上去都差不多，但其实差很多。他们两个都很棒。我这个泡茶的人，反正逗到闹，不扯票。这是一句四川话，意思是，跟着人家凑热闹。

我决定要用这个小怪物泡铁罗汉。等水的时候，把小三角在手里摩挲，它好像有点懂事一样，知道自己不太受人待见，不出声。但它的气质有种说不出来的稳。盖子重，壁虚空，嘴有一个折度。单看这个嘴，我对它有了一些信心，出水会好。把茶放进去的时候，真的是太怪异了，三角形的口，茶不能着急，要慢慢放。然后入水，入水的时候，我脑子嗡嗡响，耳朵里什么都听不见了，只有水流下到壶的声音。晶晶屏住呼吸。全程我们一句话都没有说。我提起壶，出水，吓了一跳，啊，真好！比方壶还好！

铁罗汉展现完满，这壶太小，又是三角，客观上比我原来的水量略微减少了五分之一。第一次用，还掌握不好，但是出来的效果却好。我开始审视自己，是不是以前水量就多了一点。跟手重的厨子放少了盐巴不安逸一样。

晶晶说："你挑一把壶留下。"我说："就这个小三角吧。"晶晶笑："嗯，没问题！"嗯哼，小三角属于我了。

17

　　这把小三角,让每一个见到实物的人都眼凸凸,跟这把壶要咬人似的。哈哈,不怕不怕,怕啥,反正是我的壶,不咬你。如果怕这铁角峥嵘的东西,可以看看晶晶在后面做出的碗。她完成了高难度,把力道降下来,再做舒缓的东西,所以这个碗让人特别放松,它有极其顺滑的弧线和极度复杂的粉灰。碗和壶,放在一起,真的很难想到是一个人做的。晶晶的内心,真有张力,有铁金刚,有绕指柔。说她是宫二,也是当得起了。真的。

　　前几天村里有新朋友入住,晶晶送了她两个碗。照片里我已经见到这两个碗了,但在朋友新家看到实物,眼睛还是红了,忍了又忍,没有流泪。不仅仅因为碗本身很美,还有,我了解晶晶这一路走过来的过程。陶艺的美,要分人看,而且能看到多感动也分人。陶太安静了。这只碗的釉色,粉得这么稳,粉里带着些微紫和灰,在阳光下看,千变万化。为什么这个碗送朋友,因为她爱粉。新家礼物,从吃饭开始,意头也好。晶晶很细心。而且,好舍得啊!

　　朋友以前没有接触过陶艺,但她看我两眼放的光,也重视起来。我悄悄告诉她,我认识晶晶以来,这个碗,算是她在碗里最棒的一件作品。另一只碗,是晶晶的早期作品,是一只绿釉的碗。

　　我看了看外屋,晶晶在和外面的人说说笑笑呢,没注意这边。我把两只碗都摆在一起,让朋友看:"你单看这只绿的,釉色很美,但是线条没有粉的这只流畅。你看这里,是不是?这条线走到这里,其实犹豫了,要去哪里,不是一开始就想好的,是边做边想的。所以这只绿碗的整体气息没有沉下来,在半空。这只粉的,底足收得很小,而且不是用刀修出来的,为了保持流畅的弧线,过渡是用手抹平滑的,看见了吗?浑然一体,这样的重量感就不在半空,压下来了。放在那里,稳稳的,只要一稳了,就有静气……你看这个房间,是不是摆了这个碗,觉得空间都宁静了?"

朋友也真有慧根,聪明极了,一拍胸脯:"格格,我全明白了。"真的!朋友其实智商和情商都很高的。晶晶进来了,我闭了嘴。朋友刚才说要用碗装红烧肉,现在已经捧在书柜的玻璃架子上了。捧着碗,高兴得花枝乱颤。

18

写晶晶这个系列,我是什么状态呢?躺到床上,脑子歇不下来,看淘宝看了几个小时也不管用。第二天一早,睁开眼睛赶去食堂的路上,我觉得自己有点不同,是什么不同,具体也说不上。走路的时候,也在自言自语:"晶晶,你说是不是,试试看草木灰釉,真的喝起来口感比较润。"

我开始主动和人打招呼,赞美排在前面买油条的老太太显年轻,赞美在我旁边喂娃娃喝豆浆的妈妈衣服好看……

有中介带人在我们小区参观,看房的人一边走一边说:"嗯,这里嘛,以后老了来住住还可以……"我路过,站住了,说:"现在也可以住啊,唉,有些事情,趁年轻有年轻的好处。"没想到,那几个人哈哈大笑了,纷纷说:"也对,也对。"还对我挥手。

我站在那里,突然就想掉泪。

没出太阳,阴天。阴天的冬天,一切都清清楚楚的,没有风,凝固在干冷里。我一双手冰冷,插在口袋里。往小溪的方向走。一边走,一边又自言自语:"你啊,你好好看看,这样的树木,一天有一天的样子,过去了就不再有了。看见的,都是再看不见的。"

这个时候,小溪边的草木里有一阵响动,我没戴眼镜,但是一眼看见了:一只活的白鹭,站在前面的浅水里。你们知道,这个小区的名字叫什么吗?白鹭郡。

所以白鹭先生你好,你是不是房地产商花钱雇来的?它在远处,突然伸直了脖子,侧耳凝神。然后,它用一双长脚走了起来,一躬一探。你们知道白鹭走起来的样子有多优雅吗?白鹭,你为什么现在来到我的身边?它没有回答,突然展开双翅,飞了起来。我追过去,它已经不见了踪影。

它的双翅展开真长啊,跟宋徽宗画的一样。但是收起来的时候,却并不显得肩膀多宽。这一点,倒是和晶晶不一样。

19

新宇又对我说:"格格啊,我怀疑晶晶有抑郁症。"我说:"哦,为什么?"他急得眉头拧成一团:"她这个人吧,一急起来就急得不得了,连个过程都没有,直接爆炸!我都不知道怎么回事她就爆炸了!"我说:"哦,知道了,我回头问问。"

他说完之后,又犹豫了一下:"嗯,那什么,你现在抑郁症恢复得如何?还、还好吗?"我阴郁地幽幽地看着他:"我正在犯病。"他啊一声,我拍着桌子哈哈大笑:"骗你的,我好着呢。"他哦一声,擦擦前额:"吓死宝宝了。"

其实吧,我真的挺好的。只要不突然下一场大雪,在夜里,打得竹林沙沙响。不下雪,我也不会想在冬夜喝酒。还是那场大雪,前年杭州下了起码两三场大雪,你们还记得吗?大得啊,我们小区的树都压垮了好多,竹林直接拦腰压断。

我每次路过那地方,如果旁边有人,我都会告诉别人:"这里曾经是一片竹林,大雪压断的。"那天大雪,我一个人,叫晶晶和新宇晚上来吃饭。吃着吃着,雪就下成鹅毛大雪了。我说:"在座的朋友们!(在座的只有他们两个人)我们要不要喝起来啊!晚来天欲雪,能饮一杯无?"新宇是个热血的人,而且他天天被晶晶管着不让多喝酒,立刻热烈地回应:"对面的朋友们!(对面就我一个人)让我们喝起来吧!"

那时候,晶晶也不拦着了,她高高兴兴地加入:"喝喝,我们喝!"

我忘记喝的是什么酒了,可能是米酒也可能是我藏的一瓶白瓶牛栏山二锅头。我这个人呢,一喝多就开始唱歌,没想到新宇也是。我们合唱了一曲《贵妃醉酒》:"海岛冰轮初转腾,见玉兔……"我单独演唱了《穆桂英挂帅》:"猛听得金鼓响画角声震,唤起我破天门壮志凌云!"

晶晶拍手叫好,她也喝了。但是她一首歌也不唱,只是说:"格格,你太可爱了,你这个人。"我一听夸我可爱,又追加了《花好月圆》和蒙语歌曲《花》。反正他们不是蒙古族人,觉得我唱得可正宗了。

我们还出去在雪里跑了一会儿,那雪大得都看不清路。夜灯下的雪片,簌簌的。落在脸上,居然觉得滚烫,我和晶晶挽着走:"晶晶,你开心吗?"她点头:"嗯!特别开心!我好久没有这么开心了!真的!"

我们回到屋子里,继续喝,继续唱。据说,我还跳了锅庄。其实不用据说,我知道到那个时候,我不可能不跳。满世界的锅庄和弦子。

第二天,据说新宇给九大师道歉,说:"以后再不让格格喝酒了,对不起,你不在我们没有管好她。"

然后,我进入了长久的酒后羞愧期。不见人。等再次见新宇的时候,他小心翼翼地看我:"格格你还好吗?"我点点头:"嗯,挺好的。"他喃喃:"阿弥陀佛,阿弥陀佛,扎西德勒!"

我说:"你放心,晶晶没有抑郁症。"

20

刚才微信咯噔响了一下,是晶晶,她发了两个字:"格格。"我呼吸暂停了一秒钟,脑子马上想:"她知道我在写她。"她继续问:"你在干吗呢?"我很谨慎地回:"你猜?"她说:"是在搞创作吗?"我呵呵一笑:"对对对。"我确认她不知道了,问:"那你呢,干吗呢?"她说:"今天装完窑,累死了。东西多,放不下,放进去拿出来,放进去拿出来。"我点点头:"嗯嗯,跟我往洗碗机里塞碗应该差不多。"她哈哈大笑:"对,差不多。"我说:"什么时候能出?后天可以吗?"她说:"要大后天了。"我说:"嗯嗯。"心里甜滋滋的,觉得又可以看见好多新东西了,"辛苦啦!快去睡吧!"

我凝视了一会她的对话框,她的头像是她家猫柚子。我看见代表她的头像,怎么就觉得那么舒服,心里安安静静的舒服。想起她亲手给我串过一串佛珠,是那种疙疙瘩瘩的菩提子,还有绿色的琉璃、红色的玛瑙珠和草绿色的流苏。她说:"格格,不是什么贵的东西,但是珠子是我亲自挑的,每一颗都差不多大。"我不是佛教徒,其实不拿佛珠的。但是这串，我散步的时候最爱拿着，疙疙瘩瘩的珠子在我粗糙的手里搓一阵，我觉得我的手和珠子都光滑了不少呢！对面有人走过来，我就一截一截把珠子收到手里，揣进兜里，等那个人走了，我再拿出来搓。

晶晶什么花样都会串，各种复杂的结都会打。她打的结要松开了，我甭想凭一己之力恢复。这串佛珠就断过一次，赶紧送她修，她给我的时候，比上一次串得还要好看！

晶晶吧，年纪轻轻的姑娘，干陶艺，也没啥社交，家境也很好，但确实也没见她穿过啥，戴过啥。她永远戴一对儿光银的耳坠子。我有一段时间迷恋假祖母绿宝石，为什么迷恋假的呢，因为真的没那么绿。我买了一只假祖母绿戒指，天天戴着，美得自己发呆。我和晶晶在一起，平均五分钟就要把手举起来："好看吗？"晶晶每次都特别配合："特别……好看！"我撸下来："送你了。"她说："不不不不，格格，我没那种气质，戴不好！"

我有一次买了一条三十二元的运动裤，好极了，料子好，款式好，最好的是："刚刚我腿那么长。"哎，你说商家都哪里来的自信啊，敢做这个尺寸的裤子？我给晶晶展示了这条裤子。她也点头："是不错。"我一激动，拉开衣柜，里面还挂着三条。黑的、墨绿、深红，各一条。晶晶倒抽一口冷气："格格，你不许再买了，这样是不对的。"这是她对我说过最严厉的话了。

有一次她背了一个包来，是个名牌！我说："这是真的假的？"她有点不好意思："是真的。格格，我得了个奖，我给自己买了点好东西。"九大师在旁边煽风点火："你看看人家晶晶，买个东西，多像样！你那堆乱七八糟凑起来也能买了！"我问了问价格，震惊了，说都可以买一斤鬼洞的肉桂了！过了啊，曲晶同志！

乱七八糟怎么了，我就喜欢买乱七八糟。

21

那天虫子来村里。来村里的好朋友，如果对手工或者艺术感兴趣，我基本会带去晶晶的工作室看看。虫子是个诗人，比较梦幻的一个人，非常有能量也非常直率。她自己做火腿生意，在贵州养猪。因为劳累，她身体一直不太好，她看了一批晶晶做的盘子，那批盘子上是各种花纹的肌理。她说："我觉得这个不好，没有文化的脉络。乱画。"

我们当时惊呆了，更是说不出话来。晶晶毫无怒色，很平静地带着微笑说："这就是一些尝试吧。"我忘记我说了句什么还是没说话。反正我当时是很尿的，蒙了。

这天晚上，我特别难受。觉得自己怎么也不维护一下晶晶，怎么那么尿，关键时候不能保护她。我点开虫子的微信："虫子，我给你解释一下，晶晶为什么要做那些花纹。因为这批盘子是给植物展览做展示用具的，晶晶把每一样要展示的植物，叶片、枝干、果实的质感都做在了盘子上。这是一件特别有意义，也是难度很大的事情。"虫子闻之，也后悔了，她连忙道歉。请大家也不要怪虫子，她也是一个直肠子的人，而且，艺术在她心里的地位也是很高的。估计就像我对茶一样吧。

我给晶晶道了半宿的歉。她说了一万多句"没事的，没事的，格格"。但是我依然心如针扎。倒不是这一件事，而是我特别恨自己在关键的时候总是这样，一句话也说不出来。前几天，有一个人在微博上和我争论，我真的急得在家转圈，最后我回答她："对不起，我嘴笨，我说不过你。"然后她说："我看过你的书，没觉得你嘴笨啊。"我都气哭了。真的。所以，每次九大师要出差的时候，嘱咐我要注意煤气，要注意关灯，最后他站在门口，就会说："不许和人在网上吵架。"

晶晶说："格格，做东西的，有人喜欢有人不喜欢，这很正常。不要这样介意。我完全没事的，虫子也挺好的，人家也道歉了。不要难过了。"

我在家里又伤心地哭了一场。

22

因为前一天的事情，第二天送虫子走的时候，大家都怪怪的。杨义飞开车，我和晶晶作陪。因为本来之前就约好了,虫子走之前,再带她去景区找个地方喝茶。

虫子一直都找机会道歉。她也是很真的人,但是好几次欲言又止。我心里又难过了,因为我体会到了虫子的难过。最后虫子决定不跟我们去喝茶了,她约了别的朋友见见面。而且她坚持让我们在市区就把她放下,不用管她。以我以往的待客风格,是一定要把朋友送到目的地的,但是这一天,我一狠心,居然就放虫子下去了。那是一个车水马龙的繁华路口,她下去之后,我们必须马上关门开车走。要不然后面马上排长队。

放下虫子,我只有机会和她简单说一句:"再见啊,虫子。"然后,再看见她的背影,就是在十几米开外。她一个人,身体不大好,又拖着一个行李箱。

我们那天在城里转了三圈都没有转出那个区域。也是怪了。好在杨义飞是个怎么都不焦虑乐呵呵的人,他开着车,还有点惊喜似的:"唉,怎么又来到这里了啊。格格,我们是要去哪里啊?"这个白痴。晶晶沉着地说:"好,别听导航的,听我的。"在她的带领下,我们终于钻出了这个百慕大。我想了想:"去云栖竹径,好吗?我带了茶,去那里喝。"晶晶说:"好,哎,杨义飞,右拐。"

23

当车子开进龙井一带的时候,我的心情就变舒缓了。

对了,我不是迷上勃拉姆斯了吗,别人听说了,都会说:"哟,你的音乐品位这么高,这么深啊!"然后我就会告诉对方,我最爱的歌曲之一是《青城山下白素贞》,尤其是好妹妹乐队唱的。

每当进入西湖景区,我都要把好妹妹乐队的《青城山下白素贞》听个少说七八遍吧。因为,白素贞是青城山来的,她是四川人,她从四川来到了西湖。而我,也是个四川人,也从四川来到了西湖啊!所以,我一听就有一种和什么融为一体的舒服感!不仅听,还要跟着大声唱:"青城山下白素贞,洞中千年修此生,嗨呀嗨嗨哟,嗨呀嗨嗨哟!"唱这首歌的时候,我会转头问杨义飞和晶晶:"你们不烦吧?"杨义飞呵呵一笑:"挺好的呀。"晶晶说:"不烦不烦。"然后我就继续唱:"望求菩萨来点化,度我素贞出红尘。"唱这句"度我素贞出红尘",我又有点哽咽。不知道为什么,看着窗外美景,心里不是难过,而是说不出的复杂滋味。我另一个朋友说我:"她去日本一个观音堂,看千手千眼观音,看得她大哭。她为了观音哭,因为观音要救的苦难那么多,但是观音手上的法器其实来来回回,就那么几件。素贞也求观音,观音去求哪个啊。菩萨好苦。"

我总哭,都不好意思了。读者请自动把我的激动程度降低百分之五十五吧,还是百分之六十五吧,也许刚好。

进竹径云栖的时候,已经是半下午了。这个地方本来就是比较冷清的景点,此时人更少了。看着门口古意的大石头牌坊和里面森森的竹林,杨义飞特别开心:"哈哈哈,这个地方好。"然后一买票,好像才八元一张门票。我们前几天出门,让别的景点坑了不少钱,这八元在这个时候,对我们都有一种重要的治愈效果。而杨义飞这个人,总是高高兴兴的,遇到这样的好事情……其实要说好事情,又算个什么好事情呢?反正他就更高兴了。我曾经写过,他一高兴,本来就红扑扑的脸,都有点泛紫了,青春痘闪着光。有的人就是这样,不,就杨义飞这样,和他待在一起,好像就没有不高兴的事情。他什么都能接受,好一点,他就更开心了。

多说一句。前几天,我带杨义飞在村里爬山,我随身带了一个保温杯。带保温杯出门是一件很正常的事情吧,但是我的保温杯里闷的是茶。而且我还带了两只茶杯,用布包包好。爬累的时候,坐下来,我拿出杯子,从保温杯里倒出茶递给杨义飞。杨义飞眼睛瞪大了:"这么高级啊!格格。"然后他一喝,脸又变紫了。他那天在山上,若有所思地说:"原来生活可以是这样的。真的很棒啊。"其实,我不过就是带了两只杯子,晶晶的杯子。

好的,从这以后,出门杨义飞担负起了背水的任务。他说:"能在外面喝到一口热茶,这感觉,真的太好了格格,呵呵。"

24

走进云栖竹径,就像是走进一大团绿色静谧的液体。四周静极了，只有竹林的沙沙声和鸟儿的叫声。好像刚才在市中区焦虑打转的事情只是一个梦。这里面的主路也不过是一条两三米宽的石板路，两边都是古树，有的树上挂着牌子，是上千年的枫香。宋代的树，还活着，在我们身边。但我们没走这条路，走的是竹林深处的木头栈道。

一走去，竹林就完全把我们吸进去了，我们在它的肚子里。往上看，天是一条让竹林收束得细长的蓝色亮带子，竹子的尾巴在半空中温存探下来，好像是一个老爷爷，在弯腰问我们："你们从哪里来的呀？"我们从家乡来，我从四川，杨义飞从佛山，晶晶从大连。还有枫叶，叶边镶着一点点红，一点点黄，大部分也是翠绿的。

杨义飞不肯走了，说："格格，我们就在这里喝茶吧！"晶晶说："我听你们的。"我说："好的。"在木头长椅上，我让杨义飞把水壶放下来。我把杯子拿出来，有朋友要问这个时候要是掏出晶晶的杯子是不是杨义飞的脸会更紫。会的。但这次我没舍得，这次秉承的原则是：打烂了不心疼。在外面喝茶，随便怎么喝，都不会难喝，一般的杯子就可以。我把带来的正山小种投进暖壶里，跟现泡的道理一样，这样茶才鲜。其实掌握好闷的时间，有时候甚至不比泡的差。我们一杯接着一杯，大暖壶水量大啊！晶晶喝得舒服得直哎呀。那天的正山小种，闷出了蜜香，红澄澄的，杯子里跟点了一盏灯似的。一点五升的壶，我们喝了一大半。个个浑身冒汗，觉得身体舒展，开始伸胳膊伸腿。

我带领杨义飞和晶晶站"乌龟桩"。这是小柳教我的一种缓解身体疲劳的功。很简单,就三招,但是姿势嘛,有点丑,功如其名:"乌龟功"。哦,不对,人家大名叫"玄武功"。乌龟功是我给起的。反正我们三个又不是外人,站成一排,一点儿不觉得有什么不好。一边站一边聊天。这时,从栈道那边过来一个男游客。栈道很窄,我们站在那里,他只能擦着我们过去。我们犹豫了一下,这个功站着最好别乱动,要一口气做完。晶晶看看我,杨义飞也看看我,我说:"站着别动。"那个游客跟一条溜边的鱼一样,惊恐犹豫地过去了,过了之后回头看了我们一眼,然后居然跑了。我们终于忍不住,哈哈大笑。破功了。

　　收拾了茶具,继续往前走。前面是植被更加野的地方了,还有溪流和吊桥。这个景点做得细,很多植物都插了标签说明,内容科学翔实,什么科什么属。晶晶说这里适合新宇来,因为新宇是做小朋友自然教育的。其中有一种草,叫什么缪的,一簇簇细长的茎,上面开满了深红的小点点花,我说:"晶晶,这好像你茶具上的那个花纹啊。"她笑了笑:"对的,就是从这里来的。"植物真的太美了,我太爱这些叶子的脉络了。阳光斜着打下来,一束一束,长长地斜斜地铺在这些植物上,植物层层叠叠地亮,各种不同的绿色和黄色夹杂着。我们好开心,不停地站下来,这片叶子摸摸,那朵花闻闻。杨义飞走在前面,他的脸现在不紫了,而是一种整体的亮,喜气洋洋的。他不停地拍照,也拍我和晶晶。

　　登上半山腰的时候，看见一家茶馆，在空旷处摆着几张桌子，客人都走了，桌上散落着没喝完的茶杯和暖水瓶。我想起我们暖壶里没有水了，走上去，晃了晃那暖水瓶，还有半瓶子水。我扭开盖子就往暖壶里倒。晶晶和杨义飞有点诧异，我说不要紧的，有人来，说要点水，要给钱就给点钱。果然，茶铺里走出两个男服务员，我笑容满面："大哥，要下班了哈，我打点水成不？要钱不？"人家客客气气地："你打你打！不要钱，一点开水！是要下班了，这个时候蚊子可多，你们还往山上去啊。"我说："嗯，不怕。"杨义飞又开开心心了，晶晶也开开心心。我们的暖壶又满满的了。够我们喝一壶的了！

　　杨义飞说："唉，格格，你不是说泡茶水很关键吗？这个水可一定不是我们背出来的矿泉水了，应该是自来水。"我说："泡茶当然要讲究水，但是也不要拘泥。要看情况，现在这个情况，就是自来水泡茶我们喝起来都甜滋滋！"杨义飞说对对对，晶晶也说对对对。

　　在山顶转了一圈，往下走，是另一条路。正好有一片开阔林，围着树是一圈长椅。我们就在这，又把杯子拿出来开始喝茶。傍晚了，天色一点一点暗下去，夕阳的金光在密林里斑驳得像个梦境。连鸟叫都远了，鸟儿也要归巢了。这个时候，我躺在了椅子上，突然看见了漫天的斑驳树影，和站在四处望完全不一样。好像自己是躺在那斑驳上一样。人是漂浮的，轻飘飘的身体没有了重量。我让杨义飞也躺，他最听劝了，一让躺就躺，躺下来就哈哈哈乐："是不一样格格，真的很不一样！"我让晶晶躺，晶晶穿着裙子，害羞，不躺。这个时候，我爬起来，把晶晶按在椅子上，然后把丝巾解下来包在她的腿上。我说："晶晶你看，往上看。"晶晶安静了一会儿，缓缓地，像是叹息一样说："果然不一样，谢谢你格格，我从来没有看到过这样的景象，太好了，这太好了。"

我们三个就这样，安静地，在一片即将要归于寂静的树林间，躺着。我们都希望，能这样多躺一会儿。

画家

　　我有点忘记了，是不是去年春天和画家认识的。可能更早，不知道是哪个饭局上，他匆匆来了，又匆匆走。初次印象就是一个不懂客套的人，来了就吃，吃了还要说哪个菜哪个菜不行，还是哪里哪里的好。像是和人交流，更像是自言自语。他说要走，一下子就走了。走的时候，会感觉他坐着的那个地方空了一块。一个携带隐秘世界的人，闪现了一下，又消失了。

　　去年的春天可能他这么出现了一下。听旁边的朋友说，他就是画家啊，江南大才子，字画都绝。也说他非常任性的，办画展无法预约，要么不画，要画一夜就画出来。

　　好像一种花，要开，一夜都开了；不开，今年都不开。

　　后来无意中在网上看见一个对他的采访，他讲自己的画，一张很大的画，看上去墨涂涂的，镜头拉近，原来是大山之中，道路植物俨然，非常细，又非常磅礴。他看着自己的画，先是端详一番，好像是别人的画一样，然后笑，对记者说："你看，这个路可以从这边走，然后又走到这边来，这个路是很清楚的呀，山里要画好，怎么走这个路要非常清晰才行，不能乱来的啊。"他面对镜头说话也是这样喃喃自语，我想起他坐在酒席间，也自言自语的样子。

他头发有点长，低头的时候，发丝总是滑下来挡住眼睛，五官是江南人那样的细眉眼，总是笑眯眯，欲言又止的样子，下巴倒是坚毅，有男子气。

后来熟了，去他的画室看画、喝茶。可能是春天要结束了，楼下的花还有开着的。我想去摘一枝，小心翼翼到处看，还是画家上来帮我摘了一枝好的。他笑："要摘嘛，摘个姿态好的呀。"

他笑眯眯地谈画画的事儿："没技巧有想法是可以的，甚至是感人的，但是有技巧没想法那就烦人了。""要敢于展示自己的无能，只要是认真，怎么都是好的。"

画室的外面是重重的山峦和田野。我凝视着，他也凝视。看了好一会儿，突然阳光从云层射下来，我们都很惊喜，他说："真美啊。"我问他："这可以画出来吗？"他认真地又看了一会儿，说："可以。"

1

那天的聚会约在画家的工作室。

约之前,各位老师让我做好充分的心理准备。说他那里常年没人去的,下不了脚。各种脏乱差,厕所都没有门,要人在门口守着才能去上。

画家本人也很紧张,但是他没有推托,只是沉吟了一下:"你们要来,我很欢迎。但是等我去装个空调。"

他知道客人中还有叶子,非常重视。不过不要以为他知道叶子是谁。我不得不解释:"人家是民谣天后。"他哦哦哦,说对不起对不起,实在是跟不上时代。

朋友说:"天,你这个画家朋友是民国人吗?"我说:"差不多吧,他说话就这样。他常常非常真挚和郑重地说:'我有几幅临王羲之的字,君愿观否?'"

君就是我,我说:"愿意啊,发来看看。"我没那么文雅,直接说:"牛。"

我喜欢民国人,毕竟喜欢萧红,要民国腔起来也吓人。但是杭州这么热的天,不装空调我不行。

我问画家:"你不怕热吗?"他说:"我没所谓的,就怕热到你们。"

查了一下天气预报,正好那天下雨,温度居然三十度以下。我截屏给画家看,说:"算了吧,都秋天了,明年再说。"他喜不自禁:"太好了,感谢天气预报!"

但更了解他的老汀还是紧张,说:"格格要不你带茶?"我说:"可以,杯子也要带吗?"老汀说:"最好。"于是我对画家说:"我来带茶,你啥也不要准备。"但是画家非常有底气地说:"我有很多好茶,杯子也很多。"还加了一句:"都是收藏品。"

好的。

那天吃好饭。一行五人往工作室走。一进门,就是他画的黄宾虹肖像,老汀显然看过这幅画,再看,眼里依然是赞赏。我站着看了一会儿,觉得这里再怎么脏乱差,还是可以忍一下的。

老汀悄悄说:"画家很随和的,就是不能在他面前说黄宾虹的坏话。"

打量工作室。其实还好,顶楼的大开间,没有装修过的清水房,非常开阔,全部都是画。墙上都是小稿,细腻到发指。

画家一头汗,冲去阳台,他说在那里喝茶。阳台上有个小桌子,桌面是明代的石雕。小椅子、板凳都是他收藏的古董。外面就是一览无遗的田野和山峦。九大师点头:"大气,通透。"画家忙着把椅子摆好了,听九大师这么一说,笑:"还可以吧!我也觉得我这里可以!"

然后我发现那小桌子上的紫砂壶里的茶没倒,目测有三天以上了。我说我来洗茶具,画家说:"啊!太好了,格格你真能干。"然后他翻出几个杯子,确实都是老东西,我说我来洗。画家无限感激。

我去了那个没门的洗手间。谢谢，有电灯。那杯子目测半年没有洗过。我在画室转了一圈，扯了一段塑料布，这个可以洗顽固的污渍。洗啊洗啊，一圈圈的黑泥搓下去了，还有一圈。终于看到杯子本来的颜色了。我突然想起老汀说："你最好自己带杯子。"

洗杯子的时候，我发现脚边有一幅油画，画的就是阳台外面的山峦。色彩很准。旁边是没有隔断的另一间房，一眼就看见墙上挂着一幅梅花。想起老汀说，他擅画梅。但是不能约他的梅，办画展都不行。要么一晚上几十幅都画好，要么一张也没有。那幅梅花孤零零挂在粗糙的墙上，我手里拿着湿淋淋的杯子就那么看了一会儿，居然看出了神。

茶具洗好了。大家落座。茶泡上了。画家开始掏出收藏的各种瓷器给我们欣赏。他表现得很兴奋，好久没待客的样子。还有一把宋代的木梳，木梳被我不小心折断。我吓死了，画家说："不要紧，没事，没事，时间到了而已。"他随手把木梳放在了画案上。

远处的山峦间，突然射出了阳光。这个景色，就是前几天我问他，能不能画的那种，他说可以。此刻，他也抬头看了一眼，眼神望出去的那一刻非常犀利，但是转瞬就柔和了。对着我们笑了笑。

老汀要先走，所以站起来说："来吧！写字！"我和叶子拍手。这是我们最期盼的时刻，让老师现场指导，我们都是她的书法学生。叶子是远客,她先来。铺开纸的时候,老汀把纸往她身前拽了一截:"记住,写字身体要正。"叶子下笔,老汀看了一会儿,从后面抱住了她,握住她的手一起下笔。老汀说,手臂打开。叶子哇一声,明白了,说以前我老夹着。我在旁边点头,这一幕也在我身上发生过。老汀也是这么教我的。

画家笑嘻嘻地抱着胳膊在旁边看,老九也是。画家说:"你们这个老师真好。"我们都点头。

不过我们写字的笔是很昂贵的,据说不能那么戳着写大字,是画家画工笔的。墨不是墨汁,是画家磨了好久的墨。但是他说,不要紧,用。

我也上手写,写了个"真卿"的"真",画家说:"不如你写个真厉害吧。"我就真的加了"厉害"两个字,大家哈哈大笑,我也笑,不过我不知道写错了字。画家从后面拿过我的笔,嚓,帮我添上了一笔。他那一笔,下笔特别神奇,我呆了一下。然后才恍然大悟。

他嘿嘿一笑,又在我们的字后面落款,内容是说老汀徒弟在某某日所写,他的字特别活,秀丽挺拔。写完,一扔笔,转身走了,说:"这个给我留下。"

老汀说:"认真给你们写东西吧,要不写叶子的一段歌词。"叶子找了一首新歌《自在》,歌词是这样的:

世间偶然必然的相遇,虚幻如影轻落的雪花。悄悄听最美的风，默默看一生的景。爱恨一念间，淡然得自在。放开我的心，听雪飘，任它自由自在。

老汀下笔，她蘸一次墨写很久很久，我以为她会重新蘸，但是她任由枯笔延宕着字迹。一口气拉得好长。写到"任它自由自在"，字迹似乎都隐没在纸里，不是结束，是远去的样子。画家说黄宾虹画画也是这样的，一点色彩，画很久很久。我们鼓掌。画家把墙上的画稿取下来，让这幅字上了墙。好不好，上墙就知道。上了墙，那流畅的气韵就更明显了。老汀笑着对叶子说："这是我理解的你和你这首歌。"画家也有些激动，指着好几个字，说真是好。叶子感动得很，但是我知道，她一感动，其实没什么话，就是眼睛闪闪发亮。她把这首歌打开，说请大家听。

这首歌开头是："远方传来悠悠的诵经声。"

工作室本来就是在顶楼，此刻好像突然透明了。在天上。

我们站在这幅字前，和她一起听。大家都默默的。画家突然笑了一下，坐在一个矮墩上，说："这个字要不要留给我呀。"大家纷纷跳脚。叶子更是嘟起了嘴，我说："这个字是叶子的！"老汀笑："别抢别抢，来继续写，每人一幅。"

2

今天是第二次去画家的工作室。上一次去，我还没有上手画过画，现在画龄已经长达九天。一进门，还是那幅黄宾虹肖像，我一下子就看住了，由衷说了一句："真好。"

这一次才看到旁边还有一幅肖像，是个女孩子，瘦骨嶙峋的样子。画家笑了一下，说："其实人家很好看的，让我画丑了。"我哦了一声，说："但是很灵。"他说："灵就是要牺牲一点表面的东西。"

今天是路过画室。我问画家："你在吗，能来吗？"他说好。

和画家走进小区的时候，闻到浓烈的桂花香，我说："摘点桂花上去泡茶吧。"但找了半天，光闻着香，没有看见树。转了一圈终于看见了，我心慌慌的，摘了两小枝，左右看怕有人来，说走啦走啦。画家上去摘了一枝大的，他说摘就摘个像样的。我吓死了，他哈哈笑："你刚才胆子不挺大嘛。"

捧着这几枝桂花，进了画室。一进去，又看见黄宾虹肖像，我看住了。画家不知道哪里找了一个玻璃瓶子要插桂花，我一看里面的水不新鲜了，说："我去换水。"他摇摇头："不，老水好。"行吧，听他的，插好，供在宾翁像下。

他凝神看了一眼，说："让黄宾虹也闻闻。"他随手插的，插的型非常美。

过了一会儿，门铃响。画家说："给你找了个写字厉害的,你不是学写字吗,我教不了你。"门开了,一个清瘦的男人进来,画家说:"这是白老师,小楷高手。"白老师穿着运动套头衫和牛仔裤,脸白清秀,说:"哪里哪里,我是业余的。"

我已经很习惯了,高手们都这么说。"哪里哪里"一般是第一句,第二句就是"随便玩玩的"。

果然,坐定,放好包,白老师回头笑笑:"我就是玩玩的,不像老师是专业的。"我问:"白老师,怎么把字写小?"白老师摆摆手:"不用写小,怎么舒服怎么来。"

高手们的第三句一般都是"怎么舒服怎么来"。画家含笑不语,他只是手脚不停地收拾画案,把上面的杂物都清开。不知道他要干吗。清完了,他开始拿出一方小砚台,说这是宋砚。然后拿出一截墨条,说这是清代的墨。然后他倒上水,开始磨墨。一边磨一边说:"光问老师,不给老师把写字的东西准备好,人家怎么教你。"

我立刻明白了,接过他手里的墨,这事儿该我来。但我连磨墨都还不会,画家又教我怎么磨。白老师去阳台上,等喝茶。

画家叫我:"格格,你先去泡茶。"我哎了一声把墨磨好了放下。这个我能行,我打算用熟普配桂花,让画家去找熟普。他一通翻,不知道放哪里了。找熟普的过程,找到了好些点心,都过期了。他哎哟一声:"也不知道谁送的,可惜了,能吃吧?"我看了一下日期,坚定地说:"不能吃了。"

阿弥陀佛，熟普找到了，还是不错的熟普。我洗了茶，把鲜桂花铺在上面。我让白老师闻了闻，熟普的热气腾起桂花香气，让白老师的眼睛亮了一下："好香。"泡好的第一杯，我端给白老师，画家第二杯。画家一喝，眉开眼笑："还是格格泡得好，哎，我这个茶这么好的啊！"

有了上次的经验，今天我带了自己的杯子。龙泉老瓷杯，喝这个正好，滑感强。果然，一口茶下去，肠胃皆香暖。我抬头看阳台外面的田野和远山，今天云雾比上次浓。

画家和白老师聊起字来，白老师给他看最近写的作品，我看了一眼，果然厉害。画家准备了几个扇面，让他在背后写字。白老师微微颔首："好，但是我带回去写，写字要一个人。"白老师要抽烟的，我眼疾手快，抄出打火机，啪，给他点上了。白老师还客气："别别别。"我说："要要要。"

茶喝到后面，桂花味淡了。我悄悄站起来，去宾翁像下，对宾翁拜了拜："黄老，借几颗桂花。"然后，撸了一串花，用手拢着，回到茶桌上，加到了茶壶里。

茶喝得差不多了。画家说："你去写字吧。"我哦了一声，说起写字，我是高兴的。什么时候写字我都是高兴的。"写什么呢？"我问白老师。白老师笑："什么都可以啊。怎么舒服怎么来。"我打开手机，还是翻出颜真卿的《祭伯父帖》。这个帖子让我心稳。

下笔，写了几个字后，发现白老师在我身后。他说：

"这个帖子难得啊，写书法的，没几个写颜真卿行书的。"我哦一声，我不知道难度，就是直觉喜欢。白老师也不站定，只是在我身后走来走去，但是我感觉，他的注意力都在我手上。

他点头："可以的，你还真学过，写成这样。"我稍微有点得意了，笔下开始挥洒起来。他突然说："你停一下。这个字写错了。"

他用手比画了这个字："不要被表面迷惑，颜真卿的行书，其实还是楷书的规矩，和别的人不同，你不要轻易一笔带过。这个'月'里面的笔画，不要管纸上如何，你手上的动作要做足。"我重写了一遍，他点头："对，是这个意思。"

我有点惭愧，其实这些老汀都说过，写起来就忘了。我继续写。白老师继续在背后转悠。

画家在墙上开始打他的小稿。一边画一边看我们这边，一边说哎呀哎呀厉害写这么好。他其实啥也没看见。画家也开始浮夸风了。我继续写。白老师又叫停。

白老师说："颜真卿的字是纸里裹刀的。他这个捺是反捺，你写成正捺了。"我抬头，一脸茫然："什么是反捺？"白老师用手比画："就是就是……"我把笔递给他："要不老师你来写一下。"白老师摆手："不不不，我就动嘴，不动手的。"

画家放下画笔，走了过来："写啥呢？我看看。"我把笔递给他，他一看："哦！厉害了，颜真卿行书啊！"他对着帖子，咔咔咔一顿猛写，啪，把笔一扔："我乱来的啊。白老师指教。"

白老师指着他的字："哎，这个劲儿就是对的，你看，虽然形不太一样，但是这个发力就是对的。"画家那行字，小小的，但是精神头十足，和我稚嫩的大字排在一起，非常有意思。白老师看得笑，他终于拿起笔，在我错误的那个字旁边示范。我重新写了一遍，他点头："是这个意思。这个难度太大了，你一时达不到也不怪你。"我问："是不是我发力不对？"白老师说："你现在还不到说发力的问题。"

我默默写起来。无论如何，只要我握着笔，写的是颜真卿的帖子，我心里就觉得亲。写着写着，也不知道笔下到底如何，只是觉得心里舒服。白老师看了一会儿，说我还蛮勤奋。然后去阳台上抽烟了。

门铃又响。居然是王老师来了！我亲爱的书法老师，看见他就像看见亲人一样。他拎着月饼来的。一进门，小发型刚理，清清爽爽喜气洋洋的样子，我正好饿了，立刻要吃月饼。这个月饼怎么说也是新鲜的。画家吃了一块，甜得连声要茶喝。我们又去了阳台喝茶。

王老师来了，话题提及的任何地方，他都能给出精确的典故出处。他就是行走的书法资料大全。最近这几天写蔡襄的《海隅帖》，我说写得有点心烦。他微微一笑："哪天带你去拜拜蔡襄的石刻，就在南山路，那是他在杭州留下的唯一痕迹。拜了就好了。"王老师笑起来,又儒雅又天真。

　　字写了,我想画点东西。画家把一个插了枯枝的花瓶,摆在案子上,背后还用宣纸简易做了个背景,他说:"这样你画起来容易。"我心里有点感动。他用手比画了一下:"你就画这一段。"我说:"好。"他说:"用双钩。"我问:"什么叫双钩?"他叹口气,指挥身边的学生阿初:"去,告诉她。"阿初是个年轻学生,默默跟在画家身边,其实人家也马上要考博士了。阿初上手画了个双钩,我说:"谢谢阿初!我懂了。"

　　画家又在那边画小稿了,他头没回,说:"不准画几分钟就给我,画足起码十五分钟。"

　　我下笔就知道,我能行。因为笔尖触到纸,心里舒服。我定定地看着那枯枝,越看细节越多。笔提起来,很细很细的线落下来,一下一下画。我想看能画多细,结果我画出了九天画龄里最细的线。

　　白老师转悠过来:"哎哟,你还会画画呢。"画家一边画一边搭话:"她厉害着呢。"我笑了,停下画笔:"我就是玩玩的。"

3

　　听说画家要画一幅大山水,我说:"我要来看!"
　　画家没有搭腔,阿初脸上带着为难的表情没说话,看了一眼画家。画家没说不准来,只是说:"有啥好看的。"

"我就来!我要看!我不给你添乱,我就在边上静静蹲着,你累了我还可以泡茶!"画家也没有说话,说了个啥把话题岔过去了。

上次黄宾虹和齐白石的大展,我听过两次画家讲解。画家一进展厅,神色就不一样了。他站在第一幅画面前,那种眼神,就感觉这个展是他办的,甚至这些画都是他的。他一口气给我们讲了三四个小时。整个过程,我们身边都围着蹭听的观众,一大群,大家像工蚁一样,把画家围在中间,缓慢移动。其实,是他动,我们动。不是我们搬动他。

而他看齐白石和黄宾虹又不一样。在齐白石面前,他明显放松得多,也夸赞,说这元气这身体都没得说。他笑呵呵地说:"他这个人啊,是当真得意!他总还是不经意又把人打动一下子!画花鸟,真的容易得意、快乐啊!不像是山水那么沉郁高古。山水画家和花鸟画家,考虑的东西是不同的,花鸟就是直接进入。你看看,他多么直接,简直顾不上了。"

到了黄宾虹的那幅白鹭荷叶图面前,他唉了一声,整个人有点化掉了一样。他站了一会儿,好像把周围的人都忘记了一样。看了一会儿,又突然惊醒了,四周一看,这么多人!他似乎都有一丝惊喜,然后马上把感受对周围的人倾泻而出。

四周的人都在交头接耳:"这个人是谁啊,好像很懂啊。"阿初跟在旁边，微微笑，推了推眼镜，很为自己的老师骄傲。他是个沉默又勤奋的学生，帮画家做好多琐事，而画家有时候是顾不上他的。阿初跑来跑去，其实蛮辛苦的，而这个时刻，好像是他觉得非常值得的时刻。

画家喃喃地说："那张纸是不存在的啊。黄宾虹的东西是从四面八方来的。他不是在画画，他是在做雕塑，是立体的。要直面这个世界啊，每一次都是重新直面，以前的东西要全部丢掉。怎么能套路生命呢，每一次不同的氛围、运动的连续性，甚至香气，你看看，这个黄宾虹，他多么彻底。"

他看看一幅画，重新回到刚才看过的一幅。我们这一团人，也跟着那么移动。他突然回头对我们说："大自然是没有雅俗的。什么是俗，不是色彩艳丽形态好懂，是不能再提供新东西了。"

有一个杭州老大爷一直跟着，他不断点头，说了一句："当真有趣！"因为时间太长了，他似乎有点体力不支。他犹豫着似乎要走，转了几圈，终于走了。在门口，我看他又回头看了我们一眼。这个时候，画家已经讲足了三个小时。

此刻，他还意犹未尽，站在黄宾虹的一幅梅花前，他说："这幅画，是我生活在杭州觉得很幸福的重要原因，每次展，我都赶过来看它。"

我想起他画的那幅梅花，孤零零挂在那间没有装修过的清水房里的样子。

据说，上一次，展的不是花鸟，是黄宾虹的山水，他也这么陪着一位从香港来的策展人讲。讲到最后，那位策展人太感动了，送了一幅真的黄宾虹的画给他，说是宝刀赠英雄。

每次说起这件事，画家都依然还不太相信似的："他居然真的送我了。唉，这个人。我要画一幅大山水送他，肯定要画一幅最好的。但总不满意，我一定要画出最满意的给他。"

不知道这次画家要画的大山水能不能如愿，反正我说要去看。画家这个人，其实心很软，多求几次，他就说："那好吧，你来吧。"

4

终于，我看见了画大画的过程。但记得最清楚的还是起笔：画家站在远处，端详订在墙上的空白纸张。先站在中间，又换个角度，再看，再换个角度，继续看。他额头中间似乎有光线射出来，和那张纸连在一起，他不是等笔墨，而是等这束光越来越强。

阿初在磨墨。

这个过程大概有二十分钟，他突然觉得可以了，快步走到纸张前，接过阿初递给他的笔，在废纸上试了试浓淡，然后再一次凝神，在纸张上部走了一条长长的弯曲的线条。

他马上又弹开，站在开始端详的位置，看这一条线。这个过程反复了几次，他不再弹开了，线条定下来了。他开始扎在纸张前画大面块的内容,哪里是山峦,哪里是亭阁,哪里是路径。画了一会儿,他突然把笔递给我:"你来画棵松树。"我吓死了,摆手:"不不不,我会画坏的。"他笑:"没事,你既然来了,也要在这张画上留下一点痕迹。不要怕,好坏都不要怕,你在大画上留下过痕迹,以后你胆子会大。真的不好我可以盖掉的。"

我画了,下笔的时候,好像眼泪要流出来一样。

这样画了一下午,天色都转暗了,我们才觉得饿。

晚饭时间到了,画家说找个人请我们吃饭。

据说平日想请他吃饭的人有点多,他吃不过来,就把这些人都攒着,需要的时候一个个再发出邀请:"你可以来请我吃饭了。"人家就开开心心地来了。也是神奇。

以前打车不好打的时候,我每一次看见亮着"空车灯"的车,都暗暗想攒着。可惜那些空车我只能攒在记忆里,不像画家,对请饭的朋友,召之即来。

但是画家很贴心,看人多,就直接说:"我们去吃面吧!"这样请客就变得轻松了。大家都说"好"。这附近有一家面馆很有名,叫小辫子面馆,在不远的村里。大家下楼,安排车辆,坐着去面馆。也都饿了。

和画家吃过几次饭,他点菜的本事不在画画之下。荤素搭配、特色、价格、对食客的口味拿捏之准,要我说,可能比画画更有一番说不出的高妙。比如,他说点菜就别问,就按一个人的喜好来,一问气就散了。还真是,每个人点一个菜，那桌菜确实是没法吃的。再比如，有一次，我们三个人吃饭，都不饿，但又该吃饭了，他有本事把饭馆里的菜点出几个来，吃吃不占肚子，又精巧，还有味。

他虽然不在乎表面排场，但知道什么好。这个人是真灵的，所以我就盯着，他要什么面，我就要什么面。

小辫子面馆一看就是牛气小馆子那种气场。用粉笔写在小黑板上的菜单已经烟熏火燎脏兮兮的了，什么爆鳝面、猪肝面、腰花面、牛肉面……一看口水都要流出来了。我拼命仰头咽口水，假装镇定。

老板是个胖乎乎的中年人（也可能年纪更小一点），梳了一个小辫子在后脑勺上。亲自站在灶头上炒浇头，很累的样子，但还没有完全磨灭掉和顾客调笑的天性。一拍照，他就笑眯眯地把后脑勺转过来给大家拍。

也可能是因为画家来了，小辫子老板和画家很熟的样子。

画家要的是牛肉面，我也要了牛肉面。馆子里人多，点了之后，我们占据了最大的一张桌子，每人都捏着一双一次性筷子，扯开了刷好毛刺，等着。

一碗一碗面从面前端过去了，都不是我们的。每一次那面路过我眼前，我都咽一口口水，微微有点颤抖，继续擦擦筷子。画家呵呵笑："格格，饿了没有？"我点头："饿了。"他继续呵呵笑："饿了好，一会儿吃得香。"我眼睛都要绿了。我一饿起来就跟狼一样，这一点估计他也看出来了。

大家依然还在儒雅地聊书法,包括来请饭的某某老师,一口北方口音,说起正在展出的苏东坡大展,说其实有一幅杨凝式的《神仙起居法》才叫好,没人看,都堆在苏东坡那边。画家点头:"杨凝式好啊,那才叫仙气。"王老师也点头:"懂他的人不多。"请饭的老师:"我看了好久,真棒。"

我强忍着饥饿,拿出手机百度,一看,哇,果然好,那行草的笔画云雾缭绕真是满纸烟花。我悄悄对画家附耳:"怎么有点像你。"他呵呵一笑,没有说话。

第一碗面来了,是牛肉面,全桌就我和画家是牛肉面,他马上就推给我:"你先吃。"我假装讪讪问了一下:"哎呀!大家的都没来……"大家都说:"你吃你吃,我们的面马上就来!"看来有文化就是好,人都这么和善。

我拖过大面碗,举着筷子就吃开了。第一口下去,浇头带着酱香锅气,牛肉筋道,油乎乎烫呼呼,喝一口汤,天,我就像是杨凝式的那张字一样,整个人都雾化了!我马上进入了物我两忘的境界,周围人说话的声音都变远了,我呼呼吃着面,额头上开始冒汗。

大家的面也都一一上了桌,每个人都马上投入了和面的亲密时间,大家都说:"不错不错,好吃好吃。"请饭的老师看大家这么满意,也很开心,说:"唉!我这个人走南闯北,就是舍不下这碗面!今天画家说吃面,我很高兴,其实吃这个最香了。"大家嘴里含着面，纷纷点头："嗯嗯嗯，香香香。"

最后的面是阿初的，端上来，是肥肠面，说时迟那时快，画家居然在他碗里夹了一筷子肥肠，麻利地丢到我碗里："你吃吃这个，你没吃到这家肥肠是可惜的。"然后才把碗还给阿初。

我心里油然升起一股感动！一口咬住这块肥肠，一吃，果然好吃。我开心得不知道怎么才好，在心里暗暗决定，以后要和画家吵架的话，一定要记住这块肥肠的情谊。画家开开心心吃他的面，完全不知道我在心里暗许的事情。

吃完了，天已经黑透了。大家又说坐车回去。画家说："坐啥车，吃得这么饱，走走好嘞。"最后只有三个人愿意走，我、他、阿初。

开车的先走了。我们三个在黑暗里沿着乡村的小路出发，还有隐隐的桂花香。画家哎呀一声，说幸福死了。我其实也是，但是在黑暗里不用笑，自顾看脚下。四周都是茶田，顺着坡度延绵着，天其实不是黑的，是幽蓝的，还有星子。

我问阿初怕不怕黑，他说还好。我问他一个人敢走吗，阿初笑笑没说敢不敢，只是说一个人走没意思。我问画家怕不怕，他立刻说怕。

我笑起来："真的假的？"他说："这么黑，怎么不怕。"我说："你怕啥？"他说："这路上有坟唉。"其实我也怕，听他说怕，马上就觉得不怕了！我鼓起勇气："不要怕，有我在，我保护你们两个。"

他和阿初笑起来。我说："真的，我可以的！我有法力的！我没有告诉你们吗，我其实是个巫婆！"

画家哈哈笑个不停，走过一个弯道的时候，他特意指："你看，坟就在那里。"我很气，马上屈起手指做金刚手印（我想象的）对着那个方向，嘴里念念有词："吼！哈！"

然后严肃地对画家说："好了，不好的东西已经让我驱散了！放心走吧！"

画家又指："那里也有坟。"我忙不迭又去"驱魔"："吼！哈！"画家要笑得变形了，阿初也一直憋着。他还要指，一辆车呼啸着擦着我们开过，他马上把我拉到旁边，自己则非常矫健地冲到了茶田里。车开过去了，他又说："哎呀呀，我这鞋子不好了，沾泥了。"

我疲惫地（也要冒火了）说："不许再告诉我坟在哪里了！我的法力要用光了！"他嗯嗯说行。不是他给我吃了那块肥肠，我真的要生气了。

默默地走啊走。

别说，驱过魔的夜晚安宁静谧，群山在远方，暗暗的山峦一重又一重，近处都是茶田。画家在坡上回望："这里可以画啊。"他看了一会儿，又换了一个地方，继续看，然后又换了一个地方，还是看。和他画大画起稿一模一样。

我也站住了，顺着他看的地方，望着。

总有一辆又一辆夜行的车,画家站在边上等它们开过。

最后他说:"总也让不完这些车。要不然,夜晚会更美。"

前方就是灯火通明处,那边是尘世间了。

老白

1

如果你认识老白,还加过他微信的话,点进去一看,估计不超过一分钟就想退出来。全部是那种"感恩有你"类型的茶会宣传,土到爆的设计,配古筝曲,一张一张照片还滚动,词都是什么"今生的相遇,都是我在佛前求了五百年"之类的。看得我那个大白眼翻的。

对的,他就是传说中的那种"茶人"。茶人朋友们莫恼气啊,你们都是好茶人,尤其是看我文章的,更是好上加好了!我就是说老白一个人!他早年是学工程机械的技校生,人聪明,又爱钻研,掌握了不少技术,开发了矿山设备,开起了工厂。那是一个矿业兴旺的年代,他就这样意气风发地成了一个实业老板。人呢,长得秀秀气气,有广西人独有的深眼窝和浓眉,说是英俊也可以的。他还有和这个行业有点不相称的斯文,说话慢声慢气的,天生的,据说他小时候人家老以为是个小姑娘。我看过他原来和全厂职工的合影,作为老板,他坐在当中,哎哟喂,小西装笔挺,小领带板正,雪白的衬衣,抿着嘴,一双眼睛炯炯有神。

他有钱以后,总觉得精神上也需要精进一些。所以,先是去拜师学佛,但是呢,运气总不好,还没皈依呢,师父们总是一个个出现问题。我也认识一些和尚朋友,都挺好,大部分都很认真精进。老白可能是一种特殊体质吧,总吸引这类不太好的。其实他也没啥毛病,就是太肯花钱。反正,拜师呢,基本上处于这么一个挫败的状态。他叹息一声,依然相信冥冥中有一个真正的师父在等他。合十,白先生。

然后,他就开始爱上了茶,性子本来就温和,觉得那种"清净和寂"可得劲儿了!穿上一身茶服,往茶席边上那么一坐,比大学生看上去都有文化。白老师为之疯狂了。他那时候还是个土豪,土豪疯狂起来和一般人不大一样。他总是对卖茶的人温和地微笑:"请拿您最好的茶给我,钱您说,不还价。"

这就是他从土豪走向破产的第一步。因为喝了茶以后,工厂也无心经营。这是后话了。反正呢,现在他负债累累,除了当个"茶人",也没别的选择了,就剩下了一仓库的茶。但是我说过倒了架子不倒灶，真的，我见到的他，一次次还是微笑着的。说起茶，依然痴迷。感恩感恩，特别感恩。

年初他想在春天搞个茶会，想取个名字，问我，我随口（真没动脑子）说："那就'暮春茶会'吧。"他回了一个双手合十的表情，说："感恩格格老师。"他永远这样，劝了多次都改不了。其实我这样也是不对的，人家客客气气一佛教徒，没啥毛病，但是跟他不知道怎么回事，就不想来这一套。还有在微信上翻大白眼，他也不知道。

然后，我看他登出来的广告："幕春茶会，感恩你的参与。"配了一首诗经里的《蒹葭》："蒹葭苍苍，白露为霜。所谓伊人，在水一方。溯洄从之，道阻且长。"配古筝曲《真的好想你》。我脱口而出：坏了！

我告诉他："是'暮春'，不是'幕春'！赶紧改！《蒹葭》这首诗写的是初秋，不是春天，白露都结霜了，明白吗？"他说："哦哦哦，好好好，感恩感恩。感恩老师，那春天的诗句有哪些？"我一口气说了好几首，杜甫的、王维的、晏殊的。他一一哦哦地应着。

改了之后，新标题是：慕春茶会，感恩有你。配乐：古筝曲《真的好想你》。

2

第一次见到老白,是在成都的一家茶馆。不过不是成都的那种老茶馆,是很洋盘的新茶馆,喝新式文人茶的茶馆。就是那种装修得让人不敢贸然走进去的茶馆。这类茶馆一般不叫茶馆,叫"茶空间"。我问过搞建筑研究的九大师,一个地方为什么要叫空间,九大师双眼迷离了一阵,说:"我咋知道!"

小学的时候,有一天,同桌杨秀婷在语文书上画了一个房子,房子上挂了一个牌子,上面歪歪扭扭写了四个大字:"中华小吃"。我问她在做啥子,她说她在开馆子,要开一个人人都敢走进去的馆子。我说啥子叫人人都敢走进去的馆子,她说就是装修不要太豪华的那种。她问我:"大富豪火锅你敢不敢走进去吗?"我懂了,摇头:"不敢。"

其实现在我也是不敢贸然走进那些茶空间的。觉得走进去,就像是一只小老鼠一样,还是那种刚进城背着一个布包包的小老鼠。

不过实话实说,我那天去的这家成都的茶空间,已经算相当亲切的那类了。是一个老院坝改的。那天,一位做生普的茶友带了他的茶品,让我主泡,那也是一位神人。一个人如果告诉我,只喝生普,我在心里是敬三分怕三分的。惹不得,脾气都偏火暴,动不动甩饼千年树龄的啥啥啥茶,或者啥啥啥砖,我都恭恭敬敬双手合十:"今天喝了中药,喝不得茶。感恩。"

老茶气壮,生普性寒,喝多了,不是我这个小身子骨能接受的。在西双版纳,我这位生普神人朋友,亲手把七八克大几百年的细腰子闷了五六分钟出汤,一喝,我觉得自己的脸都绿了,还蓝绿蓝绿的,跟阿凡达一样,只不过飞不起来,只想倒栽葱倒在地上。

这天,喝了一整天的生普。我隐隐感觉自己的皮肤又要转蓝绿色了,胃抓成一坨,刺痛,冰一样。又累,我还要撑住,毕竟是朋友的事情。泡茶为什么会累,这个回头细说。

茶馆的小哥对我说:"格格老师,下面有个人想见见你。"格格老师转过来一张蓝绿色的脸,疲惫地说:"谁啊?"小哥说:"一个茶人,专门从柳州来的。想会会你。"我说:"好的,谢谢你,我知道了,一会儿下去。"

我偏偏倒倒从二楼走下去,在一楼门口的茶桌上,看见一团黑色的影子。我说:"你好,我是桑格格。"那团黑影抬起头来,我觉得自己恍惚间见到了一个和尚:深色皮肤,深深的眼窝,静谧的笑容,浑身黑衣黑裤黑鞋黑袜,一个黑背包放在旁边。黑影站起来,对我合十:"久仰,桑格格老师。"

他就是老白。

他一身风尘仆仆的气息,果然,一会儿要去赶飞机。只有半个小时和我喝一泡茶。他微微一笑,轻声说:"老师想喝什么茶?"我有气无力地说:"有岩茶吗?"岩茶和生普的存在，一个是冰，一个是火；一个是阴，一个是阳；一个是盐，一个是糖。甜的吃多了，就来点咸，咸的吃多了，就来口甜……这么吃着吃着，就吐了。我那个时候，其实哪里还喝得下什么，只想吐。只是想起岩茶的暖，还有一丝慰藉。

他从黑包里摸了一阵，这个黑包是个神奇的包，装满各类猛茶，是一个陪伴白老师走遍大江南北各个茶空间的包。他摸出一包岩茶，他泡。他泡茶的方法没有什么出奇，只是动作格外轻慢，更像个和尚了，嘴角带着一丝若有若无的笑。

我一喝，那一口茶，像在身体里一路开着灯进去。茶到，一股热气就倒。肠胃里挤着的那股劲，被什么东西缓缓撑开，我的脸，从蓝绿一寸一寸恢复了正常。白老师客客气气："请问格格老师，您觉得岩茶有什么特性呢？"我那时候，说了一句比较恶心的话："我觉得岩茶有人文气。"其实我是觉得岩茶比较暖人心扉。

他缓缓站起来，双手合十："我记住了。感恩格格老师，我该走了。"

3

那天老白走的时候，客客气气问我能不能给个地址，好寄几款茶。我把手机伸出来："扫微信吧，这个时代，哪里还那么古典留电话地址啥的，都整麻烦了。"他双手合十：

"那再好没有了，我不好意思要老师微信。"

然后我就看见了那些"感恩茶会"和"佛前求了五百年之类"的内容，一分钟后退了出来。

等我都要忘了这个人的时候，我收到了一个快递，打开是茶，三款小包装的龙井和两袋红茶。快递单上的名字我想了半天，这谁啊？白啥？我脑子突然想起来一首歌：我是一只修行千年的狐，千年修行千年孤独。后面的词不知道了。这首歌，以前在我们赛洛城露天菜市口的手机快修店门口是反复播放的。我终于想起来了，这是那位白茶人寄来的茶。

我找到他的微信，点开，留言："茶收到了。"他秒回："请老师品鉴一下。"我本来想说，能不能不要叫我老师，忍了，回了句："客气了。我喝喝看。"

我先喝龙井，三款只有1、2、3的数列，没有说明。三只一样的白瓷盖碗，同样的水和水温，同样的克数。每一种喝三泡，我心里有个大概的数，用笔记下了感受，然后排了个系列：2、3、1。

我告诉他，2排第一，因为香气最有开阔感，来得不猛但是有递进，送得远穿得透；3排第二，香气更浓烈，品种香也明显，但是缺乏空间感。1排最后，外形美，但是各方面都逊一筹，没有余韵。我最后说，虽然排序如此，但是市场价3应该是最高的，因为最抓人。

他这次没有秒回。我看见他在输入，但是输着输着又停下了，好像要说什么，又没有想好。重新又开始输入，最后他只回了几个字:"请老师再品那两款红茶。"

我清了盖碗,试红茶。第一款,我喝了第一口,就不想喝了。第二款,刚温好盖碗,茶一一投下去,那香味就让我有些感动了。非常幽,但是很紧结,丝带一样。果然,一喝,我整个人往后一仰,深深吐出一口气。

我激动地点开他的微信,说:"第一款就不说了,这是你的障眼法。第二款,如果这是你真正选择的方向,那么,我告诉你,我们是同路人。我爱的茶就要这样引而不发,天真又充满能量。"他秒回:"老师!"

我这次说:"能不能不要叫我老师,咱们能不能正正常常喝个茶。"他哦了一声,居然发了一个面条泪的小表情,又叫了一声:"格格老师。"

4

我又回到了成都,具体什么时间,我有点忘记了。少说是四年前的事情了。可能是母后的生日之类的,对于我来说,何安秀小姐的生日,是天底下最重要的一个节日。

那时候,成都也有了一批喝文艺茶的朋友了。成都的美人们,动物啊,七音啊,子寒啊,思思啊,老叶还开了一家设计高雅的茶空间。各行各业的美人们,见面都拿出自己的小壶壶、小杯杯,一个比一个贵,一个比一个讲究。我提一下思思,都说我们成都姑娘美,但是个子不高、身材不高挑。哼哼,那是没见过思思。思思身高一米八四!长得那是红头花色、眉冠日月!她有一次来我们小区找我,跳广场舞的阿姨们都不跳了,都来盯着她看。我和她走在一路,总要问她:"上面的空气如何?"她就嘻嘻一笑:"来,跳上来,我抱你闻一下。"她家里的浴缸都是特制的,我完全可以轻轻松松在里面游个来回。

思思每次来,都带一把小壶壶。她周身都是宝,古玉啦、战国琉璃啦。摸出一样,都是好几大万。但是思思表示,在喝茶方面依然有点茫然。

我和这些姐妹在一起当然会喝茶。但是现在已经不了。因为我喝茶太严肃了,她们估计都没有注意看我的微博介绍:她很严肃。在茶方面,我不讲情面的,有时候简直让人下不来台。哪个要说啥茶都是平等的啊,要用平常心对待所有的茶啊,我就要发毛。大家都在背后说,格格太凶了,她是用生命在喝茶,不要惹她。前几天老叶在微博上小心翼翼地问我:"你是不是对我很不耐烦?"我说是。但我也说:"我爱你这个人,喝茶的事情暂时不聊。"她说最近穷。我说:"我负责给你介绍百元以下好用的茶具。"她说:"爱你不虚。"我说:"么么哒!"

我在老叶那儿泡过一次生普神人带来的一款曼松。有那晚的经历,对于喝过的人,我都可以继续对他们发毛。因为茶和茶真的不同,怎么泡,认不认真泡,又不同。那一晚,真的是曼松之夜。我至今想来,都觉得不可思议。那时候还不兴拉群。如果是现在，估计当晚喝过的人，可以拉一个"喝过曼松的兄弟姐妹"群。在同一时间，品一款茶的大型美好，而且大家都感受相同，可以让人成为亲人。

只有这一款曼松让老白耿耿于怀，因为他没有这款茶。他手上的曼松，和我们那晚的曼松是两回事。他那时候觉得全天下还有他找不到、买不到的茶，是不能忍受的，比自己工厂的业绩逐月下滑更不能忍受。

他在闻听曼松之夜的第二天，就来了成都。但是茶喝完了，人都散了。拿茶来的人都走了。他在黑夜里，穿着黑衣黑裤，黑袜黑鞋，背着黑包，四顾茫然："啊，格格老师，曼松真的喝不到了吗？"

5

当然，喝不成曼松，也不耽误我们喝老白那个黑包包里的茶。

约在小童开在文殊院后面的一个茶空间。嘿嘿，熟人开的茶空间我敢去。而且我也习惯一家茶馆叫空间了。反正约定俗成嘛。

但是整个成都，我最愿意泡茶的地方，是豆豆开在新鸿路妇幼保健院边上的童装店。在她那个柜台后面大概半米的地方，我大概把豆豆泡哭过七八九十次吧。豆豆说不来我泡的茶如何好，她直接出去围着店门口的大黄果树转圈，叨支熊猫，说："龟儿子的，是比老子泡得好。"听着她招呼顾客哄娃娃的声音，我觉得比古琴曲还安定。她那天听说我们晚上要去喝茶，早早就把卷帘门哄冲哄冲拉下来关了。拉卷帘门的时候，露出一截雪白的小蛮腰，走过路过的男的都转过来看，她哐一声把铁锁锁上，杏眼倒竖，横人家一眼："看！再看老子把你龟儿子拉进去！"

开玩笑的，豆豆就是这个爱开玩笑的性格。她其实挺害羞的，看见老白，悄悄对我说："长得还要得嘛。"我瞪她一眼，喝茶，是件严肃的事情。那晚的茶，好是好，但说来都不出奇。但是我用普通的杯子和老游的一只"牛油果"杯子让老白喝出了杯子的差别。他惊讶地说："原来有这么大的差别。"我嗯哼一声："那当然。"

老白很严肃地邀请我去柳州，希望我能去喝喝他库存的茶。按品类、按年份，一个系列一个系列地喝。我想了想，说："等有机会吧。"他点点头："等合适的机缘，恭候老师。"

然后，他背着黑包，在黑夜里对我们双手合十："老师们留步。"然后一转身，就隐没在夜色里了。我突然发现，他走路几乎没有声音，那么轻，像是飘走的一样。

我对豆豆说："你觉得如何？"我问的是茶，她叹口气："估计配不上人家哟。"

6

不写下面这些话，我就没法继续写在柳州喝茶的一些事情。如果已经有读者觉得我写老白写得就像是武侠小说一样，其实那些事跟这之后发生的事情比，简直就是稀捞松活的平常事。

稀捞松活是我妈其中一任男朋友描述自己年轻当知青的时候，一个人吃了一斤挂面的事情。不是煮熟的面，而是一斤干面。他耍着二拇指（我也不知道为什么是这根手指），说："简直是稀捞松活。"

首先呢，大家也不要认为我是个多么厉害多么专业的品茶高手。我不一定见过多大的世面，喝过多么顶尖的茶，我无非就是个痴人。爱什么，一爱起来啊，就不得了，从小就这样。反复给大家说了，要把我带给你们的浓烈的感受程度，自动降低百分之五十五。接下来可能需要你们降低更多。这样我也能更放开给你们来摆龙门阵。

其实，老白也是个痴人。我们两个痴人在一起，说的是梦。大家就跟着我们做个梦，不要太当真。对的，就当武侠小说来看。如果读者中有茶友，不准确之处，还要谢谢你们的宽容。

好了，招呼打好了。请大家和我一起回到四年前，我们一起去柳州。

7

飞机降落柳州,第一次来广西,觉得真新鲜。

下了飞机,我穿过大厅,没走两步,居然就在机场外了!这种感觉也很奇妙,就跟一个大包子,第一口没咬着馅,第二口咬过了似的。

老白笑嘻嘻地站在门口,穿着黑T恤牛仔裤,双手抱臂,轻轻地对我挥手。他这次倒是没有双手合十,看上去十分轻松愉快,眼睛清亮,完全没有陌生感。轻轻把我的拉杆箱接了过去:"格格老师辛苦了。"然后,走了十几步,就到了停车场,他唧一声按了车子钥匙,一辆黑色的大越野车,牌子我都没听说过,但是车上的各种设施让我知道这车一定不便宜。开出机场,两旁漫天盛开的紫荆花,染成两排紫红。我很兴奋地趴着高级车的玻璃窗往外看:"哇!你们柳州真好看!"老白优雅地微笑:"谢谢格格老师夸奖,我们柳州确实挺好的,只是好多人不太了解,我们这里四季都很好,一年热冷都适宜。"我说:"有螺蛳粉吃吧?"他呵呵轻笑:"有,吃到你不想吃为止。"

五分钟,真的就五分钟,开进了一个工业区。在一家看上去高大气派的工厂门口,老白的车一到,自动门就悄无声息地打开了。门口岗亭里有一个保安敬了个了礼,老白偏了偏头算是回礼。我在厂区里一眼就看见两三棵开得撕心裂肺的紫荆花,比一路过来的都要高大茂盛,真美啊。老白笑笑:"格格老师别见笑,这一片就是我的厂区,我的茶室就在那边一楼和二楼。"厂区真不小。但是产区里让我吃惊的是桂花树,不知道一共有多少棵,直径在几十厘米的就有十来棵。还有别的树,香樟、玉兰、女贞,连珍贵的红豆杉都有,郁郁葱葱。还有一个金鱼池,四周叠着假山,依着红枫。柳州温暖,植物都长得很好。他笑着说:"我这个人喜欢植物,这里的桂花有四五个品种,我当初买来时树龄就有三十几年,我自己种在这里也有十年了。"

别说,虽然是工厂,但是有这么多花草树木簇拥着,像个公园,他带我往办公大楼走,那边是一片竹林。竹林里,隐约看见有一个搭着竹帘的玻璃房子,他说:这里是我喝茶的地方。竹林是外层,里面是一圈兰花,也开着紫红的花,繁花累累。他养花真可以。推开茶室的门,嗯,果然是雕花红木家具一堂,墙上挂着一幅字:"明心见性"。我脑子里又要唱"我在佛前求了五百年"了。他拉开一张雕花红木椅子:"格格老师,请坐。"

然后他坐在了茶桌后面开始烧水泡茶。说句实话,这些茶桌、茶具都够土的,但是干干净净。茶桌边缘擦得漆都浅了。他说:"为了给格格老师接风洗尘,我泡个你喜欢的岩茶吧。"我拍着手:"好好好。"

那茶一喝,我愣了一下:"是铁罗汉。"他微笑点头,玻璃门后竹子和兰花层叠掩映。我站了起来,说:"白老师,我可以走了。"他一愣:"啊?"我说:"这是我喝过的最好的岩茶。我已经喝到了最好的茶,我现在就可以走了。"

8

老白笑笑:"这就是最好的啦。哈哈。来,我带你参观一下我的茶仓。在二楼。这一次我有一些东西想让你感受到,你可不能走。"他有点开始得意了。

我当然不会走,我又不是二百五。但是我确实很震惊,这一款铁罗汉绝对不是他随意拿来泡的。这就是下马威。

刚走上二楼,就闻到茶香了,那股味道像是吸着我一样,一步一个台阶,往上走。是一片玻璃门,一整层隔出来的,后面挂着厚厚的遮光窗帘。他打开门,一股更浓烈的茶香把我包裹住了,我觉得眼睛一热。但是我先看到的,是一架子茶具。以日本货为主,曾经流行过的,满架子都是。日本铁壶就不说了,银壶、铜壶,就是一排。还有很多茶杯、茶壶、茶碗、茶盏托、建水、存茶罐(各种材质)、香炉、花瓶。这些吓不倒我,抱着胳膊看了一眼,嘿嘿一笑说:"都不怎么好用吧?"他有点羞涩:"嗯,瞎买的,确实不怎么好用,所以先堆在这里。格格老师有喜欢的,随便拿。"我摇摇头:"格格老师看不上。"

其实我爸打小就教育我,不能随便要人东西。他没给过我什么更多的教育,这一句我一直铭记。

从茶具架子转过来,就是茶仓库了。我站在那里,觉得自己像是做梦，那么多货架，顶天立地，全是茶。他不好意思似的站在那里搓手："格格老师，我所有的茶都在这里了。"我点点头："你要还有，真的就不像话了。"他带我往里面走，我蹦跳着生怕踩到茶，推开里面的一个门，说："这里还有一屋子。只不过这里的茶，就是养屋子的，没有外面的精。养屋子的，全是生普，也就是两三百年的树龄，十年前买的，这么小的树龄，不会给你喝的。"

好的，我们回到了刚才那个茶仓库。我有点颤抖，抱着胳膊。他一一介绍："这一架，是班章；这一架是冰岛；这一架是困鹿山……这边，全是岩茶。但是岩茶我还不多，只是那天老师说岩茶有人文气，我才收的一批。这一批都是慧苑坑、天角、老龙窠、内鬼洞、外鬼洞。"

货架上的茶，排得整整齐齐，标签都明明白白。他说话的时候，双眼放光，但是也依然带着一丝羞愧。他站在茶当中，长叹一口气："唉，我真的也不是什么好人，这么多年，什么事情也不做，就收茶。真的，我有点太执着了，我以前一个师父就说我这个人业障太重，要遭报应的。我现在觉得也快了。"我哦一声："那位师父呢？"他好像突然醒了过来一样，说："师父……师父嘛，不说了，佛教徒不能乱说师父的。"

他打开一个纸箱子，里面全是生普，再拆开里面扎好的塑料袋，让我闻。我把脑袋整个埋了进去，深深一嗅，再抬起头来的时候，笑了。我的这一笑，让他愣在那里："格格老师,你这个笑,我这一辈子估计都会记得。"我转身,因为已经快流泪了,和他还不熟。

他跟在后面:"老师,明天你就先从这一款开始喝吧。"我嗯嗯嗯,一路走了出去。

9

老白用车把我载去住处,他的厂区离市区有大概半个小时的路程。我在车上一言不发,也没有趴着玻璃窗往外看了。我确实被他的茶仓库震惊了。他也一言不发。车上的收音机开着,柳州电台的主持人用甜美的声音说:"柳州这几天天气温和,但是台风马上就要来了。大家要有一个准备。回南天,要注意防潮。"

市区,我没有任何印象。依稀记得挺宽敞挺干净的。车开进一个蛮高档的小区,那小区好像长得和我在广州见过的一个小区一模一样。他说:"安排格格老师住这里可以吗?是自己的房子,但是现在空着,都让阿姨打扫好了。比酒店要亲切一点吧。"我点点头:"客随主便。"他在地下车库转了半天,有点不好意思:"我好久没有来了,停车位有点找不到了。"

终于找到了,他帮我拎着箱子,走在前面。让我进去之后,给我介绍了一下,卧室、客厅、洗手间用品。然后双手交替站在门外:"格格老师好好休息,你醒了给我微信,我来接你。"我点点头，也双手交叠，微微鞠了一躬："好的，谢谢白老师。辛苦白老师了。"他慌忙也鞠躬："老师不要客气。"我哈哈大笑："回见吧。谢谢。"

然后我就迷路了，这套房子太大了。我摸索了一会儿，在三间卧室里，找到了开始他示意让我住的那间。整间屋子是粉红色的，一架公主架子床，粉红色的纱幔。我洗漱完毕之后，揭开床上的被褥，全是粉红色的。我要是五六岁的话，估计会相当喜欢。但是现在，我只是小心地躺进去，只占用了床的五分之一，蜷缩成一团，模模糊糊睡了过去。

第二天，手机震动把我惊醒了。我醒来的第一瞬间，睁开眼睛，漫天粉红，我在哪里？哦，我在柳州。然后我努力想自己做的一个梦，依稀记得自己好像梦见了去世的祖祖。祖祖是我爸爸的奶奶，一百零三岁去世，小时候带过我。她不是一般的老太太，在一百岁之后，她说自己随时能看见鬼。还说那些鬼在地下的世界，也种庄稼。我梦见我祖祖戴着我给她的碎花围巾，笑嘻嘻地问我："蓉娃子，你好久回来的哇？咋不来看我。"手机又一阵震动，我一看，快十点了，怪不得老白也忍不住问我："格格老师，您醒了吗？"

我用十分钟穿衣洗漱。老白已经出现在门外了。他笑容满脸："带你去吃螺蛳粉。"我欢欣鼓舞，拍手："好好好。"

那家螺蛳粉我现在还记得，名字叫鼎钻，小小一间，还没有走拢，就一股酸酸臭臭但是综合起来确实香的味道。

他指导了我该怎么吃，说那些鸭脚板、酸豆角、酥肉、煎蛋都可以另加的。好的，我一激动，全加！他哈哈一笑："好。"等端上来，我傻眼了，冒尖尖一碗，刨了半天，才看见下面的粉。他那一碗，只有酸豆角，他微微一笑说："我是吃素的。"

我仰面深吸一口气，念了句阿弥陀佛，一头扎进了我的豪华螺蛳粉里。

10

"那南风吹来清凉"，这句《夜来香》中著名的歌词，此刻我才知道其实是胡扯，南风不可能吹来清凉，只会带来湿答答黏糊糊的潮湿。

带着一身的螺蛳粉味，湿答答的体感，我又走进了老白的茶室。他作为董事长的办公室在二楼，但是他几乎不在那里办公，所有的人来找他，都是到这个一楼的茶室。后来有一个风水先生来帮他看风水，就说了，白总你这个财气散了啊，你的主位应该在你的办公室而不是茶室。他当时长叹一声："报应啊，都是我的报应。"茶室的长桌上，已经放了一排塑料袋装好的茶，这是老白昨天说今天给我泡的。是班章，各个年份的，一袋摞着一袋。

老白说："一会儿有可能还有别的茶友会来，介意吗？"我说："不介意。"他又说："也有可能下面的工作人员时不时地要来签个字什么的,也希望格格老师包涵。"我嘿嘿一笑:"格格老师脾气好着呢。你的茶具在哪里,我要用盖碗,最好都是一样的白瓷盖碗。"

他找出了几只,我看了看,胎厚了些,但是可以用。我说:"不要一排开泡,还是一款一款来,这样可以泡得精细品得清楚。"他说好。温盖碗的时候,我从第一个袋子里取出大概两克茶,他说:"这么少?"我点点头:"够了。"盖碗温得烫烫的,马上下茶,茶香一下腾起来,哇,好。我提壶,拉细水线,慢慢从碗壁入水,水不能完全淹没茶(保持顶面的茶不要打湿),不盖盖子,不用匀杯,马上把汤直接出在杯子里。当然杯子也是温好的。

他愣了:"你不洗茶?"我愣了:"你一直都洗茶?"他说:"难道不用洗吗?"我笑了:"这么好的茶,洗了还喝个毛线啊。第一泡的味道,后面不会再有了。"我开始说话比较放松了,希望气氛活泼一点。他不说话,拿起杯子来一喝,看了我一眼:"香气这么好。"我说:"这个泡法,就跟快刀片火腿一样,片片清晰。"他点头:"有意思。"我端起来喝了第一口,大喘气,捶了下胸口,发出粗粗一声:"嗯……好茶。你这个班章和外面的班章不同,这么甜美,一点不霸啊。"他微微一笑:"我一直觉得茶越好越不应该霸。"他活动了一下肩头,整个背往前卷了一下,后来我发现这是他的习惯动作,一般是说什么说来劲儿了就这样。

但是这口不霸的班章,在第二泡的时候,就像推开了一扇门,外面全是花海,力道一直往上走,满屋子开始开花开朵。阳光打进玻璃茶室,我有点恍惚。老白研究我的"快刀泡法",连连摇头:"真没想到,这么少,这么好。"我笑:"白老师,我很省茶的。不多喝。"他不可思议地摇摇头笑。

果然,有人来了,推门进来两三个人,一进门就放开嗓门用柳州话和老白打招呼。老白这时候突然换了一个人,他站起来,也用柳州话和他们大声谈笑起来。如果没听错的话,里面还有粗口。其实柳州方言和四川方言,有一点点接近。来的人,看上去像是做生意的,我拿不准,只是——微笑点头。老白介绍我:"这是从北京来的女作家桑格格老师,她专门来柳州喝茶。"听说我是女作家,来的人,目光好像都调亮了几个档位:"啊啊啊,贵客啊,白总这里往来无白丁啊!"我恨不得找个地缝钻进去,只有硬着头皮说:"哪里哪里。"

其中一位发量略少戴着金表的男士说:"桑老师来对了,白总这里的茶,最适合女士喝了,甜甜蜜蜜的,哈哈哈!"老白没回答,只是把肩背又往前卷了卷。我看见他的眼神里有一丝冷笑。他说:"老师刚才泡了第一款班章,你们来了,从第二款开始吧。"坐在斜对面一个矮个子,打开玻璃门居然开始抽烟,对着兰花吐着烟圈:"白总的班章啊,好是好,就是在嘴里少点劲儿。跟白总一样,斯斯文文!哈哈哈哈!"我看了看老白,老白用柳州话自如地回答："跟你一样嘛，喝茶又不是喝毒药。"

我在心里哈哈哈，果然，老白也会爆粗口的。他注意到我在看他，突然脸红了，我对他展开一个微笑，双眼直视他。我的意思是，没事，挺好的。

11

泡第二款班章的时候，我算了一下，五个人，取了五克茶，换了一个大盖碗。其中一个茶客说："这么少啊，格格老师，我们白总那是什么身家，你也太客气了吧！哈哈哈！"我笑笑："初来乍到，还是先假装客气下得好。"他们爆发出一阵大笑。

杯子排成一排，大盖碗直接出，我实在太讨厌用匀杯了。看得出来，这些人都对我这个北京来的女作家会泡茶充满了不信任。他们的眼神犹疑又飘忽，偶尔还相互瞟一眼，然后暗自一笑。我想，这些应该就是平日和老白斗茶的茶客了吧。斗什么茶，我看斗气还差不多。

闻干茶的时候，我就觉得这一款有一种奇特的收敛感，香气比第一款抓得更紧。开汤，第一泡，大家纷纷举杯喝。果然，就有人说："这也太淡了吧！格格老师给我们喝水啊！哈哈哈！"我喝了一口，马上抬头看老白，老白点点头，微笑。那茶喝进去，香气若有若无，完全没有水的感觉，只是一团雾，无比的空旷感，口腔像是撑开一个巨大空间。有个什么在远处，影影绰绰，像是一场大雪马上要下下来，空气是有点凝固的。我和老白都安静了下来。

第二泡出汤，我一喝，惊呆了！我觉得杯子里有一条眼镜王蛇昂首挺立着，完全是立起来的。我眼眶红了，手有点抖。老白一喝，他也愣了一下。这个时候，茶客中一位相对安静的人，他一直没怎么说话，这个时候，用手敲着茶桌，慢慢说了一句："有点意思。"他一发话，大家都跟着说，"这一泡甜""这一泡好"。我努力让自己不崩溃，但是这个茶来得太奇特了。这个感受超过了在成都泡曼松那一次的体验。

那位说有点意思的茶客，说："格格老师泡茶确实不同。"我声音有点抖，说："是白总的茶好。"他扭头看老白："是吗？以前这个味道我怎么没有喝到呢。"老白笑嘻嘻回答："你们这些人，天天蹭我这么好的茶，什么时候在意过！"大家又嘻嘻哈哈起来。

第三泡，那个立着的眼镜王蛇消失了。无论我怎么用力，都在后面的茶里找不到了。茶汤变得如米汤一样黏稠甜滑，但是那个感受消失了。我有点气馁。

茶客们说要走了，有个什么老茶要开，问我们要不要同去。我和老白几乎同时说不了。他们站起来，告辞，一路喧哗着走出去。我和老白听着他们的声音完全消失了，才松了一口气。

这时候，有个会计人员来敲门："白总，有个报表你看看。"老白看都没看,直接说:"一会儿再说。"会计出去了。他出门对门口办公室的一个小伙子说:"暂时不要放人进来。"他回来的时候,看见我静静地瞪着他,他说:"格格老师,你怎么了?"

我说:"我可能想哭。"他马上关上门了,给我递上了一盒纸巾。

12

比较奇怪的是,在我哭的时候,老白完全没有失措或者觉得奇怪。他就坐着,一张纸一张纸地递给我,还带着一丝笑。我就哭湿一张扔一张。有那么一会儿,我觉得我们好像小作坊里在流水作业的工人,在加工什么产品。

哭够了。我说:"老白,你知道吗,喝茶这个事情,本来我都要放弃了。很长一段时间,我没有同伴,也没有茶。不想混圈子,混不来。没有资源就买不到好茶。"他点点头:"嗯嗯,你说,你说。"他的笑更热烈了一些。我继续说:"我都怀疑自己是否真的接触过这个世界,好像看了一眼,又要把门帘放下,告诉自己没有看见过。"他站了起来,在茶室里走了一圈,然后又坐在我的对面:"你要看得上,我的茶,你随意喝。"

我摇摇头:"但我不是为了没有茶喝而哭。"他哦一声:"为了什么?"我说:"茶之美。你喝到了这个茶的第一泡吧？"他点点头。"你喝到了什么？"我说，"我喝到了一件好事物来临的样子。并不是个明确的东西。甚至是空的，气感都不强，但是那么新鲜清澈，甚至是羞涩的。这就是好事物的节奏，有条不紊，可以说是雍容。什么都在远处。但是又让人放心，一切都会如约而至。然后，就真的来了。来得比你期待的还要好。这种事情，在真实生活中又有几次。"

他站起来，又转了一圈。"啊，格格老师，我太佩服你了，你说得太好了。真的太好了。我说不出来。我也没有想到，你会有这样的感受。"我摆摆手："见笑。"

有两只鸟在外面的红豆杉树上叫起来，叫声嘹亮，带着水音，拖得长长的。阳光越来越斜，几乎直接全部铺了进来，顶上的阳光棚落满了竹叶。我说："你就天天在这里泡茶。"他点点头："也没有别的爱好。"

是傍晚了。

他拿起手机看了一眼，说："格格老师，你喝酒吗？晚上我正式请你吃饭。你上去自己挑瓶酒吧。"我哦了一声："你还有酒？"他羞涩地一笑："有点吧，也是以前瞎买的，也没多好，但是饭馆应该拿不出来。"我立刻拍手："好啊！在哪里？"

酒在三楼，各种名酒。其实我也不懂，只是我激动了，真的想喝。挑来挑去，挑了一瓶包装看上去很旧的酒，那包装看着破破的，很廉价，但是却是柳州本地出产的"柳泉酒",1982年的。就它了。

晚上的饭局,是他精心安排的,还有他的几位朋友作陪。有做设计的,也有开茶馆的,甚至还有一位我的读者。其实我很喜欢柳州人,他们都有一种特别的热情,好开玩笑,开朗,斗起嘴来妙语连珠。而我不是很适应,因为我嘴笨,说话除了认真说,没有什么急智。但是老白在这样的场合里,是最幽默的一个,调侃起来,那真的别人都没话讲。这是他的另一面,柳州人老白和茶人老白,完全是两个人。但是我呢,不喝酒和喝酒也完全是两个人。大家也知道的,我喝了酒,那家伙,全天下没有比我更热情的。估计老白也没有想到,原来我是这样的格格老师。那晚他虽然帮我挡了很多酒,但是我依然迅速地把自己喝大了。1982年的柳泉酒真好喝,入口自己就滑进去了,软绵绵的化渣。

他后来告诉我:"你知道你那天喝多了,最后说的一句话是什么吗?"我又紧张又惊恐:"什么?"他呵呵一笑:"你说,班章真美。"

13

第二天,陆续传来格格老师喝多之后的照片,有跳舞(藏族锅庄和广场舞结合)的,有坐在桌子上唱歌的。对了,吾友绿妖老师写过一篇小说,里面有个短头发的姑娘,在饭桌上敲着筷子说:"大家静一静,我要唱歌了。"然后不管不顾地唱起了邓丽君的歌,最后把大家带起了大合唱那位,我必须承认,原型是我。还有吾友小宽老师写在苏州叶放老师的私家园林里拎着黄酒在山石边边喝边唱《游园惊梦》,最后还把杯子扔进水池的也是我。再次对叶放老师道歉。总之,我喝多了,变身的事情,都大同小异。给我定个扰民罪拘留三天罚款两千也是可以的。但是柳州的朋友不清楚啊,桑格格老师不是一个文文静静坐在那里泡茶的人吗?桑格格老师不是《小时候》里面天真烂漫的小丫头吗?

桑格格老师除了说一千句对不起,说一万句再也不喝了,她也没有什么办法了。像是鸵鸟一样,抱着脑袋一头扎进沙子里,深深祈祷见过我的,都快忘了我吧。

老白坐在我这只羞愧又虚弱(喝多了嘛)的鸵鸟对面:"老师,不要急的,没什么的,挺好的,大家都很愉快啊,看着老师那么豪放。"我嗷一声,用双手捂住了脸。他脸上居然带着一丝忍俊不禁的笑,气死我了。

因为喝醉了,喝茶只能暂停下来。他说:"老师您能喝点粥吗?我让梁姐给你熬了一点粥。"梁姐是老白公司的后勤阿姨,管公司的保洁以及养花种草,还负责做饭。她是壮族人,因为皮肤黧黑,一时猜不出究竟多大年纪。她有一双亮得惊人的眼睛和洁白的牙齿,笑起来满脸的皱纹,但是并不老,只是因为笑得太热烈。梁姐带着浓重的壮话口音:"格格老师,梁姐给你煮点粥好吗?呵呵,喝了就舒服了。"

除了粥,梁姐还做了几个小菜,都是新鲜家常的菜,我记得有炒红菜薹、酸菜笋干豆腐之类的。到现在,我还记得那几个菜,什么都刚刚好,盐味,火候,吃起来清清爽爽。在喝醉之后,这样吃一顿,无疑是一种安慰,也是一种教诲。

老白说:"这个梁姐最难得了,她和她老公,就两个人,把公司打理得井井有条,花草树木也是她照看的。"梁姐进来拿吃好的碗筷,我连忙站起来帮忙,她一迭声"不用不用,我来就好"。我对她欠着身,深深感谢:"您的饭做得太好吃了,梁姐。"梁姐羞涩地笑了,一张脸红黑着,眸子闪亮:"不要客气,白总对我们很好的,白总的客人我们都很欢迎的。"老白浅浅地微笑,也说:"谢谢梁姐。"

就是这个梁姐,在老白最困难的时候也没有离开,没有工资发了也没走。很长一段时间,老白就住在公司,只有梁姐陪伴,天天依然端出清爽可口的饭菜。我回到北京,专门给梁姐寄过礼物。莽夫大哥寄来的很多土特产都送了梁姐。

吃了梁姐的饭,我真的舒服多了。老白问:"格格老师可以喝茶了吗?"我说:"试试看。"他泡了一泡肉桂,那个香气一出来,我居然就又想吐了。他叹口气,把茶装进保温杯,说:"晚上我带回去喝吧。"然后用壶煮了一壶老六堡:"你试试看这个。"我喝,嗯,能喝,还舒服。头上细细起了一层汗,觉得身体轻了几分。六堡这种茶平日要说品饮不能比岩茶,但是要治疗胃口的脆弱,确实是一味药。老白说:"我平日不喝黑茶的。"我问为啥,他笑笑:"粗。"

别看老白文化不高,但是他天生什么都要最好的。据说他祖上也是一个大家族,柳州城里曾一条街都是他家的。他虽然也没享受过祖荫,但隔代遗传落下个奢侈的毛病。这一点和唐卡小王子才让同学是一个脾气。别以为人家没见过不知道,但凡要知道了,必须是那样东西里最好的。我就不一样,我能接受次一级的东西。老白就说:"喝茶嘛,就喝喝那几款顶级的就好了。"我总不同意,说:"日常喝茶,不要轻易喝最好的,喝次好的但是品质干净的就好了。这样人放松,泡法也还能有一个空间。觉得过于平淡,或者心情需要提振,再拿出最好的。日日厮磨的东西,怎么能奢侈?那是不对的。"老白摇摇头:"不不,不,老师就该喝最好的。"

我双手合十:"白老师,那请你解释一下,茶的精行俭德是个什么意思。"他站起来:"老师你先休息吧,我有点事情先忙。明天我们继续泡茶。"

14

啰唆几句关于"日常茶"的事情。我不是什么高人,业余爱好而已。(我其实也不知道自己主业是什么,说是写作吧,真的没费什么心思在写作上)只是和茶有关的都忍不住多说几句。

常常有茶友给我发照片。有一个姑娘发了她泡茶的器具和茶汤的照片给我,我看了一眼,说:"等会儿啊,我有点晕。"姑娘说:"格格直说就是,我知道我的东西都很平凡。"我说:"对,你的茶具都很平凡,甚至可以说是粗糙,但是你整个泡茶的状态是对的,茶汤也扎实,有一种自得其乐的舒展。我不知道应不应该打破你的这个平衡。喝茶,有这个已经很不容易了。"姑娘说:"我不满足于此,格格。""好的,如果不满足,那么你要从这个舒服的状态里出来,重新建立味觉的标准。但第一不是着急去买茶具,利器对于你来说,就跟三十平方米的房子摆了一台一百寸大彩电一样,不匹配。浪费你的钱,也耽误好东西。"姑娘说:"格格,我愿意往前走。"我说:"好的,那我让你去找一个人,就说我说的,让他卖几包茶给你,每一种十克就好。但是这个人有点神叨叨傻乎乎的,你不要介意。你收到茶,再联系我,我告诉你怎么泡。这个人就是老白。"

先知道标准,知道那个东西具体是什么样子的,然后才知道你要用什么东西去达到。所以,推荐茶和茶具的难度很大。怎么说呢,爱一样东西,用了多少心,老天知道的,到时候了,他老人家会把缘分送到您跟前儿。

老白就是上天送到我跟前儿的缘分。认识他之前,我一直自己摸索,也到处学习,但是都没有开窍。直到喝到了这些茶。老白手上虽然有茶,但是他就开窍了吗?我觉得他也是苦乐参半。甚至苦比乐多得多。

  他在柳州市区的文创园还开了一个正经的茶空间。那个茶空间居然不土，水准直逼北上杭。像模像样的古董家具，像模像样的茶席，像模像样的插花挂画。他说，赔钱的，每个月都赔。那你开心吗？他长叹一声：说不上。来这里喝茶的人，来踢馆的居多。一泡好茶，难得心平气和地泡出来。

  那天，莫总也来了。莫总算是老白在柳州最好的哥们儿了。《刘三姐》里面的莫老爷大家都不陌生吧？他就是莫老爷的后人。莫家在广西是有的，而且世代都是土司。这位爷也是个土豪，貌似比老白身家还雄厚。老白衣着打扮，仔细看无一不是大名牌，但是全是一水儿黑色。他其实天生有股子和尚的清寂，也难怪他一门心思求佛。莫总一身大名牌，都是名牌最花哨的款式，颜色、设计无一不鲜艳。好在他本人高高大大，身材匀称，除了发量略少，猛一看，也是帅哥来的。金链子、名牌表、名牌包包。莫总也没读过几年书，但是莫总也和老白一样，斯斯文文，说话慢条斯理。难怪他们对脾气。莫总带着个姑娘，柳州的姑娘都泼辣，这位更是。她说的每一句话都会让我一惊，然后在心里默默念佛。

  莫总是老白用他各种顶级茶浇灌的，他的嘴已经不知道喝什么好了。表情中带着一丝厌倦和疲惫，说来也是有钱人的标配，和名牌一个系列。他说："老白，这个还可以，那个不行，差点。"老白就要火冒三丈："这也不行，鬼洞的百年老枞，你还要怎样。"

有时候路过茶空间的人,胆子大的,也会走进来。这个时候老白就会恢复一个茶人的文静模样,谁来都一搭手:"请坐,请喝茶。"一个中年男子走进来,衣着略寒酸,他也如此:"请坐,请喝杯茶。"那人怯怯地坐下:"收费吗?"老白微微一笑:"喝杯茶而已,不收。"

老白把刚才莫总说不行的那泡茶继续泡,端了一杯给来客,他一喝,啊了一声:"这是什么茶,老板,真甜!怎么这么甜?"老白微微颔首,他茶人人格上身了。哈哈。来客也是柳州本地人,说着一口柳州普通话:"不瞒你们说,我是工厂里的,今天刚被车间主任骂了,郁闷了出来转转,看见你们这里欢声笑语啊就好奇走进来。这位老板,你的茶好像安慰我了,我现在开心了!"

我坐在旁边,眼眶有点热。老白很稳,又把茶给那位工人满上:"您随意喝,朋友。"

15

第二天一早,八点,我精神抖擞地醒来。今天要继续泡茶,而且是泡老白的曼松。我攒着劲儿,打算一显身手。到柳州以后,怎么泡茶怎么有,我觉得这地方是我的福地。

泡茶这件事,现在仔细想来,不是一个人可以达到的。三件事:茶、泡茶的人、喝茶的人。茶好,泡茶的人认真,喝茶的人懂,缺一不可。这三个条件满足了,才是器具、水、天气这些外在的因素不出大问题。所以，喝到这滋味，不容易。而我是一个状态上下起伏特别大的人，受喝茶人的影响大，对方坐着，哪怕客客气气，但是心里充满了疑虑和不信任，我是完全可以感知到的。我能量小，只能夸，越夸越出状态。这种状态有个学术名词：人来疯。人的直觉在对于特别在意的人或者事身上，真的会格外敏感。如果不信，就去看看女孩子怎么察觉到男人出轨这件事，简直就是直觉神通大展示。

我在老白面前，以及老白在我面前，那种泡茶的状态，是我们离开对方都不能复制的。我们对对方有欣赏，更有信任。

所以有人问我："格格你用什么水用什么器？"我全盘毫无保留地告诉对方。因为这没什么好保留，茶的秘密不在这里。

曼松已经在茶桌上一字排开，跟前几天的班章一样，塑料袋装好，一袋摞着一袋。我按捺着兴奋，温盖碗温杯。老白很放松地坐在红木雕花茶椅上，穿着黑色T恤，有点葛优躺的姿势。我发现他个子不高，但是肩算宽，腰细。梁姐端进来一盘洗好的水果，又笑容满面地出去了。

茶投进去的时候，我一闻，心里就沉了一分：怎么味道有点灰暗。我定了定神，入水，出汤，一喝，脸色就不好了。怎么还有一股土腥味儿，我看看老白，老白说："继续泡，不要紧。"我换了一款，这一次好一些，但是我依然抓不住，香气有，也有黏稠感，甚至也可以说悠长，但是就是一直有那个腥味。我越来越沮丧。我这是怎么了。又换了一款，这一次，手抖了，别说香，喝到嘴里茶都是涣散的。我瘫在椅子上，脑子里嗡嗡响，舌头完全麻木了，尝不出茶的全貌。我觉得自己像是瞎了或者聋了一样。

　　老白什么都没说。"不要急，泡茶这是常事。"他说，"你休息一下吧。中午我让梁姐给你做点菜，就不出去吃饭了。"我点点头。老白公司有一排宿舍，他按照三星级标准弄好，平时客户来了，可以小住。我躺在那床上，觉得脑子很重。整个人被失败裹住，想想自己一个人在这么远的地方，又生出一丝伤心。我给豆豆发了一条信息："泡茶砸了。"她那头正在上新货："砸了就砸了嘛，哪个还不砸一回。不怕！"我继续："我想回家。"她二话不说把电话打过来："桑格格，哎呀贺蓉（我真名，她急了就喊这个名字），你咋那么尻！平日摇头摆尾不算啥子，关键的时候就是看你咋个对待失败！哎呀！我给你分析，咋个说是泡砸了哪，可能那个茶有问题，还有我给你说，这几天水逆！不怪你，乖哈，继续泡！雄起，爱你么么哒。好，我去忙了哈。挂了。"

　　放了豆豆的电话，我心里好受一些。沉沉地睡了一觉。做了一个梦，那个梦特别清晰，说是我喝一个茶，那个茶入口就波光粼粼，茶汤里有无数折面，像是蜻蜓的复眼一样。这每一个折面都是一个可以进入的世界，就跟郑渊洁写的那个魔方大厦一样。我选择了其中一个折面,钻了进去,那是一个古董市场,地摊上摆着一个木头盒子,我一打开,里面是一杯泡好的茶,还热气腾腾的,就是我刚才泡的曼松!

有人敲门,是梁姐在外面喊:"格格,饭好了,你来吃吧。"我哦一声翻身起来,开门,笑容满脸:"好好好,哎呀梁姐你做饭我最爱吃了!"

老白已经在饭堂等我了,他端着自己专用的铝饭盒,对着我笑眯眯:"休息得好吗?一会儿,我拿了困鹿山,你泡这个,绝对不会有问题了。"

16

下午两点后的茶室,阳光正好。兰花好像又开了一些,紫红紫红的,肥噜噜的一串串,好看。老白把茶又摆好了,这一次,我看着有一点点怕。看了一眼,没有打开闻。老白笑:"不要紧张,格格老师。"我拿起一只洗好的苹果,啃了一口:"哼,老师不紧张。这是啥茶?"

他说:"困鹿山古树春茶单株。"我点点头:"嗯,树龄?"他说:"前几天的,都有大几百年。但是这个,我要老实说,我也不知道,不能骗老师。"我嚼着苹果:"嗯,这个态度老师是欣赏的。"扔了苹果核,拍拍手,来吧,走着。

依然是盖碗,依然就十几根茶叶。这个困鹿山我闻了闻，迟疑了一下，直觉觉得这个茶更厉害，又减少了一些茶叶，就七八根完整的条索。有茶友质疑这样少可能口感上不够厚度，其实并不会。好茶的厚度不是靠量大堆出来的，少一点反而清晰。像是用毛笔把色彩蘸饱，一笔涂在玻璃上那样清晰。水量也不要多，刚漫过茶就可以了，给茶留出空间。这也许可以叫作留白，留白的力量不容小觑。入水慢一点，开始几泡不要坐杯，出汤可以快些。但是注意别太急，太急烫手。体会那一点汤从缝隙里钻出来的黏稠感。每一滴都别浪费，分匀。

这次是老白先喝的，他喝了一口，哎了一声，站起来，在茶室里转圈。我问他："怎么，不好吗？"他摆摆手，指指茶杯："你喝。"我喝了一口，啊了一声，整个人往后一坐，一股气把我头发都拎起来了！那力量一直往上，往上！我的脸瞬间一下涨红了，看着老白，老白还在来回走。

我整个人此时离地三尺。但是我没有哭。在柳州喝茶，我就哭过一次，就是班章那一次。我出第二泡，这一次再喝，我一喝，笑了。老白眼眶却有点红。但是他这个人，绝对不会哭出来的。认识他这么久，无论再激动，也没有见他掉过泪。最激动就是喝这个第二泡的样子了。老白缓缓叹出一口气，想说什么，最后只哎了一声，把肩头往前卷了一卷。

我静静地又泡了第三泡，喝了一口。闭上眼睛。那茶的甜，铺天盖地，铺天盖地啊，我完全被裹住了。我仿佛看见了这棵树生长的地方,森林、泉水、青苔,还有很多动物,有鹿有獐子有野兔,穿过树木的阳光直直的,万丈光芒。天空蓝得发狂。那香气就像是平流层云层,不,不,整个世界都是它,密不透风,像是暴风眼的中间。

过了好久,我才叫声老白,他嗯一声:"老师你说。"我说:"我明白什么是茶了。"他哦一声:"老师你说什么是茶。"我说:"是纯真,纯真是最大的力量,纯真才是茶。到了这一点,茶也不再是茶,是一个独立的世界。所有能说出的东西,都在这个世界整合了:香、水,或者气,都静静待在山峰之顶。它们不能剥离。它们甚至不和人发生太多交流,但是能瞬间充满你,而且一旦充满,就永远充满。茶不是享受,而是告诉你这个世界的存在。"

老白说:"你终于看到了。这就是我想让你看到的。"

我突然出现了幻觉,我觉得这个茶室消失了,周围的一切都消失了,我和老白,一人蹲在一个山头,像两只老白猿那样。四周都是茫茫的云雾,山是透明的,果冻一样的质地,还会颤巍巍地抖动。一片白茫茫。

原来最高峰,不是那些姿态万千,而是不动如山啊。不动如山,并不枯寂,是一种永恒的青春。不是人世间转瞬即逝的甜美。它宁静地在那里,让你安心。你知道,它绝不改变。我开始自言自语,好像对着老白说话,又好像对着自己说话,又或者对着这个茶室里看不见的东西说话。老白又站起来,一圈一圈在茶室里走着。

我问他："这个茶有名字吗？"他摇摇头："没有，就是困鹿山古树春茶单株。"我说："我最讨厌给茶取花里胡哨的名字，但是现在我想给这个茶取名，不动如山。可以吗？"他点点头："好的，老师。"

17

再一次提请大家注意，要把"老白"这一系列的文字当作武侠小说来看。昨天写完"不动如山"，我自己都有点不敢点开重看。啥子嘛，那么玄！假的假的！

不过武林是存在过的，我看徐浩峰的《逝去的武林》时就无比羡慕武林的存在。因为那是一个有标准的世界，大家都认。这本书里说："大家的分量人人心里都清楚，所以没有自吹自擂的事情，不用过招，聊两句就可以了。"而现在喝茶的圈子这个规矩或者标准还没有建立，情况就比较杂乱。我很少听到哪个茶人由衷地赞赏某一个茶人，这是很遗憾的事情。还需要时间沉淀吧。像我这么喜欢赞扬别人的人，在这个圈子里，简直可以说是很难受了。

在老白那里，白天主要在他公司的茶室，就我们两个喝，基本是愉快的。但是晚上去他那个茶空间，和江湖上的茶人喝，暗中就是刀光剑影了。老白这个时候，也和白天那种温和文静的样子完全不一样。泡一个茶，大家各怀心思地喝下去，他坐在主泡位上，冷冷地说："说话吧。"他这句

"说话吧",让我觉得这里不像是个茶空间,像个赌场,那句"说话吧",就等于"下注吧"。这个时候,茶客们各种挑剔各种鄙夷,明的暗的,可以说是争奇斗艳了。而老白像个受虐狂一样,仿佛等着这一刻似的,奋力和每个人争辩。他其实也只是态度强硬,从道理和逻辑上,也不见得占什么上风。不知道这些茶,每一泡都来自不易的茶,它们如果有耳朵有感受的话,听见这些唾沫横飞的话,是个什么心情?它们还愿不愿意展现甜美的一面?

老白也会让我来说,我会认真说每一款茶的感受,以及我感受到的泡茶人状态。我本来是享受这件事的。众茶客们也会觉得,耶,这个北京来的女作家是挺会讲的,大家基本上也表示了对我的表达的赞赏。他的脸上是有一丝得意之色的。

茶客中,有一位开茶馆的老杨,很少说话。喝几杯就走。老白告诉我:"这个老杨,是冲你来的,他平日很少来我这里。"我问为什么?他说他自己也是开茶馆的,怎么会认可我这里,但是最早我们是好朋友,一起喝了很多年茶的。至于现在嘛,唉,人各有志吧。我心里说不出来的滋味。这里只有斗,没有了茶。

有一位年轻人,看着也是爱茶之人,但是已经没法交流了,一开口,滔滔不绝讲的,全部都是书本上和道听途说的茶文化,其得意之色,和年轻人应该有的朝气纯真相去甚远。

我站在外面抽烟,长叹。远远看着那环境优雅处的一桌子人，说话、笑，心里乱糟糟的。老白猛然看见我站在外面，他和我对了一个眼神，招了招手。我站在那里没动。

这时候，一个笑容满面的中年人跨进门，他进来，老白就站起来："哟，陈主任今天有空来，带什么猛茶轰炸我们了？"那位陈主任肤白微胖，戴着一副金边眼镜："哪里哪里，哪有白总的茶猛，我就是带了几款生普让大家提提意见。"老白又对我招招手，我这次把烟一丢，进去了。我抽烟不多，心烦的时候才抽。

果然，又一场"轮盘赌"开始了。开汤，喝茶，说话。老白的茶当然不差，但是这位陈主任的茶也有一款让我印象很好。我喝到的时候，点点头："嗯，这个茶气息不错，干净。"陈主任眼睛亮了，对我竖起大拇指："高。"老白脸色有一丝不悦。他取出一泡岩茶，说："我们换个口味吧，喝点暖胃的。"我知道他一定是拿的顶级肉桂。果然。他使出了浑身解数，泡出的味道没话讲。第二泡，简直就是在悬崖峭壁上突然开出了一树怒梅，艳丽得近乎诡谲。陈主任一喝，他沉吟了一下，点头，没话讲："这个岩茶，有骨有肉，白总高！"老白微微一笑，他知道自己夺回了主场，悠悠地说："陈主任，茶喝到这个份儿上，到顶了，你说还怎么往下喝？"陈主任呵呵一笑："嗯，确实到顶了。白总厉害。"

我这个时候忍不住，说："茶到顶？茶能到顶，人到不了，人要探索的空间比茶深多了。"陈主任哈哈大笑："有意思，有意思，这位桑作家果然不一般。今晚得见，不虚此行。"他站起来，把金边眼镜往上推了推："时间不早了，谢谢白总的好茶，我先告辞。"他出门的时候，看了看我，微微一笑，点了点头。

那晚，老白是铁青着脸把我送回住处的。在车上，他问我："你到底是哪一边的？"我气得目瞪口呆，但是我尽量让自己不要发火。死死看了外面好久，螺蛳粉店、手机店、咖啡店、美容院……一家家读招牌。这是我自创的压怒火的办法——转移注意力。最后我下车的时候，打开车门，说了一句话："我是茶那一边的。"

我狠狠摔上车门，上了楼。

18

我回到住处，又给豆豆发了一条信息："我要回家。"她电话打过来："又咋个了吗？"我噼里啪啦说了一堆茶空间的斗茶。豆豆说："哦，赶紧回来，明天给我回来。乖哈，水逆水逆，不要理老白，不要理那些人，回来我们两个喝！"

老白的微信进来了，又是那个表情包，然后跟了一个对不起，相当沉痛的样子。我回了一句："我打算明天下午走，票定好了。"他那边好几分钟都没有回复。过了一会儿，电话响了，我一看，是老白，我掐了。微信又来："对不起,格格老师,今晚是我太固执了,是我错了。我一定会改正的。请你不要生气了好吗?"我拿不定主意,给豆豆说:"老白道歉了,我要不要原谅?"豆豆说:"原谅个毛,回来!"

我给老白客客气气地回:"白总,不是生气,是我来了也快一周了,本来也该回去了,还有事情。下次再来,感谢你的招待。"我想了想,加了一句:"感恩。"他好几分钟以后,回了一句:"你居然叫我白总。"

他说:"好吧,格格老师,那明天上午我们再喝一次茶好吗?中午,我太太从外地回来,可能一起吃个饭,下午送你走好吗?"我说:"行。"

我放下电话,看着夜色中的柳州,车水马龙,黑黑的光线中,是那些盆景一样秀丽的喀斯特山貌,才想起,来柳州这么几天,还一次也没有去了解一下这个城市。

19

第二天一早,八点半,老白的微信准时进来了:"格格老师,我在楼下了。"我其实早就起来了,并且收拾好了行李,就等他来。我提着行李一出电梯,吓了一跳,他居然双手垂叠着站在外面,看着我,也看着我的行李。他眼里有难过。我也是。他默默地把行李接过来,我默默地交给他。我默默地上车,他默默地发动了车。开了一会儿,我觉得好像不是平日去往公司的那条路。我问去哪，他声音有点哑，说："这几天格格老师来，也没带老师去哪里玩玩，今天要走了，我带老师去这附近的公园走走。"

那个公园的名字我想了很久，然后确定，自己完全忘记了。我和老白的记忆好像都有这个特点，有的记得特别清楚，有的忘得一干二净，那种忘记就像是磁带被抹了一样，完全没有任何印象。

公园的样子我记得，美，而且一个人都没有。高大的棕榈树，南国特有的彩砖亭子和拱桥。三角梅开得漫天殷红，榕树一大半探在水面上，根须千丝万缕。他手里捏着一串菩提珠，走起路来依然没有声音。偶尔有打扫卫生的工人，唰唰地扫着乌青的柏油路面。

他轻轻说："格格老师，我这个人，好的坏的，你都知道了。"我不知道说什么好，只好继续保持沉默。他又说："不管格格老师怎么看我，但是请你一定要接受我的茶。"我说："一开始我就接受的啊。"他想继续说什么，张了张嘴，又没有说。

公园不远处，居然有一座寺院，好像还在修建，辉煌高大，飞檐高挑。路过正殿，里面的如来佛祖正在安坐，还没有完全竣工。老白站在那里，仰头看着，然后进去，恭恭敬敬磕了三个标准的头。我想了想，也磕了三个头。

走出来，他长叹一声："不妨告诉你，我打算出家的。"我愣了一下，转头看他。他继续说："这一年来，生意不好，我也无心继续做下去。家里都安排好了，就是放心不下这一仓库的茶。找到了老师，我放心了。都交给你吧。"我啊了一声："什么意思？"他捏着佛珠，来回摩挲着："这些茶都是你的了。我昨晚想好了。"

我这才明白，他那句"请你一定要接受我的茶"这句话的意思，我马上摇头："你以为你这样就六根清净了？出家你就解脱了？"他说："不知道，但是我真的就是这样想的。"我叹了一口气："格格老师可没那么大的仓库要你这些茶。格格老师自己住的地方就巴掌大。"他还要说什么，我一抬手（我觉得自己这一抬手很帅）："不要说这样的话了。我不可能接受。"

公园的深处，是山，从那里爬上去，能看见更远的山。我站在那里说："喝不动如山的时候，你说让我看见的东西，你根本不知道是什么，不过觉得我说得好，你也跟着说好罢了。"他脸上无比沮丧："格格老师，你是不是不和我喝茶了。"看他一脸倒霉的样子，本来就黑的肤色，更黑了，我扑哧一声笑了，哈哈。他脸一红："怎么了，格格老师？"

我指指旁边的树："你知道这是什么树吗？"他摇摇头。我又指指旁边的花："知道这个是什么花吗？"他又摇摇头。我说："这个世界，你了解了多少，你什么都还不知道，就要出家，喝茶喝到你这个份儿上，我替你感到难过。"

20

回公司茶室的路上,我给豆豆发了一条消息:"老白说他要出家,要把茶都给我。"豆豆跳起来:"有我一半!"我回:"滚。"

到了茶室,走进去的时候,突然觉得这个地方好熟悉啊。好像在这里已经多年,其实算算才不到一周。我掏出几个茶具,摆在茶桌上,说:"这几个是我朋友老游做的茶具,这几天也没有机会拿出来,今天给你留下,算个纪念吧。那几个是老游的蓝斑釉执壶,匀杯,侧把壶。"他拿起一个看了看,放下,又拿起另一个看看:"老师,你真舍得啊。"我嘿嘿一笑:"你整个茶仓都要送我,这几个茶具我有什么舍不得的。"他不好意思地笑笑:"你不是不要嘛,这几个茶具我可要的!我现在就要用!"

终于又恢复了之前的气氛。我感觉他似乎都有了一丝孩子气。

有人敲门,他说进来。来的人是会计,她对我点点头,然后小声对老白附耳说着什么。老白的脸色有些凝重。他摆摆手:"知道了,下午再说,我现在没时间。"会计还要说什么,老白说:"你先出去吧。"会计又对我点点头热情地笑了笑,斜垮着身体,出去了。

屋子里温度好像降了一度。我问老白:"有事吗?有事你先去忙。"他摇摇头:"没事……唉!反正账多不愁虱多不痒。现在没有什么比我们喝这泡茶重要。"他开始烧水。我后来知道,那天,是银行通知他,如果再不还贷款,要他申请破产,以房地产抵押。

他烧水的时候,微微把肩头卷了一卷,端坐在泡茶位上,垂目静心。我在旁边看着他的侧面,突然觉得他太像我看过谁画的一幅罗汉像了,于是蘸着水在茶桌上勾勒了一个侧影,我没学过画画,但是那个侧影勾勒得栩栩如生。老白看了一眼:"嗯,罗汉,我要给你泡的,也是铁罗汉。老铁罗汉。"

他还不是很熟悉侧把壶,温壶的时候,找了几次角度。不过那壶的出水和断水让他吃惊:"这么好!"我:"嗯,不好给你?"

第一泡出来,那汤色深驼红,珠光宝气,腾着氤氲水汽。喝下去,哇,一匹缎子唰的一声甩出去,一去千里!他喝了一口:"这壶牛。"我说:"茶牛,你也牛。"他微微一笑,不多说。第二泡,糖浆一样,肉肉汤感,不是润不是滑不是细,就是肉肉的,像是土猪肉的肥膘。茶气灌得满满的,几乎可以触摸,也很弹牙。喝下去,茶汤走下的地方,脏腑也肉肉的。内脏皮肤都含着胶质,甜美得没有边际。水乳交融。我深深地叹息,肺腑深处发出一声叹息。他笑:"嗯,我知道,老师这样叹气,就是很满意的意思。"我点点头:"满意。"

他提壶继续,第三泡。我觉得身上和头上,那些疲惫,齐齐被斩落，身体轻松，轻盈无比，整个人被茶气托了起来，此刻就像坐在一艘气垫船上一样。我看着老白，说："你泡得真好。"他羞涩了："真的吗？老师。"我点头："今天，是你泡得最好的一次。你知道吗？"他沉吟了一下，说："我知道。"

21

外面有人说笑着，往茶室这边走，一路还在和人打着招呼。门推开了，一位一袭白袍长褂的女人站在门口，笑盈盈对老白说："给你发信息打电话怎么不回！"老白一抬手："哎呀！忘记去接你了。"她走进来，拉开椅子："这位就是桑格格老师吧。"老白连忙介绍："这是我太太，你叫张姐吧。"我连忙站起来："张姐好。"她笑容满脸："格格老师好，格格老师真漂亮。"我脸红了一下："张姐夸奖。"

张姐看上去和老白年纪相仿，和老白长得出奇地相似。都是深眼窝，有点勾的鼻子，只不过张姐看上去有点憔悴，而且还有点悲伤。我想了想，对的，是悲伤，她眼神里就是这个东西。虽然笑容满面。她刚从外地学习茶道回来，也是巧，我今天走她今天到。她问我："格格老师在哪里学的茶道？"我微微笑："我笨，不好意思说老师的名字，怕给老师丢脸。"她说："唉，我推荐你去和某某某老师学，看你有没有这个缘分啊,我给你说,我这一周真的收获太大了!我们茶道班的学员今天结业的时候,都哭成一团,哎哟,感恩老师啊!"老白看了她一眼,那一眼客客气气的,礼貌得不像是两口子。

我觉得胸口有点闷,这一周喝茶耗费了大量精力,那时候真的没有概念。这时候我变得极度没有耐心:"谢谢张姐,我就是自己随便喝喝玩的,不打算拜师了。"张姐说:"那有点可惜,白老师说格格老师特别有慧根的。"我这才注意到,张姐也是一位佛教徒,她身上也戴着一串念珠,垂在白色棉麻袍上。她称呼老白老师,举手投足,看着老白眼里都是崇敬。

我看看老白,老白好像出神了似的,有点发空。张姐很激动,把在茶道班上的所获所想一股脑儿说给我们听,大意就是茶禅一味、一期一会那些套路话。她发现我们不是特别好奇这个,有点悻悻的。其实我岂止不感兴趣,内心对这样"感恩派"的茶学班一直排斥。经历了这一周的喝茶之后,这种排斥更加强烈。

她站起来,说:"我带了一罐我们老师做的茶,你们闻闻,大几万。"她递给老白,老白看了一眼,放在了桌子上。我拿起来闻了闻,毫不夸张地说,当场打了一个干呕。

我对张姐学习之后,带回这样一罐茶竟然有些怒气。

张姐说:"请格格老师泡一下吧。"我嗯了一声,不想泡,但又不知道怎么办。老白说:"还是泡下吧。"

我勉强开汤，那味道之艳俗，让我心跳加速。就这一泡，我不肯再泡了，身体也觉得很疲惫，什么都写在脸上。张姐见状，说："我老师教育说对茶要有恭敬心，无论谁拿来的茶，都恭恭敬敬地泡三泡，才说话。只要是茶，都要恭恭敬敬对待才好啊！"我条件反射一般说："三泡，这个茶不值得。"屋子里顿时安静了。张姐的笑容也凝固了。

我实在忍不住，索性说："张姐，我直话直说，你既然学茶，就该知道你先生的茶和这个茶的区别，怎么能忍受这种恶俗的东西。只要是茶？这是茶吗？不好的东西，不值得为它乔装打扮！"

老白也有点挂不住，拿了一泡他的老枞，和这个茶比较了一下。我闻了闻，然后让张姐也闻，说："你闻，好茶的气是拉长的，跟拔丝苹果的冰糖丝一样，你再闻这个茶，它的气息磕磕拉拉。好茶是天生富贵气啊，这个茶我不管它卖多少钱，我给它两个字评价：恶俗。"老白不说话了，居然微笑，也不插话，也没有纠正我。我继续说："张姐，承蒙你们邀请我来柳州喝茶，我本不该如此无礼，但是大家本着茶说话，要凭着良心，不是装模作样。"

我后来知道，张姐不仅是佛教徒，也是习瑜伽的人，开朗善良，我说这些，她并未生气，只是看着我笑，点头："我知道的，但是人人有不同的根器，要有耐心对人。"我软了下来，意识到太失礼，说了一句："对不起。"

好的，大家注意了，以下片段，请大家继续以武侠小说的心态来看哈。

我把老游的侧把清了,说献丑了,我就泡这个老枞吧。关于怎么用盖碗,我前面比较详细说了一些,都是技巧,好说。但是用壶,尤其是用壶泡岩茶,技巧是什么,我没法说了。总之,那天,我就没想过泡完这泡茶,我要不要活着。我杠上了,可以说,着魔了。入水的时候,我觉得身上所有的气都在汩汩地往壶里去,我不管,都去都去!都给我往那里去!我觉得我眼睛冒着火,右边后脑勺有针刺一样,喉头有点甜甜地发腥。

这一泡,出来,老白先喝。喝了他不动了。我没喝,对张姐做了一个请的手势,她犹豫了一下,端起来喝了。然后她也定在那里。我冷笑了一下,真的是冷笑,说:"你动一动。张姐,你动一动。"她看着我,慢慢地说:"我动不了。"

我笑了:"我知道你动不了。"她轻轻说:"是了不起,但不过是邪门歪道。"

22

写完张姐出场这一段,我那种发狠的泡茶法,有朋友说,格格气性怎么这么大。是的,其实那天那样泡,是一件让我后悔的事情。身体由那时候起,各种问题,现在还在调理。现在想来,也是梅花落满了南山啊。

我说老白好争斗好逞强，自己不是吗？九大师说："你有茶的纯真，但是你有茶的柔软吗？"我说："你咋不早提醒我！总是在这个时候轻飘飘来这么一句！"九大师以眼观鼻，以鼻观心……其实他是翻着大白眼啦，说："那时候提醒你，有用吗？"

仓冈天心的《茶之书》我不算太喜欢，但是里面有句话，说有一种"茶气太盛"的人，估计就是指的那时候的我。唉，我现在也没好到哪里去。

那天泡完茶之后，我整个人是虚脱着走出茶室的。老白默默开车，张姐坐在前排。我半躺在后座上，喉头依然甜甜地发腥，我自己都觉得自己的眼神亮得瘆人，嘴唇很烫。我想哭，但是眼睛是干的。

机场到了，也就五分钟。从公司到机场。我硬撑着下车，然后和老白、张姐握手："再见了。谢谢你们。"别的话，多一个字也说不出来。老白递给我一包茶："你回到家试试。"我塞到包里，再没有看他。张姐最后抱了抱我，她眼睛直视我："格格老师，保重。"她的眼神里依然有悲伤，但是也有很坚韧的东西。这个眼神是暖的。我感激地抱了抱她，一个字也说不出口。

上了飞机，天色已经黑了。飞机上人不多，我窝在最后一排把帽子拉下来，开始无声地哭起来。排山倒海一般的悲伤，排山倒海的委屈，整个脸哭得烫烫地发麻。有一位空姐，悄悄走过来，想说什么，又回去了。过了一会儿，她端了一杯热茶,打开旁边空座位的小桌板,放在了上面,又悄悄地走了。

降落广州,已经深夜,我忍不住给成都茶友小童打了一个电话。她听到我的声音,也哭了。我进家门的时候,尽力调整了情绪,不让九大师担心。但是他看我一眼,说:"受委屈了吧。"我什么都没有说,放下行李:"你不要理我。"他也刚从机场回来,从遥远的意大利回来,十分疲惫,第二天一早还要上课。

我坐在沙发上,拿着手机开始写,我想要把这一切写下来,这些天我泡过的各种茶。九大师说那我先睡了。半夜,他醒来,嗯了一声:"你还不睡?"在黑夜里我转过来一双亮得惊人的眼睛,说:"不要管我,不要和我说话。"他叹息一声,又睡了过去。天一点点亮了。

天一亮,我就说:"我要去芳村茶叶市场,我要去找阿芳。"阿芳是我最早开始喝茶的时候认识的一个茶友,潮汕姑娘,美,爱茶,能干。在芳村自己经营一家茶馆。

23

我洗了个澡,觉得清醒了一些,出门去芳村找阿芳。

我看见她,一看见,觉得见到了亲人一般。其实以前好是好,也没到这个地步。也不管人家正在做生意招呼客人,在凳子上盘腿一坐立即喷发般告诉她我前几天发生的事情。

她虽然有点吃惊，但是很有耐心在听我说，同时一边支应着那些来找"红印""八八青"的客人。我说有一款老枞，每一泡都可以带喝的人在一个开满花的山水间旅行，从花丛到一朵花，从一朵花到花瓣，又从花瓣跳入溪水中，溪水上铺满花瓣，慢慢下滑，跳下瀑布，最后把大家降落在厚厚软软的草垫上。

她马上拿出一本漫画，那漫画里有一个故事，是通过喝红酒达到去一个世界旅行，和我说的情况一模一样。我惊呆了。捧着那书又忍不住开始哭。

她彻底不招呼客人了，从桌子后走出来，和我坐在一起，她开始给我讲在云南收茶的故事，说起了一首诗，据说是布朗族公主的诗歌："不给你们留金银，不给你们留牛羊，我给你们留棵茶树吧。"

我告诉她，喝到不动如山的情景。她点点头："我相信你的格格，哎呀，只是我这个人不会表达，你说的我都懂。"我心里更定了，简直就是感激她。这个时候，我需要有人倾诉。

我说："阿芳，我们现在这个世界，人人追古典追民艺，就是觉得一切都那么糟糕，空气、水、食物，我们活得那么辛苦。但是那个茶告诉我，原来的那个纯美的世界还在，真实不虚，我们人类还有安慰，值得活。人生不过百，常怀千岁忧。但是茶树是千年的啊，人在喝它的时候，就是百年的世界和千年的世界开始说话了。人一直在那么有限的生命里求索，想看到最美的世界，如此不懈痴心。但是有的人看见，有的人没有，喝到那个茶，立即全看见了。我哭的是一个人类的心。阿芳，你知道我在说什么吗？你觉得我疯了吗？"

她也哭，又说了一句："我懂。我知道你说的是什么。你等下，我拿款茶，你试试看。"

阿芳是我刚喝茶的时候，第一个带领我认识生普的人。那时候我什么都不懂，兴奋得不得了，天天泡芳村，无论是喝茶还是买器具，一晃一整天就过去了。她除了在芳村自己经营茶店，还在某学校教授茶艺课。因为要接待各路来买茶的客人，她泡茶有时候不得不跟阿庆嫂一样，那家伙，爽利明快，真的是垒起七星灶，铜壶煮三江。但是她的性格依然是潮汕姑娘温和的底子，笑起来甜美可人，皮肤又白。虽然在茶叶市场这样纷乱的地方，也有自己的节奏。

但是，我在她那喝到印象最深的不是生普，而是一款云南野生红茶。虽说是红茶，那茶的果香和野气非一般红茶所有，变化丰富，且温厚明丽。还稳定，什么泡法它都有表现，甚至用保温壶闷，也甜美无比。它成了我傍身的茶，身边的密友都知道这款。

有次茶会我泡过，端一杯去找当时的老师，老师喝了说："嗯。泡得好，茶也好。"然后我开心得不得了，差点绕场一周。这个茶，第二年我再追，阿芳告诉我："因为天气不好，少日照，所以改了机器烘干不是太阳烘干。"我说我还是要，拿到一喝,简直了,少了阳光,真的就没有以前的那种透亮欢喜,那种扑面的香气。像是被人捂住嘴不能说话一样。但是那底子是一样的,还是那个茶,还是有感情。只要是它就好。

这个茶,是我和阿芳缘分的开始。然后,我离开了广州,我们多年未见,平日几乎从不联系。茶友和别的朋友不一样,不用平日联系,不说废话。几年不见(有可能就是几年没找到啥好茶),有了茶,给对方通个消息,就跟昨天才见过一样。

她拿来的茶,是款生普饼,条索华丽富贵,油润泛光,闻着就气感强烈。这是我第一次从老白那出来,自己单独在外泡的第一泡茶。由于多日的心神透支,我力气不足,几乎是趴在茶桌上泡的,分汤时更是,手臂抬不起来了。

第一泡,阿芳一喝,她眼睛一亮,说:"这茶怎么变成这个感觉,好温柔啊!"我喝,感觉和她相反,我说:"这不像我的第一泡,像是我的第三泡,太猛烈了。"那感觉太阳已经不是初升,而是已经到了九点半十点,世界已经有了懒洋洋的温度,地上的瘴气也被烘烤到了树林的树梢。第二泡,我调整了手法,整个茶汤变圆,光芒万丈。第三泡,阳光洒满整个山谷,溪水、山涧、丛林都由于阳光的照耀闪光的闪光,透亮的透亮。阿芳不停地笑,告诉我这个茶生长的环境就是这样。但是怪事,从第四泡开始,我们什么都看不到了,除了甜滑的汤水,什么都没有,空了。

我说这个茶是好茶。但是这个茶不是神茶,它的企图太重。阿芳看我一眼:"这话怎么讲?"我说:"这个茶,放在这里不是茶,是一堆现金,是真金白银,让喝到它的人立即知道它好,立即要为它拍下票子。这是用大自然在取悦人。阿芳,我理解你,你是做这个职业的,不得不要市场,但是你卖的东西和你喜欢的东西不是一个东西。"

她眼泪一下子流下来了,然后点头,说不出话来。后来,我们出去吃饭,她告诉我,这是一款纯料帕亮寨,霸气得不行,太猛,她平日根本不敢喝。别说我今天在不知情的情况下,投茶量并不少。

24

现在想起来,回广州那几天的感受,前几天也出现过。就是写晶晶,写到最后,我早上起来,觉得自己有点不一样,但是具体有什么不同也说不上来。心软得像是一个洞,看见什么都充满感情。

回广州那几天更严重一些,在街上看见人吵架,要打起来了,想都不想,冲上去就拉架,可以说是用爱在感化人家,莫着急莫怄气,何必呢,又没啥深仇大恨,小磕小碰,大家都让一步,不要影响心情!你别说,那两个人还真的就不打了。拉拉扯乱的衣服,哼一声,一拍两散。你说,是不是很多打架的人也后悔啊,其实也不想打,就缺个人拉一拉。缺人,我在!我来拉!

总之,那几天我觉得人间一切疾苦都和我有关,什么都要去管。

那天从阿芳那里回去,她把我的情况和几个茶人一说,大家对我这个半疯不疯的情况都有点好奇。说约我再吃个饭,泡个茶。九大师叹气:"你能不能不要去泡茶了,你看看你这个样子,再泡你真的就要疯了。"我说:"不!要泡!"他叹了一口更长的气:"好吧,要去可以,必须我跟着。"我说:"你不忙了吗?"九大师从来不参加我这些活动的,他总是忙得不得了。他说:"忙啊,咋不忙。但是你这个瓜娃子也要有人管啊。"

那天约在小港公园后面的一处园林里的餐厅,这里有一家素餐,叫禅啥,忘记了。我和九大师走上餐馆的台阶,心里突然有点伤感和涣散,牵着他的手,问:"我这几天到底怎么了?"九大师淡淡一笑:"没啥啊,被启蒙了呗,小事一桩。我经常被启蒙的。"我大吃一惊:"啊,你也这样过,我怎么不知道!"他笑:"启蒙不需要人家知道。"我问:"那启蒙是什么感觉?"他说:"拨云见日。"

他说:"你知道我为什么要跟着你吗?我怕你从高处掉下来,热极生寒。我在,你就别怕。"

25

总有朋友问哪里买茶哪里买茶具。不要急,先这样,就用你现成的茶、茶具,不要格外买,但是如果可以,买瓶矿泉水，没有就算了。但第一，把你的茶具用开水温透，这个环节不要省。温茶的水我都是用开水壶烧的净化水，舍不得用矿泉水的。把器皿温得滚烫，马上下茶，茶量就你平日的减半。等干茶因为温度使茶香腾起来了，好，慢慢入水，水流小一点，稳一点，不要直接浇在茶上，让水从壁上下去，尽量不要翻动茶。入水的时候，答应我，想一件让你开心的事情。要答应我，不要骗我。入好了，时间不要太长，不超过半分钟。出汤，你再喝喝，和平日有什么不同。如果有，你就继续这样泡，多泡多琢磨，没有……没有你就继续看我在这里写武侠小说嘛，也不要紧。

哎，我刚才写到哪里了。哦，阿芳带领广州众茶人来参观茶疯子桑格格这一段。那天来的，有芳村做岩茶的燕姐，还有阿芳茶艺课同事、教茶的朱朱。别的还有谁，时间久远，有点记不清了。对了，还有秋天和九生，他们是一对做古琴也教琴的伉俪，也喝茶。

饭毕，清理了桌面。阿芳开始给我布席，全部都是她背来的：席布、壶盛、品杯、杯托、匀杯……无一不是华丽之器。我笑："哎妈呀！好久没有泡这么富贵的席面了呢！阿芳你真的把家底都带来了！"她也哈哈笑："那是，是你泡嘛，应该的啊！"我调整了一下器具，一样一样往下拿，我发现，我已经不需要很多东西了。只要主泡器好用，杯子好用，烧水器好用，足矣。

主泡器是老游的侧把柴烧壶，当时在工坊通宵赶出来三把，只有这一把烧得好。阿芳拿出一款生普毛茶，说："格格你泡这个。"我拿过来一看，好东西！叶张没有帕亮寨那么华丽，颜色也深些，模样秀气干净。一闻，脑子嗡一声，香了一个跟斗。我马上决定不用侧把柴烧壶（它太锋利了），只用普通白瓷盖碗，因为这茶厉害，不用对它做过多的干扰，主泡器本身能量要减弱，给茶让出空间。阿芳对我这个调整，点头，忙去帮我找盖碗。

温盖碗，投茶，那香味遇到温度立即弹射出来，我问阿芳："你又拿什么猛茶啊！"她只笑不语："你泡吧。"我的气已经严重不足，只能半个身体趴在桌上了，企图用最后一点点气护好这个茶。入水，阿芳的烧水壶嘴流有点问题，出水打绞，只能更加全神贯注。

第一泡分好，大家一喝，我一喝，放下杯子对阿芳说："这才是我想泡的茶，不是昨天那个。这个茶，闻着比昨天那个还要猛，但是出来却这样柔和，这才是古树啊！古树不知道自己会被人间标什么价格，它长在大自然，只按天性去生长，再古老也是如此天真！"阿芳点点头："是。"我笑："阿芳啊阿芳，你在试我，现在才把心交出来。"

说完，提壶泡第二泡。第二泡，从刚才的天真之气中，冒出来一个扎着羊角辫的小姑娘，走在大山间，或走或笑，烂漫无心机。朱朱家中有婴儿，她说这个茶让她想她的宝宝了。我发自内心地笑，这才是我来泡茶的目的。

第三泡，小姑娘不见了，有一个云头卷着一股泉眼在前面带路,然后一路在嘴里潺潺向前,折射着阳光。我忍不住想唱歌:雪山啊,光芒万丈,喜马拉雅,闪金光……真的,我还是那个《中华曲库上下册》的上册啊!原来不光是喝了酒要唱,喝茶也有这个效果。真的也是蛮丢人的。不过,大家都笑容满面。

燕姐居然自拍了一张照片,然后她说从来没有拍到一张自己眉目那么柔和的照片。她平日侠女一枚,看不惯的事情很多。阿芳微微笑,说:"格,这个茶就是我对你说过的那个对我意义很大的茶,翻山越岭,喝到的最打动我的滋味。就是这样,你泡得更加清新,这是刮风寨茶王地的单株。"

燕姐拿出带来的岩茶,说:"格格你要不要试试我的岩茶?"但是我已经气若游丝。九大师说:"下次吧,瓜娃子今天看来已经不行了。"

燕姐表示理解:"嗯,格格看上去确实太累了。"于是,大家开始闲聊叙旧,说起各自这几年的经历,去了哪里见过些什么。燕姐从手机上翻出一张照片,前几天在山区拍的,是落日的一个场景,她说为这样的景色太感动了。

我看了一眼,说:"燕姐你可以把照片给我看看吗?"她把手机递给我,我盯着看了一会儿。"不用泡,你这张照片,就是一款岩茶啊。这个晚霞中的落日,就是入口的那个明亮,明亮温暖中间有核,韵就像旁边的云霞,压得极实的,是灰云的部分。没有力度的茶到这里就腾不开了,容易涩住。好山场有树龄的茶,力度就能把这团韵撑开,一丝一绕往上，到鼻腔。腾起来的韵每一丝也不是胡乱散开，有稳定的速度和走向。往上往中间，再四周，到了头顶，香味没有消失而是以烟的形态淡去。烟再淡也是存在的，那香气在身体里往复，看不见，但是能感觉到。生普是太阳初升，岩茶就是日落，浓郁深情。"说完，我把手机递给了燕姐，"这照片就是岩茶，对吗？"

26

我是个虚荣的人。我从小就幻想自己是仙女特派员。我曾对同学王香丽吹嘘我拥有张露萍将军的戒指，里面有天兵天将来帮我打架。甚至吹嘘我的舅舅是古代人。王香丽都相信的，她那么无私地信任我。这么实在的人，真的也是难以寻觅了。但现在并不是小时候了，虚荣归虚荣。我得告诉大家，在茶席上，无论泡茶的人做到什么了不起的事情，功劳也只能算一部分。因为背后有制作茶具的人，以及制作好茶的师傅。没有他们，茶人只能凭空做法。

所以，我每一次用老游、晶晶的茶具，在得心应手的使用中，都深深感谢他们。虽然现在的陶艺家并不是人人都喝茶，对这种新兴的茶具要求还不完全明白，但是他们一旦明白了，用高超的技术把你梦想的泡茶器具实现出来的时候，除了惊叹，就只能双手合十感恩了。

多说一句，关于自己做茶具这件事，除非你有超级陶艺天赋，而且能耐住性子去磨炼多年，如果不是如此，我建议专业的事情还是交给专业的人员吧，而且不要过多地干涉和打扰他们。对于"自己做茶"这件事，同样如此。了解工艺和上手体验是件好事，也是必需的事。但是要明白，术业有专攻。传统，不是一拍脑袋的事，尤其是祖祖辈辈的传承。我最爱喝的岩茶，工艺算茶类里最复杂的，其辛苦不是一般人能想象的。保持对制茶师傅的尊敬，是泡茶人的本分。茶具、制茶人、泡茶人要相互尊重，茶才能最终呈现完美。

坐下来，喝茶，喝到好的味道前，有这么多人，这么多天时地利人和的具足，喝茶的人，您也要明白。所以，和我喝过茶的朋友，说我严肃，甚至事事儿的，我真的……也只能无奈地和您擦肩而过了。曾经有一次，有人想要和我约一次茶，当我带着全部茶具，拎着沉重的水出现的时候，他惊恐地说："格格，你吓到我了。"我也只能又嘿砸嘿砸地，把家伙事再拎回去。其实，我并非但凡喝茶都要如此，轻轻松松地见面，喝口碧潭飘雪，我也是很开心的。我也不想吓人。所以也越来越谨慎："约茶，您约哪种茶？"

有朋友问，老白是你的茶知己吗？我想了想，某种程度上来说，是的。但和我真正共鸣的，不是他，而是他的茶。有比他更懂我的茶的人，我是说，喝得明白，一口就知道。这样的人，目前，我遇到的不超过五位。他们确实是我的珍宝，但是现在想来，真正的知己依然不是人，只是茶。当你越来越不依靠别人的认同时，你才能在茶里是自由的。而人啊，最终不能放弃的执着，可能就是对理解的渴求。

　　我前段时间才遭受过一次最失败的泡茶经历，这就是茶在警告我，你对别人的认同太执着了。那天是一个朋友带我去他朋友的茶空间。最近这一年，我泡茶都是顺手的。我对于这一次泡茶寄予厚望，觉得依然可以像以往那样唤起对方的共鸣。我之前说过，泡茶，不是自己就能做到，需要和喝茶的人共振，就是激发。但那天，没有办法，善意是沉睡的，鄙夷和挑剔，如箭在弦。

　　三泡茶，水金龟、铁罗汉、老龙窠肉桂，款款折戟沉沙。它们之前是什么样子我是知道的。但是那天，全闷住了，越泡越紧。我一追再追，越来越紧。虽然它们的味道，绝对不是艳俗的，甚至可以说依然有基本水准，但是我也目瞪口呆。我泡茶的样子，由于刚开始学的时候，已经养成了习惯，就是非常严肃的样子，我本人也严肃。那天，我没有把内容拿出来，就光有个样子。空有个严肃的架势，你们知道这有多么耻辱吗？我朋友也没想到会是如此，他是很松弛的，而且也在暗暗帮我松弛下来。他泡了一泡单丛，我一喝，心里五味杂陈，如此甜美和温暖。我谢谢他。我对在座的人说："抱歉，今天是我的问题，我输了。"输茶不能输茶品，一是一，二是二。我让自己尽量冷静地走出去。

　　走出去，居然杭州下了今年最大的一场暴雨。把我坐的车都要泡起来了。那一刻，无论是我的心，还是天气，都像是世界末日。

27

再说回老白吧。大家没有忘记这一系列文章,本来其实是写老白的吧。现在我要说说第二次去柳州,怎么和白老师以及他的朋友吵架,怎么拂袖而去这件事。我问过老白,可以写吗?老白说,感恩老师,老师随便写。

既然老白说了,那我就写了,白老师,感恩。感恩感恩,读者都对你感恩。大家都知道,白老师的茶仓库是多么庞大的。第一次在柳州喝的茶,从数量上来说,千分之一都不到。我从柳州回到广州,白老师时不时都要念叨:"老师你什么时候再来?柳州人民欢迎您。当然,也很欢迎您的先生,在合适的时候,请二位一起莅临柳州。"

我问九大师,可以陪我再去一去吗?九大师沉吟了良久,捻须(如果他有的话)闭目,深思熟虑地问了一个学术问题:"螺蛳粉真的有你说的那么好吃吗?"我淡淡一笑,肯定地说:"有。超出你的想象。"他说:"好吧,陪你走一趟柳州!"

老白,依然穿着黑色的T恤深色牛仔裤,微微含着胸,宽肩细腰,站在接站口对我们微微一笑。然后友好地和九大师握手,接过我手里的行李箱:"欢迎欢迎。"

可是,在吃饭的时候,老白却因为佛法里的一个说法和九大师争得面红耳赤。不知道怎么回事,从哪句话就杠起来了。老白上厕所的时候,老九悄悄问我:"你这个朋友是认真的吗？他真的要谈论学术？我只是来吃螺蛳粉的啊！"我觉得胸口疼，用恶狠狠的眼神瞪着他："不许真的和人家讨论，让着！有上一次冲撞张姐的事情，这一次我格外注意礼貌。"老九吐了一下舌头："知道了，吃螺蛳粉代价还有点大。"

真的要论起学术，我怕老九诛了老白的心。我知道老九的，这方面他不要去碾压老白。老白虽然说不了那么深刻，但是我知道他是认真的。老白上了个厕所回来，发现他刚才要争论的问题，老九都笑眯眯地给予充分的尊重。他也开始如沐春风，宾主甚欢。

但是接下来就不那么欢了。老九待了几天，有事要先走，豆豆欢叫她要来她要来，然后她哄冲哄冲把铺子的卷帘门拉下来关上，从成都来到了柳州。

豆豆的到来，得到了柳州人民的热情欢迎。莫总也带着他那泼辣的柳州妹来了。两个人走在一路，跟花蝴蝶似的，莫总比他女友还艳丽。当然又是茶又是饭，宴饮几天，豆豆嘴都要吃肿了。老白周末要在家陪孩子，莫总自告奋勇要带我和豆豆去龙胜梯田旅游。我再三推让，莫总说："上次来柳州，你就哪里都没去，这一次，去一下。"

莫总是个好莫总，现在想起他来，别说，还有些想念。老白是看上去脾气温和，其实暗地里十分倔强。莫总从骨子里就很随和，但是他的女友有点别扭。莫总对女性宠是宠，但是尊重不够，也难怪人家别扭。

去的路上，我们停下来去他朋友开的一处奇石馆喝茶。我泡，大家喝着都觉得还可以，就这女孩子冷冷地说："你觉得你泡得很好吗？我怎么喝着是苦的。"我这次来柳州，完全不想惹是非，我说："好的，你觉得苦就苦吧。"

回来的途中，到了一处山沟，莫总说要带我们去吃平日吃不到的东西。车停下来，我傻眼了，全是一排吃野味的馆子。我不吃野味。路边的笼子里，都是我见也没见过的小动物。大家还记得我上次去桐庐，看见一只小野猪没有救下来的事情吗？我那时候心里就一直难过。

一只小竹鼠在啃笼子，黄黄的大门牙不停地嗑着铁栏杆，惊恐的眼睛瞪得圆圆的。奈何不得。但是我看见这只小竹鼠了。我偷偷给豆豆说："你先进去，我想买下来放生，但是别让他们知道。"豆豆说嗯。等我做完这件事，进到店里，发现他们好像已经知道了。气氛有点怪怪的，因为店老板告诉了他们。

我坐下来说："对不起，我今天不大舒服，不想吃肉。"莫总劝："还是吃一点吧，来了不吃，也有点扫兴。"我硬着头皮舀了一勺汤，刚喝下去，那个女孩嗤地冷笑一声："你说不吃肉，汤不就是肉炖的吗？"我头发麻了，火往头上冲。努力控制了大概半分钟，我啪地放下筷子，站起来："对不起，这饭我吃不下。"站起来就往外走，豆豆麻利地也站起来，追了出来。

然后，我和豆豆单脚立手，两个人面面相觑地站在一个陌生的山沟里,连行李都在人家的车上。豆豆拍拍我:"锤子,走得好!你不走,老子也要拉你走。不怕!雄起!我来想办法!"

28

多年以后,我想到和豆豆在野味馆拍案而起这个事还会在夜里辗转反侧,会把这个事情前前后后想了又想。想自己能不能更成熟一些,更顾全大局一些,忍下来。大体上说,我觉得现在的我应该可以忍下来。但是那时候,我确实对这个事情处理不当。我为什么就不能说一句:"对啊,说不吃肉又喝汤,我就是个虚伪的人嘛,所以泡茶也苦,多包涵,哈哈哈。"想到这里,我长叹一声。人啊,就是这样一次次长大的。

那天从餐馆走出来后,我和豆豆在山沟里站了将近半个小时,来了两个男人把我们的行李从他车上拿了下来,说是莫总委托的,让他们带着我们去县城里找个住处,第二天老白会派人来接我们。这两个男人非常不好,嬉皮笑脸,言语轻佻。现在想来,是很危险的。好在豆豆见过世面,江湖人用江湖人的办法,机敏回应,挡了回去。

终于入住那个破酒店的时候,我又开始自责,觉得对不起豆豆,让她天远地远跟着我受这个委屈。豆豆相当放松,洗了澡,也让我去洗。她说:"我来柳州相当愉快啊,这不算啥，突发小事。两眼一闭，睡。明天老子们回了柳州就飞成都，机场再小也是有机场的嘛！来来来，睡觉觉，莫要再多想。"

我依然辗转反侧。我觉得自己从小也是走南闯北的主，现在怎么一到社会交往就这样失败。我是不是太活在真空里了？豆豆一翻白眼："桑格格，你是处女座，我也是处女座。都是处女座，咋个差别那么大哟！走就走了，事已至此，走哪个坡唱哪个歌，自己开心点！"我闷闷地一句话也不说。

她叹口气："为了喝口茶，桑格格，你说值得吗？"她说这句话，我突然就想明白了："值得的啊！"她翻了一个白眼："睡！"

第二天，老白派了他侄儿来接我们。豆豆像是什么都没发生一样，一路上和老白侄儿天南海北地聊天，气氛就跟正常旅游一样融洽欢乐。我的心情也好了一些。老白侄儿和老白长得极其相似，好像比老白还帅，小伙子还打泰拳，虎虎生威。甚至他还和我们聊《奇葩说》："哎，格格姐（按辈分该叫阿姨），听说你还认识辩手柏邦妮，哎，她好能说啊。你怎么不去呢？"豆豆哼了一声："你觉得格格姐这个处理问题的能力，能去《奇葩说》吗？"小伙子哈哈大笑："也不能这么说，爱护小动物，不吃小动物，那有什么问题，没问题啊。"我又沉默了。

回到柳州，老白对这件事情一句话也没说。他在面临更大的问题，公司在崩溃的边缘了。他焦头烂额。这个时候，我知道，莫总支持了他。我立刻选择了和莫总道歉，我说有必要的话，我也可以和他的女友道歉。老白摇了摇头。豆豆问我要不要走，我也摇摇头，再待一天。

风水先生又一次来救急了。这位风水先生姓刘，广东人，外表看上去并不神叨，反而温文尔雅，衣着举止都得体。别人叫他刘大师，他摆摆手："叫我刘先生就好啦。"老白不知道在哪里听说了他帮人逢凶化吉的事迹，请了过来。看来老白也真是一筹莫展，没有别的办法了。

刘先生把公司上上下下看了个遍，叹气，嘱咐老白去买一些东西放在特定的位置。但是他也说："白总，这是死马当活马医，你的这个局，说实话，不是我能解的。"老白派侄儿马上去买，其中有一缸金鱼，白的多少，黑的多少，有定数。但是我眼睁睁看着那缸金鱼摆在老白的办公室，一条一条地死去。而且不知道是不是幻觉，有一条肚子鼓鼓的黑金鱼不停地产下小鱼，鱼不是卵生的吗？怎么会直接产小鱼？我生物学知识相当贫乏，百思不得其解。

那小鱼生下来，匪夷所思地小，但是身形眼睛都能看清晰。生下来，不到几分钟也一条一条死去。不一会儿，缸底落了一片银屑般的小尸体。老白侄儿是个精灵鬼，黑白鱼都有多买，死一条，他就捞出来一条，再加进去。但是不到傍晚，鱼缸里也不剩几条了。

公司有债主开始上门了。我对老白说："你去应付那些,我来陪刘先生。"他点点头,扭头就走,走几步,又回头,对我说:"谢谢格格老师。"他走出去的时候,我发现,我下意识地把肩头往前卷了卷。然后,我和刘先生喝了一席茶。

29

本着正确健康的价值观,不能宣扬封建迷信,所以请大家暂时把刘先生看作一个萌萌的星座博主。这样接受起来,写起来,估计我也放松一些。总之,就是个故事嘛。

好的,萌萌的刘先生看见我进茶室,抬头看了我一眼,愣了一下,然后低头笑。我说:"刘先生,我是白总的朋友桑格格,我来给你泡泡茶。"他的眼睛直视我,笑道:"好的,有劳格格小姐。"我心里明白,他在看我的面相,在解读我的信息。

关于面相和手相这个事情,格格老师也有涉猎呢!说起来,也是一种神奇的缘分。有一天,格格老师躺在沙发上,葛优瘫着,百无聊赖,突然一本杂志从书架上掉了下来,砸中了她的脑袋。那是一本时尚杂志,正好翻开在"某某姐教你看手相"这一对开栏。我就看了起来,哎,别说,还怪有点意思,也对着自己的手相来回印证。

一束阳光从窗户外射了进来(夸张手法。我那扇窗朝北,要有光射进来除非太阳打西边出来),格格老师觉得她头顶冒光，她开窍了！她因为一本时尚杂志会看手相了！然后第二件事情呢，是格格老师也悄悄关注了微博上的面爷，每次都很喜欢看面爷风趣幽默地分析各种新闻事件中的事主，说得头头是道，可有趣了。然后，格格老师认为她因为微博关注了面爷，也会看相了！

在我喝醉的时候，是唱歌，但是喝到半醉，是给人看手相。别说，屡屡把人说到飞起。有一次，在大董吃饭，喝醉了。第二天发现包包多了几张百元大钞，一问，是算命赚的。人家觉得我说得太准了，给我的。其中有画家刘小东和他太太喻红的两百元。

就这样，看相二把刀桑格格坐在了专业风水师刘先生的对面。我们对看了一会儿，我有一个感觉，觉得刘先生很亲切。他的目光是一束光，而我的心是一个谷底，光能印到谷底。我泡的是老白放在茶室的一款生普，一款相对平庸的茶。

刘先生喝了一口，点点头："格格小姐，你知道你是谁吗？"我觉得自己没听错吧："格格小姐是谁？格格小姐就是格格小姐啊。"我觉得刘先生开始和我盘道了，我要稳住。我笑眯眯地回答："刘先生觉得我是谁？"他哈哈大笑："我们两个不要兜圈子了吧。"

多说一句，看面相看手相，其实要我说，就是个心理战术。比如吧，如果一个人缠着你要算命，千万别那么痛快说来来来我给你看。要推托，说几句不要随便算，不好。对方不坚持的话，就过去了。对方还要坚持，说明他现在遇到什么困惑的事了。他从气势上的急切就显露出信息了。然后，你可以点点头："那好吧。"盯着他看，看五官，看耳朵，看个一两分钟，别说话只点头。对方更急切了，你慢条斯理地说："把手伸出来吧。"男左女右。先摸摸对方的手的冷热厚薄，戳戳太阳丘月亮丘什么的。这个时候再点点头，说一声，知道了。对方一定是急不可耐了，你慢慢问："说吧，你想问什么。"对方一般会脱口而出："事业！爱情！健康！"这个时候，他的最大问题就展现在你面前了，你再着重去看相关的部分，启动你在时尚杂志上看见的记忆，结合结合实际。桑格格老师，就是这样骗人的，一骗一个准儿。

所以，面对刘先生，桑格格老师，是有起码的定力的。但是，刘先生一边喝着茶，一边慢慢说："你最近做错了三件事。第一，第二，第三。你以前还遇到过几个人，是这样，是那样。"说完，再看桑格格老师的时候，她已经彻底傻在对面了。

30

等老白处理完麻烦的事情，来到茶室的时候。他推开门，我和刘先生一起看向他。他后来说："好奇怪啊，我当时觉得怎么几个小时不见，你和刘大师好像就是一头的了。"

我正色道："你好好看看我是谁。"他看了看我："怎么了？"我告诉他："刘大师说我的前世（这个就不说了，实在是，哈哈，我怕遭雷劈）。"他瞪大了眼睛："真的假的！"他都笑了。我依然正色道："你信吗？"他忍俊不禁，笑得胸腔抖动，然后平复了一下情绪，说："格格老师，我不了解你的前世，但只要说你好的，我都信。"

豆豆这会儿在哪里，她在城里开心地吃螺蛳粉。刘先生说他回住处，晚上不吃饭了，要早休息。送他出去的时候，他慢了半步，说："格格老师，你记住我的话了吗？"我点点头："谢谢您的提醒，我记住了。"

多说几句刘先生，虽然那一次他确实没有帮到老白，但是他后来有帮到我，在这里本着不要宣扬封建迷信的健康思想，不妨说，他是一位很好的心理医生。他起码在识人断事方面，有过人之处。他虽然是个风水先生，人是善良正直的，而且衣着得体，称得上优雅。

他嘱咐我的是，快离开柳州，少喝茶，尤其少喝老白的茶。平日要多运动，杭州对我很好，待着静养，少出门。是不是听上去也没什么，类似多喝热水一类的话。送走刘先生，我和老白静默地坐在茶室里。我知道，这一次走，下一次，不知道还能不能再坐在这里。因为这地方极有可能被抵押或者卖掉。傍晚了，阳光又一次斜斜地铺进来，铺在茶桌上。我们居然谁都没有提喝茶。就静静地坐着。竹子、红豆杉、兰花，依然红的红、绿的绿。它们没有变化，不谙世事，又沉静又纯真地站在外面。风吹来，轻轻地摆动。

我站起来，环视了一下整间茶室。茶室的角落里，有一个上课用的白板。我慢慢走过去，拿起来，在上面慢慢写下来了"桑格格到此一游"，看了一眼，笑了，画了一个漫画小桑格格，落下来年月日。老白双手抱着头，斜坐在茶椅上，也笑了："谢谢格格老师到此一游。"

我突然说："要不你带我去那个公园再走走好吗？"他站起来，动了动脖子："走。"我们说走，马上出了门。车子往公园开去，距离很近。对了，有本地读者告诉我，说那个公园叫都乐公园。就是都乐公园。那附近还发现了史前人类的文明遗址，是个很有意思的地方。

我和他往里走的时候，因为是个周末，人还不少，但是大家都在往外走。公园深处越来越幽静。突然，老白站在一个地方，对我说："格格老师，这个花叫作百合，这棵树叫作合欢。"我愣了，为什么要告诉我这个？他微微一笑："上次你在这里问过我，当时我要出家，你说你连这个花和这棵树都不了解，出什么家。我后来特地找人问了，这是百合，那是合欢。"

我举起了大拇指："白老师牛。"他脸红了："格格老师才……格格老师最棒了。"他在我面前，始终不说粗口。

天已经黑下来了，我们往外走。我突然看见草丛里有一个光亮，以为是装饰在草丛里的LED灯。可那光亮飘动起来，横着飘浮微微上下颤动。不知道为什么，我突然明白：这是一只萤火虫！我激动地跟随着那只萤火虫，有一只会不会就有更多呢？

然后，我抬头看到了在山坡上——黑暗的树林间闪烁着成千上万只的萤火虫。树林间像是流动着黄色的发光液体，整个一大片树林都在发光！我没法描述那场景。我站在那里，哭了起来。老白站在旁边，静静地从兜里摸出了一包纸巾。

31

我努力地想，最后一次离开柳州的场景。居然想不起来，又一次出现了磁带被抹掉的事情。

老白这个人，有个特点，他在日常生活中情绪特别稳定。迎来送往的，从不见他有什么特别的表示。都是微微一笑，轻轻挥挥手，转身就走。他一天到晚地修行，其实他不知道，别的不说，就是这份淡然已经是我修不来的了。当然啦，也可以说他纯傻，纯木头，但是我也羡慕啊。我这个人，感情多到成灾。他不爱听音乐，对于我唱的歌，尤其是戏曲类的，他给予了真实的评价："觉得有点吵。"琴棋书画，他一样都不爱。

办公室满柜子的某某佛教大师全集，还有笔墨，也只是个样子，就我在那里抄过几次经文。电影也说不上来喜欢，但是看也能看，有时候还会看哭。他有一次蛮疑惑地说："怎么回事，是真的老了吗？自己的事情再大，一滴眼泪也没有，看别人的故事，特别容易掉眼泪呢。"

但有一次，我把王朔的《我是你爸爸》推荐给他看。他当时和儿子的关系有点紧张。他看完之后，在微信上双手合十，说："太感恩老师了，真没想到这世界上还有这么感动我的书。"

对了，老白爱吃点心！上次从成都去柳州，给他买了不少著名的文殊院旁边的点心，桃酥、椒麻酥什么的。有一个商界大忽悠说能帮他把地卖个好价钱。结果，啥也没搞成，老白哀怨地说："他把我的椒麻酥吃了有一半。"

想起来了，那天我过安检（谢谢他居然目送我到安检），一回头，发现他还站在那里，双手抱臂，见我回头，又轻轻摆摆手。我把箱子从传送带上拿下来，也摆了摆手。我想目送他转身走，一般来说，这个时候白老师早就该转身走了。在告别的时候，无论是在现实中还是电话微信里，我都习惯自己是最后转身的那个人。结果他一直没有转身，我挥挥手意思是你走吧。他也挥挥手意思是你先走。我们就那么待了一会儿，也可以说是僵持。他低头在手机上输入着什么，我手机响了，他写道："格格老师，您先走吧。我想看看你的背影。"

我把手机揣在了兜里，最后看了他一眼，转身就走。

32

　　回到杭州那一天，睡了一个特别长的觉。我很难得睡得如此沉。做了什么梦都不记得，我平日做梦那是记得一清二楚的。

　　醒来，阳光打在墙上，被树叶的碎影筛成斑点。鸟叫，一声婉转的长声，跟着短的两声，反复着。我悠悠地想，这是哪里啊？哦，杭州。之前的事情，一点点涌进来，真的像是一个梦。我坐起来，翻身下床，拉开窗帘，阳光猛然把我罩在里面！我闭上眼睛。当时脑子突然冒出一个念头：新生。这是我的新生。昨晚的那一觉，绵长得像是完成了一次轮回。

　　我在这个风景如画的地方，开始了新生活，认识了新朋友。这一段时间，我不想碰茶，直到认识了晶晶，晶晶就是在这段时间出现的。从文字顺序上看，晶晶是老白的前传，但是在实际生活里，老白才是茶后面的故事。

　　新朋友刚认识的时候，也有不少爱喝茶的，他们会问我："格格也喝吗？"我点点头："喝点，不多喝。喝着玩。"我轻易不去惊动茶。

　　老白很少和我联系。估计是他情况艰难。我没法帮助他。我是有愧疚的，真的一点办法也没有。他的困难太巨大了。我不接受他再给我寄茶，他要寄，我都坚持要把钱给他。僵持了几次，他也不说什么了。他开始操办一些茶会，就是我在文章开始说的那种"暮春茶会"的情况,我看了不仅不支持,还要生气。因为我觉得太粗糙了,不像样子。

他也开始给人上茶课,把课件发给我看,我也要说他,不能这样讲,太笼统,误人子弟!关于这个问题,我和他吵得最凶。话很重的,我说:"你还没资格开班。"他说:"你不知道社会上那些茶课都什么样子,我觉得我至少比那些好。"我冷笑:"要比下限吗?白老师,我鄙视你。"他叹口气:"我就收两百块一个人,还给人喝那么多好茶,就当我说的都是废话,茶钱都抵啊。"我翻了个大白眼。没有再理他。

有一天,我整理行李,突然发现里面有一包茶。拿出来闻闻,那味道很奇特,以前没有闻到过。茶是牛皮纸袋装的,外面还包着一层塑料自封袋,写着:紫茶。我想了半天,想起来,这应该是老白在有一次分别的时候,塞给我的。

马上烧水。在茶具柜子上挑出老游的敞口执壶,取了大概两克茶。开汤,嗯,香气并不惊艳,像是混沌初开的徘徊犹豫。我连着泡了三泡,都是如此,这个茶始终不和我同行,和我保持着距离。但是有一点隐约觉得不凡,这个茶虽然我抓不到它,但是我走它也走。所以,我又追了两泡。加起来,一共五泡。第五泡,它站定,掏出一束山花对我挥手。但它始终没有消失,只是慢慢看不见。

中午要去吃饭了,我把这泡茶放在了桌子上。吃完饭,玩了一会儿手机,还睡了一个午觉。午觉醒来之后,想起这泡茶还在桌子上，应该还可以继续泡。于是，又去烧水。要继续泡，就是冷透后的第六泡了。按常理，茶内质量最精彩之处已经差不多完了。

我拉细水线，慢柔入水，冷透了，就要热透。怎么热透呢，别猛浇，就像是用一把锹松土深挖，慢慢来。这样茶与水的浸泡时间既长又处于动态中。上午用的是一般的白瓷杯子，下午我想了想，把"格物"大杯温了来用。那釉水细腻，也大，质地空间都更适合接纳被消耗过需要喘息的茶。果然，茶汤出来和上午不一样，黏稠，是淡淡的藤蔓黄，略微泛红，入口，立即在口腔化开了。哎，对了，喝下去没有什么味道，但是香气在肺腑里又送出来，卷起一股独特的香气，以前没有过。

第七泡，入水更细更慢更温柔，水量略减，到叶面即停。静置三十秒，低头闻，热香水雾上涨，形成半圆光芒，茶举了出来。出汤，汤比上一泡还要黏稠，颜色也浓了一分。入口，香气转为花香，甜美文静，舒卷于鼻颚，收尾以气韵延伸消失。哇，我来劲儿了，这个茶有点意思！第八泡，入水更细更慢更温柔了，不要怀疑，永远能更细更慢更温柔。浸泡，旋转壶，微微晃动。叶张仍然油润有弹力，卷曲柔软。出汤，清洌，花香转冰糖香，水雾转幼滑水路，一路奔泉向前。滑过上颚，最奇特的事情发生了，滑过上颚之后，没有东西咽下，而是腾起来消失于后脑处。我甚至转过头去，看看后面有什么。

第九泡，第十泡，我那天下午，一直泡了十七泡。泡到太阳都西沉了。每一泡都是黏稠的汤，而茶，像是一个神仙睡着了被唤起，睡着了又被我唤起。每次唤起，他都脾气很好地温柔一笑（完全没有起床气）。静置，待叶底冷透了，看叶子宁静盘旋着，并未有一丝浸泡过久的松涨。转动壶，仍有光润闪动。闻，要用力吸气，才有幽幽的兰香从井底扯上来，好紧结。

可以了，让它安静地走吧。两克茶贴在壶底，像是没有被打扰过，一切都没有发生。

33

我要另外讲讲一个人，我的良师益友，茗禅老师。她出现在我和老白不联系的这段时间。某种程度上来说，我和她在味觉的契合度上是超过老白的。老白是不断能拿出好茶，然后我喝，我赞，他只管点头、卷肩膀、转圈。

我呢，到了新环境，想一点点建立新生活的秩序。不瞒大家，其实所谓的"几大俗"，我早七八年前都接触过，而且都喜欢。古琴、昆曲、茶就不说了，还有一个是什么？反正中国什么都喜欢排四个一堆。除了麻将需要四个人，其他我暂时看不出有要排成四个的必要性。

我弹古琴有七八年了，但是天赋不怎么的，也因为不停换城市居住，每个老师都跟得不长。和我一起学琴的，教琴的、做琴的都有了，我还在吭哧吭哧学《鸥鹭忘机》。以前怕人说显摆，现在怕人笑话，很少和人提起。但是，只要在家，其实我几乎没有一天不摸琴的，就这么着，天天弹还进步如此缓慢的，我看也没谁了。

但是我坚持着，因为无论多差，我都可以在结结巴巴的琴声中找到乐趣。最大的好处，就是我当年五千买来的琴，据说现在值三四万了。堪比房价。茗禅老师冷冷地说："古琴热呗，也是有人买。"她是我见过不说假话排名前三的人。

我发誓今年要把《鸥鹭忘机》弹下来！不弹下来我就不是人！今年还有十几天了，等老白坑填完，我马上就要练习。我一定要在最后一天和茗禅老师把课复了。

茗禅老师在村里开了一个咖啡馆，做手冲咖啡也教学。我们的古典音乐班每周也在这里上课，茗禅已经主讲了四年。不要说，她讲一晚上，加上听音乐，三四个小时有的，包一杯咖啡或者茶，收费五十元。办卡二十五元。现在哪里去找这样的事情。但是你要进来，也要接受茗禅老师的一番挑剔。总的说来，你到底专心不专心，懂不懂没关系，是挑剔你爱不爱这个事情。

别看咖啡馆小，还处在一个永远晒不到太阳的角落，真的要说来，就文化的含金量，完全不输于几百米开外的那位著名建筑师安藤忠雄先生建造的大屋顶艺术中心。当然啦，大屋顶也很棒，后来这里成了杭州著名的文艺打卡地。

我第一次进咖啡馆，是和新宇、晶晶一起进去的。他们介绍我:"这是桑格格。"茗禅,长长卷发(后来她笑称是巴赫头),穿着深蓝色优雅鱼尾裙,说:"桑格格?你是那个写书的桑格格?好像还挺有名呢。"我脸红了:"不不不,我不是那个桑格格,我是另外一个。"她哦了一声:"我说呢。我这里还有她的书。"我突然觉得这样是不对的,不坦诚,我承认了:"我就是这个桑格格。"茗禅一笑:"是你啊,我说也应该是。"我又脸红了。

茗禅身上有一股……青春的气息,对的,虽然她大我十岁。但是我觉得她就停留在那个还热爱文学和艺术的年代。说话爽朗,但是极其准确有分寸。她有观点,有见地。但刚开始,她并不见得多热情,甚至有点冷。曾经有一度,这个咖啡馆据说以老板娘爱赶客人著称。哈哈。

她还教古琴。她就是那种天分很高,喜欢什么就钻研进去并且能达到一个高度的人。她对美有直觉。我说:"您能教我古琴吗?"她问我都跟谁学过,我说了我之前老师的名字。她说:"哦,那是名师,我没什么名气,你确定要跟我学吗?"我说:"弹琴不是弹名气,是弹自己的心性吧。"她说:"那你来吧,我们先聊聊。"

谁知道,我第一次去茗禅家,就遭遇了一次崩溃。

34

我崩溃的原因是,我去之前,茗禅老师说:"你来,我给你做手冲咖啡！我可是一个高手哟！"

我愣了一下。因为格格老师再单纯天真，其实也不敢对一个陌生人说，我可是一个泡茶高手哟。格格老师有格格老师的乖觉和世故，她是懂世故的，怎么不懂，挨揍多了就懂了嘛。这一点和九大师不一样。有一次，在酒桌上人家问他能喝多少酒，他想了想，说："不知道。喝饱过，没喝醉过。"乖觉世故的桑格格在桌子下面猛踢他的腿，他还很吃惊地说："哎！你踢我干啥，这是真的啊！"我真的是双眼一黑啊。好在九大师天生有酒量，这一点遗传他妈妈的。他靠巨大的酒量，在俄罗斯，在蒙古，把不听话的学生喝得服服帖帖地来上课。嗯，这是题外话啊，我们说回咖啡高手茗禅老师。

茗禅老师说："哈！我可是冲咖啡的高手哟！"我乖觉地微微点头（茶人人格上身）："嗯，我是喜欢喝点茶，我要不带几泡茶给老师泡泡吧。"茗禅说："好啊，其实我也泡茶的！"说实话，茗禅的这种爽朗坦率，在茶界，我还没有感受过。不带恶意不带比较地表达热情和喜好，这真的很好。

第二天，我去了。我忘记我穿了什么去的，阿弥陀佛，但愿那天我穿着得体。一进茗禅老师的家门，我惊呆了。那是我见过最干净的家。什么叫闪闪发亮，纤尘不染。在干净这个食物链上，无疑她是我世界中的顶端。我站在茗禅老师这极端洁净的家中，把自己的鞋子往边上踢了踢。真的，我每次去她家,都觉得像是一个梦,怎么做到没有一个角落有落灰、水龙头也没有一丝水渍、厨房就像是没有用过的样板间一样……我想起了豆豆那句话,都是处女座,咋区别那么大呢!茗禅老师哼了一声,给出了答案:"你们不能和我比,你们上升星座什么的就不一定是处女座了,我,什么都在处女座。"我又是双眼一黑。

老师穿着优雅的家居服,化着淡淡的妆,已经把咖啡器具摆好了。她家的干净程度震惊了我,但是关于味觉的东西,我还是有点底气的。说句有劳老师,等着她做咖啡。我觉得咖啡,怎么能和茶的悠长比啊,咖啡就是一种饮品,没有境界的。我心里带着偏见。

但是我看茗禅冲咖啡的时候,有点说不出的熟悉。她的专注和自信,甚至手法,都让我想起了泡茶。她执壶不是用手腕的力,我看出来,她是腰部发力带动全身,是整个身体在微微转圈,手流细、稳。不是局部发力,这就是一个高手的出招。几次入水完成之后,她扯掉咖啡漏斗(这个说法可能不准确)笑眯眯地把咖啡壶端给我:"你先闻下湿香。"我一闻,哇!好丰富的香气!她把咖啡分在杯子里,递给我一杯。我一喝,哎呀我的那个老娘舅(我口音也有点杭州话了)!可以说,我在完全没有准备的情况下,被另一个体系的味道轰炸了。咖啡和茶不一样,在高温的第一口力度就是最猛的。我愣了。我眼睛红了,请大家不要笑话我。这是真的。我瞬间看到了非洲草原和大裂谷。我当时不好意思落泪，和茗禅老师还不熟。但是我的反应足够让她开心了。

她其实也很少遇到我这样的人吧。她说："你以前喝过手冲咖啡吗？"我点点头，马上又摇摇头："不，您这杯算是我第一次喝。"她点点头："因为你是开始喝，所以我给你喝的豆子是咖啡豆的原生种。"抱歉，我现在也没记住那些复杂的名字。但是我真的喝到了咖啡本质的魅力，一层层的变化，以及瞬间拉起来的高度。

但是，随着咖啡的降温，那股冲击力也很快降了下来。这感觉和茶太不一样了，我觉得自己像是做了一个极其短暂的白日梦。咖啡来得快，去得也快。

茗禅老师说："喝过咖啡了，我喝喝你的茶吧。"那天，是一个春天，天气还有点冷。说起泡茶，我如梦初醒。我马上觉得自己能量不足，手脚冰冷。我跑去阳台上晒了会儿太阳，茗禅老师问我干吗呢，我说我充会电。但是回到室内，我依然发抖。

泡茶，完全不在状态，用的器具是老师的，也有些不趁手。可老师还点头："嗯，不错，你确实泡得不错。"我摇摇头："老师，今天我的自信被你的咖啡打击了，这连我正常功力的三分之一都不到。"老师疑惑地说："真的吗？"我点点头："是真的。"泡茶需要自信，那一刻，要有能量去控制和激发。我那天做不到。但是我内心是开心的，这次泡茶失败和在茶江湖上失败不一样，我感受到了新鲜的事物，有巨大的收获。而且我确定，只要我能泡出来，老师就能喝出来。不在今天又如何。

最后,我对茗禅老师说:"老师,我明天再来。"茗禅点点头:"好。"

35

记得在苏州留园,有一处地方叫作活泼泼地。我每次到那里的时候,都尽可能地多待一会儿,提醒自己:"桑格格,你无论如何都要活泼泼的。无论如何,你要像你自己。"

我写的这些茶确实稀有,但也没有稀有到绝无仅有的地步。在生活中,大家都有可能碰到,但如果没有打开心去感受的话,错过也就错过了。我曾经遇到过这样的情况:我已经喝得欲仙欲死了,旁边的人毫无知觉。那也是另一种不动如山啊。这样的人,往往也是有福气的人,他们什么都不缺,好东西唾手可得。叫醒一个装睡的人很难,推动一个不打开心扉的人更难,他们完全是躺着,只等着好东西去撞开自己的机遇。擦肩而过之后,他们还很茫然,问这些东西到底在哪里啊。其实,这样是折损福报的。一个人一生中的美好是有配额的。

村里音乐沙龙有一位老先生,我们去听音乐会,一般都会买比较贵的前排票,他舍不得,就买最后几排的。出来之后,发现他的激动和享受不亚于我们前排的人,和大家讨论起来,他果然什么都没有错过。他开启的是更大的感受力。我觉得我在喝茶方面,其实和他是有点相似的。

我曾经在村里的草地上看见一只鸟,不停地去撞一辆电单车的后视镜,它完全不知道那镜子的影像就是它自己。它不停地发起冲击,一次次往那个镜子上撞。我待在那里,当时和我一起的还有几位朋友。我招呼他们来看,他们看了觉得蛮有趣的,嘻嘻哈哈的,但也不觉得怎么样。我站在那里看得津津有味,那鸟撞了有大概半个小时!我从头看到结束,最后那鸟飞走了,也不知道它撞得痛不痛。

36

第二天,我当然是嘿哧嘿哧地背着茶具和水去茗禅老师家的。去她那里,再重的东西我都愿意背。

我永远记得拎着茶具走去她家的感觉。那时候,我家房子还在装修,借住的地方就在她家小区对面。我住东区,她住西区。当时不正好是春天嘛,紫藤花开得啊,把我们住处之间的一个保安亭全部包裹在淡紫色里了,那真的是世间最美的保安亭。我拎着重重的水和茶具,内心却无比轻盈,春风吹在脸上,软得从面颊两边化开。一路还会经过绣球、桃花、樱花……其实,那些花是什么花,我也不一定都说对了,总之我自己踏着一路的花,去到茗禅老师家。

她住在202,每次按下202,就有一阵欢快的音乐响起来，那音乐响一会儿，单元门就会咔嚓一声开了。住在二楼的茗禅老师，已经把房间门打开了，有时候还会冒出一个头，对我笑笑："你来了！"我就走进去，说："老师，我来啦。"然后我就站在她那一尘不染、赏心悦目的家里了。

她家一般都放着音乐，之前那套音响（现在又升级了）的声音对于我这样的器材小白来说，已经像是天籁了。我那天去，她放的是吴兆基的《忆故人》。因为她学的是吴门琴派，我要跟着她学，学的也是吴门。她让我好好把吴老的两张碟听熟，所以，我一听就知道是吴老的《忆故人》。他的这个版本深沉内敛、淡雅清远。想起故人，并不是泗泪滂沱，而是一丝绵延不绝哀而不伤的情谊。这是茗禅最爱的一类音乐。我那时候还没有和勃拉姆斯相遇，但是也喜欢这种引而不发的感觉。

我们坐下来，一时好像有点忘记了，我本来是来学琴的。我一样一样把茶具拿出来，她一样一样看，有的她喜欢，有的也觉得一般。毕竟对于处女座的人来说，要喜欢一样东西，不容易。我也没含糊，觉得不用走过场了，直接用盖碗泡了不动如山。对于我用几根茶叶的泡法，她表示了惊奇，但是也没有觉得太奇怪。

现在茗禅老师那声"哇！"的惊叹声还在我的脑海里，很清晰。她当时确实激动得满脸通红："这是什么茶，天啊，怎么这么有仙气！"我笑眯眯地看着她，轻轻说："它叫不动如山。"她看了看盖碗："这么少，它怎么就有这么大的能量！"茗禅老师真正激动起来时，有个很少女的动作，就是握着小拳头，一边挥动一边激动地说："怎么有这么大的能量！"哈哈，我心里稳稳地落下一块石头，不愧是茗禅。

茗禅老师心里有什么，脸上就是什么，完全是藏不住的，她的眼睛发亮。这个时候，有一个电话打来，她接起来语无伦次说了几句，挂了。我知道，我也打开了她的一扇新的门。

那天还泡了岩茶，我选来选去，选了水金龟，而不是我泡得比较多的铁罗汉。我觉得水金龟的丰富和甜美她会更喜欢。这款水金龟后来还打动过她的另一个女学生，这个学生从深圳寻到杭州，从杭州又去了武夷山。水金龟的品种香里，如果泡法得当，会有一丝蜡梅香。

她喝第一口的时候，也是一声激动的哇！以前在茶席上，都是我说话比较多，描述茶的感受。有茗禅在，我第一次发现自己什么都不用多讲，她讲得比我更准确。而且，不光是夸赞，如果哪一泡不小心弱了一点，她也知道，然后马上指出来。其实越这样，我就更会被激发。因为夸多了容易思想滑坡，哈哈，明白起伏才是真明白。那天，我泡得又轻松又精彩。是真的，乘风破浪，轻轻抓着气垫船自动就往前走。水金龟的那股梅花香气弥漫在室内，老师站起来，说："我来弹首曲子。"

她坐下，给我弹了《忆故人》。她抚琴的背影，实在是太动人了，我忍不住拍了一张照片。在听这首曲子的时候，我突然想起了老白,他看见我的背影是什么呢?我点开了他的微信,才发现他给我留过言,我竟然都没有看到。他双手合十之后,说:"格格老师,有一个茶会,能不能帮着想一句诗?感恩。"

我拿着手机,敲下一行字:闲贪茗碗成清癖,老觉梅花是故人。

37

接下来的日子,我基本上不碰茶了,只是不停去茗禅店里喝咖啡。喝过的咖啡里,综合起来,最爱的还是茗禅手冲的肯尼亚,她说其实她本人也是。她又说:"那是因为你对酸的接受度高,肯尼亚算一款很酸的咖啡了。"酸?我怎么没有感觉到酸?

我喝了一口肯尼亚,特地找那个酸,哦!还真有!哈哈!我对茗禅说:"我不是对酸有偏好,我觉得我是对有骨架的东西有偏好。"酸在咖啡里,就像是建筑里搭的龙骨一样,是铺在下面的底子。无论是甜、各种香、黏稠度,如果有酸打底,就会多一层扎实的厚度和复杂。茗禅老师挥着小拳头:"格格,你说得太对了!就是这样,酸就是咖啡的架构!"

我说:"我喝不到酸,是因为你这款咖啡整体的均衡度很高,各种滋味的交融度好。就像是听好的交响乐队的演奏,不会特别注意到哪一件乐器,整体就像是一匹平滑的厚缎子,抖动着闪光。没有一根线跳丝。如果哪一件乐器引起了你的注意,那就是那件乐器出了错误。你这杯咖啡,你就是出色的指挥兼演奏。"

茗禅老师居然挥着小拳头轻轻蹦跳,她站在高吧台后面,说:"格格你说得太好了。"我反而蛮平静的,轻轻笑着,看着她那开心的样子。我当然开心,虽然看上去没有老师那么激动,其实我内心都无比幸福了。别人对我的赞扬,会让我激动,激动完了却又有一丝羞愧。但是我给别人带来快乐,看着别人在我的激发下越发出彩,就能让我获得最平静的幸福。

我一直犹豫着,没有入咖啡坑。一,我觉得精力不够了。我对茶的投入,让我忌惮再痴迷别的。二,我也实在是享受喝她的咖啡,我不想自己做。

做咖啡的人总体给我的感受是朝气有活力。最重要的是,他们大部分依然是他们自己。而我学了茶的朋友,从装束到举止,几乎都会有明显改变。他们变成了:茶人。而他们原来的面目就不怎么能感受到了,一下子安静了,一下子高雅了,一下子不是原来那个他或者她了。

38

我和茗禅老师,在那一次喝茶之后啊,好得简直了!我爱她来她爱我，本来也住得近，常常能见。因为她爱干净，爱美，每次去她那里，我必洗头洗澡换好衣服。真的是焚香沐浴。每次九大师看我在家开始兴奋地折腾，就幽幽地来一句："又要去见你的茗禅老师啦。"我就一边试衣服（丢一床都是），一边开心地回答："可不是，咋的？"他哼一声："从来都不为我打扮打扮。"我照着镜子："我打扮好了，你也看得见嘛。"他瞪着眼睛："一会儿就看不见啦！"

可不，我一溜烟，几乎是蹦跳着出了门，又蹦跳着往茗禅老师家走，小鸟在前面带路！风儿吹着我们！

我所有好看的衣服，都是为了去见老师买的。她也开启了我的女性意识，在装扮中，我觉得自己还真的是个女的。前几天，我走到老师店门口，发现自己穿得邋遢，立即在旁边服装店里买了一身，花了人民币六百。这事儿九大师到现在也不知道。

那段时间，我和茗禅老师的合影，眼角眉梢都带着喜气，跟一对新人似的，哈哈。前几天我和文学好伙伴莉莉合影也是这样，只要是知己，找到了对方，就这样。

记得一次，我在茗禅老师家喝茶。她放了一段音乐，那段音乐波光粼粼，我好像能摸到那音乐，随手抓来就放到茶里。茗禅老师马上就惊叫起来："啊，这茶里有那个音乐！"她一说，大家都纷纷说："是的，是的。"我那个开心啊，真的不知道怎么爱我的茗禅老师好了。什么好茶，拿到就跑去泡给她喝；有好吃的，也跑去给她。有一天夜里，我说："老师，我一会儿过来，给你送一盒李子。"那晚下着小雨，老师站在小区门口，她也给了我一盒什么水果，我们都笑眯眯地捧着一盒果子，在春雨的夜里，回家了。之后老师写了一首古体诗，表达了这种桃李不言、下自成蹊的意思。

如果不是老师问我这些茶都是从哪里找来的，我都快忘了老白的存在了。我告诉她，从一个怪人那里找的。我大概讲了一点老白的故事，茗禅对这个怪人也挺感兴趣，我说："什么时候他来，我让他来见您。"

老白也不知道忍了多久，他说："格格老师，好久不见。我可以来看看你吗？我想和你再喝喝茶。"我说："好啊，来。"

39

再见到老白那天，是一个下午。

我看见他站在小区门口，正要过去，一辆车擦着我飞驰而过。听见他叫了一声："小心！"嚓，车过去了，我惊魂未定。下一秒抬头，我们就站在了对方的面前。他依然还是黑色上衣，深色牛仔裤，包还是那个黑包。但是黑色的衣服和包，都旧了一些。

我穿了一件满工绣花的东南亚风格的彩衣。他微笑，然后笑容更大一些，卷了卷肩膀微微含着胸膛，走了过来：

"你气色不错。"我说:"你看上去也还是那样。"

其实,他不是,他憔悴了不少,一身旧旧的黑衣显得无端有些落魄。但眼睛还是那么清亮,看着我,黑红的脸膛放光。"你好吗?""我挺好,你好吗?""托格格老师的福,还活着。"

我们去了茗禅老师的家。茗禅老师对老白的第一印象极好,因为老白看上去有一种骨子里的洁净,和尚嘛。他是来泡茶的,泡茶的白老师还是有些魅力的,动作稳而轻柔。

他开汤一泡茶,是顶级肉桂。他总是这样,一来就来猛的,泡泡茶都猛。和我不一样。茗禅老师一喝,哇一声:"这个茶口感太像咖啡了!而且是意式浓缩咖啡!太有冲击力了!"老白微微一笑:"谢谢茗禅老师夸奖。"他也开心了,三泡就把那包顶级肉桂,收得一干二净。然后他又要开铁罗汉。铁罗汉也是如此,大开大合,来猛的。茗禅老师觉得心跳有点加速。我那天几乎没怎么喝,每一杯都啄小小一口,就放下来了。我知道他在期待我说话,但是我只是微笑,不开口。

我坐在他的对面。他抬头看我,要说什么,但又没有说,低下头自己微笑。想来我和他已经有快两年没见了。我问了问:"公司还在吗?"他说还在。"茶室还在吗?""也还在,撑着吧。""桂花树,开花了吗?""金桂开得好,银桂死了两棵。""啊,怎么还死了呢!""本来有人说要买地,把树挪了一个地方,那人又不要了。树挪了以后就不大好了，撑了一个多月，就都枯死了。"我心跳着疼了一下。

他问："格格老师泡茶吗？"我摇摇头："我今天不泡了，就喝你的吧。"他说："好。"茗禅老师说："白老师泡茶和格格太不一样了！"他说："哦，怎么不一样？"茗禅老师又笑笑："我想想，反正你要猛得多。但是刚才那一泡意式浓缩的口感，我想我永远不会忘记。"老白颔首对老师致意："谢谢老师。"

他呆呆望着窗外，窗外正是一片桃红柳绿的春天。他放下壶，怔怔地有些出神，不易察觉地叹了一口气，说："杭州，很好，适合格格老师住。"我坐在对面，只是听着，没有抬头。

40

突然想起，其实我和老白去过一次云南。那一次，我想尝尝一款叫作"高枕无忧"的1996年大益熟茶（放在柳州仓和云南仓的差别），所以答应了大益做茶教学的李乐骏先生的邀请，去他们的茶学校做了一次讲座。

柳州仓的，就是老白手里的一批。这款熟茶是我目前喝过最棒的熟茶，香气和层次，居然能达到岩茶的丰富度。熟普的后期转化，在不同的地方完全不一样。老白当然也很感兴趣，所以一起启程去了云南。

老白

我坐在窗边，在飞机要降落的时候，突然看见下面有一片波光粼粼的水面，半空还挂着彩虹。仔细看，那彩虹因为是在水面上，又是从高空看下去，居然并不是半圆的，而是一个整圆！我立即也让老白看，老白那个位置看起来有点费力，他伸着脖子，努力了几次，也没有看到。但是我告诉他，我看到了彩虹，他哦了一声。他这个人对这些事情不是很感兴趣，觉得都是些女孩子爱看的东西。上次看萤火虫就是，我哭得一塌糊涂，他只是在旁边笑眯眯地给我递纸巾，然后站一旁等我。一副看完了没有，或者哭了吗，哭好了我们走的样子。

我告诉他，我看到了彩虹，他淡淡一笑："哦。"我加重了语气："那不是一半的彩虹，在水面上，是一个完整的彩虹，一整圈完整的。下半部分在水里面。"他点点头笑笑："嗯，蛮奇特的。"我白了他一眼："你没有想到泡茶吗？很多东西看不到就以为只有半个，其实本质上就是浑圆的。泡茶就是要把水面下那半个也泡出来啊！就是要还原这个浑圆！"

他这一次转过头来，眼睛瞪大了："老师，你说得太对了。老师，你怎么想到的？"我给你们说，老白眼睛瞪大的时候，长得特别像拉登，就差一个盘帽和小胡子了。那次云南行，我最终确定了，柳州仓的"高枕无忧"在口感上丝毫不输给云南仓，我个人更喜欢柳州仓。我很开心，虽然我的讲座讲得并不好。讲座里有人问到文学问题，问我最喜欢的

189

作家是谁，我说萧红。"为什么呢？"我没想到会在这样的场合提到萧红，我激动得语无伦次，说得前言不搭后语。老白在下面听，他一直笑眯眯的，小身板挺得直直的。

这一次来杭州，从茗禅那里泡茶出来，陪他在食堂吃了一碗素面，然后走去村里的酒店。没想到老白说："格格老师，我把你最喜欢的那个作家的书，都买了。"我很吃惊："萧红吗？"他点点头："先看了《生死场》。我知道你为什么喜欢她了。"我说："为什么？"他偏偏头，想了想："我觉得她有生普的生命力，又有岩茶的人间百味。"我哇一声："不得了啊白老师，你现在从茶可以转化到文学了。"他哈哈笑起来："都是老师带领的。"

但是我正色道："那你对自己今天的茶还满意吗？"他立即不笑了，只是默默跟着我走。走了一会儿："老师，说实话，我这一年多泡茶都没感觉了。今天下午还算好的。"我说："你知道吗，你现在泡茶浮躁了。和以前判若两人。"

一阵风吹来，大岛晚樱落了一地，我们停下来，等待着花瓣飘落，然后都默默地绕过了那些落在地上的花，不去踩。

我这句话掂量过，但是最终还是说了。这句话一出口，老白整个人都黯淡下去了。他站在樱花花瓣中，路灯下的影子都缩短了一截似的。我注意到他的肩头有点微微颤抖。我心软了，觉得话重了，又说："但是我也喝到了一股倔强，一股不服的气。这个力度也是以前没有的。"他脸一下抬起来:"真的吗?"眼神又惊又喜。我点点头。他动了动脖子,又和我走了起来。

我说:"你的酒店,就在前面了,房费我付过了,你直接登记就好。"他慢下了脚步,"老师,我可以和你再走一圈吗?"我看了看手机时间,九点过,我说:"好的。"然后,我们往河边走去。

41

在河边的橡胶跑道公园,老白突然活泼了起来。他双手举起来,开始倒着走,还让我也跟着他走,他说:"格格老师,人的很多病,都是垂着手正着走走出来的,现在举手倒走,有很多好处呢。"我哈哈大笑,因为那个样子实在太滑稽了,我笑得腰都弯下来了。他也不好意思了,走了一会儿,悻悻地把手放了下来,和我慢慢并肩走着。他继续有点不好意思地说:"你不要笑,这是真的。"

夜晚锻炼的人,不停地从我们身边跑过去,有遛狗的,带孩子玩耍的。老白看着,说:"老师你们这里真的很好,很适合生活。现在你还有茗禅老师一起喝喝茶,也有人和你分享。"我点头:"我是很喜欢这里。"他说:"你知道吗,刘大师给我说过,说格格老师就是要住富贵之地。"我哦了一声,说:"刘大师还说什么了?"他转头过来看我一眼:"他说我们前世是认识的。"我嗯一声:"不奇怪,不认识,你跑来给我茶。"他说:"但是,这些都是我该给你的,你知道吗?"我说:"是整个茶仓吗?"他哈哈一笑:"本来是的。"我说:"好的,那拜托你现在慢慢把我的茶卖了,渡过眼下这个难关吧。"他叹口气:"哎,也只能如此。让老师笑话了。"

河边有人钓鱼,正好一个人从河面上扯了一条鱼起来,扑棱棱的一阵,在夜色中画着一个银色的弧线,落在了草地上,钓鱼的人立即按住了鱼。我们站在那里看,老白默默念了句:"阿弥陀佛。"

又往前走,他问:"老师,你的身体好吗?"我点点头:"就像你看见的,还可以吧。"他嗯了一声,好像在思忖一句话当讲不当讲。最后,他慢慢说:"老师,我觉得你也该有自己的孩子了。有一天,我去参加了我儿子的家长会,那天,老师让孩子们都对父母鞠躬感恩,以前我儿子从来没有对我鞠过躬,那天他鞠躬的时候,我突然就想,格格老师要是有自己的孩子,也能感受到这个就好了。"

我愣了,停下来,对着他鞠了一躬:"谢谢白老师关心。"他哈哈大笑,也鞠躬。后来发现我们挡了后面跑步的人路,连忙让开。

我说:"我喝了紫茶了。"他啊了一声:"感觉怎样?"我说:"我的感觉就是,茶光是用水浸着是收不完的,哪怕泡一晚上。还是要一遍一遍地泡,才能泡尽。就像是有问题放在那里没有解决，要一点一点地去解决。话也是，要一句一句说，慢慢说，才说得完。"

他点点头："我知道的，老师，我会好好去解决的。这一次，你能让我来，我太高兴了，因为，我觉得我们的话也没有说完。"

我问："你现在一个人了吗？"他点点头："一个人了。一个人住在公司，公司的员工也都走了，只剩下梁姐。一天三顿饭，帮我做些素菜。有时候，我走在公司里，好像还能看见老师在这里的样子。老师，你知道吗，你留在白板上的那个'桑格格到此一游'，我一直没有擦，一直都在那里。"我点点头，眼眶有点发热："有心了。"

他说："其实那一次在云南，老师讲完课之后，我们在外面散步，当时出现了日食。你还记得吗？"我想了一会儿："是有这么一回事，当时好像豆豆也在。"他点点头："她也在。当时你说，出现日食可以许愿。"我点点头："对，我们还聊起了各自觉得最幸运的事情，当时豆豆说是趁年轻把婚离了。"哈哈，我们笑起来。"当时你说你最幸运的时候是什么来着？"老白转头看我，"你不记得了？"我摇摇头："不记得了。"他说："你当时说的，你这辈子最幸运的事情，是喝到了铁罗汉。"

他看看手机："时间不早了，老师你该回去了。要不九大师会担心了。"我点点头："好的，你也该休息了。明天你飞机太早，我就不过来送你了。"他站在酒店门口："不要送不要送！我五点半就要走。老师你回去吧。"我说："你进去吧，我看你进去。"我们又都站在那里。

我们都笑了，想起了上次在柳州机场僵持的那一次。我说："好的，我们一起转身，我往前走，你进酒店。"他笑笑："嗯。"

然后，我转身就走了，走了一会儿，回头，他还站在那里。一团冷冷的黑黑的影子在酒店门口。他对我又挥了挥手，我把手也举起来，先挥了挥，然后就双手都举着，倒着走了起来。

在沙溪

豆豆在云南开的车是辆哈弗,经济适用车。她和语音导航每天都斗智斗勇。

豆喊:"哈弗!"

哈弗:"我在。"

豆:"导航去无为寺。"

她普通话不够标准,"寺"发成卷舌音了,哈弗跳出来就是"无为"。

豆豆一看:"龟儿子的。"

"哈弗!"

哈弗:"我在。"

我把她按住,眼神示意:"我来。"

我用所谓的播音腔字正腔圆地大声喊道:"导航到无

为寺！"

跳出来："无为寺。"

豆豆白了哈弗一眼："哈弗！"

哈弗："我在。"

豆豆："你滚。"

哈弗："我不明白你的意思，等我学习一下哦。"

1

从大理开车，出发去沙溪古镇。开车的是隔壁客栈的小肖，1989年出生的小伙子，部队转业来的大理。一路上，他开车就听他喜欢的歌曲，放的是各种没听过的流行歌曲和老歌串烧，配器主要是叮啊咚的迪斯科。往更高的高原开，天更蓝，山更大，并且已经没啥植被了。

想起小时候跟我爸的车，他放的是"红太阳系列串烧"，也有这种歌，也是这种叮啊咚的节奏。我记得有一句歌词是"爱情的代价，它竟然是那么大，失去了青春好年华"。我爸会唱这一句，每次都高声跟唱。我若有所思，不知道爱情是个啥子东西，咋这么大威力。

而我们车上，此刻放的是《一剪梅》，配着迪斯科节奏转到第四遍的时候，沙溪古镇终于到了。我们在车上听了各种小肖和他们班长斗智斗勇的故事，对小肖增进了了解，对他们班充满了想象。豆豆轻车熟路地把我们带到镇上农机站的停车场,下车时,我脚跟在地上,好像踩在二十世纪八十年代的某一天。涛哥把我们往老街上带,说有一家腊排骨汤锅还有点巴适,并且也该吃午饭了,大家都说好。吃的事情,涛哥决定就对了。

老街在修地下管道,石板路掀起来,路烂而乱,我们就蹦跳着前行。没啥人。耳朵啦啦响像是蒙了一层膜,有点恍惚,太安静了,太阳又大,明晃晃照着。空气有点奇怪,像是悬浮着的一团迷雾。我们一走进老街,就进了这团奇怪的空气,说话好像都有点延迟。豆豆问我个啥,我反应半天:"啥?你刚才说啥?"豆豆笑:"我没说啥啊,你刚才说了啥?"我摇头:"我也没说啥。"我们静悄悄地手牵着手,在需要蹦跳通过的地方,就分开,走过了,又牵着。

我想起原来我们两个没啥钱,牵手出门逛街,豆豆看见啥都想吃,一路流口水。我就拉她走:"稀脏,吃了要遭。"老街两边还是老店铺,这个时候游客少,做生意的人家都坐在街沿边边上,有做针线的,有收拾腊肉的,还有啥都不做,就看着过路的人的。那些老年人,皮肤黑黑的,瘦瘦的,穿着深蓝色和黑色的老布衣服,小小的一团。但是眼睛又亮又带些吃惊,我们走过,他们抬头看着我们,像是很久没有看到外面的人了。我深深地呼吸,一口气吸进去,自动就往身体最深处充满。

风大,我要时不时用手按住帽子。风把帽檐吹开,突然一下子阳光就把脸都照着,眼睛有些不适应。天把老街剪成一条充了电似的蓝色,中间一条路是金黄的阳光,两边店铺下的阴影乌黑乌黑的。豆豆喊我看对面。对面有一家供销社,我一眼就知道她叫我看啥,店铺门口的招贴画上有一只狮子,那只狮子画得有点神似我家的猫,脚下还踩了一只小狮子,像我家猫的小时候。我们看着哈哈哈笑了一阵。

路是有起伏的,毕竟是山上的镇子。我们路过了一家老邮局,不知道是因为修路还是山势,老邮局一半都陷在路面下,只剩个带着双翘飞檐的屋顶露出来,门楣上是毛体书写的"人民邮政",屋檐上长了一蓬草,绿油油的。所有的饭馆都把腊肉齐整整地挂在门口,哪家挂得多,就显得馆子阵仗大。我仰头一路看,在心里排出来一二三。有一家才吓人呢,是人家的三倍还要多,密密麻麻挂了两排!我艳羡地站在他家门口看。

豆豆问我:"想不想吃嘛,喊他们切一盘。"我摇摇头:"不不不,就看看。"路过一条小巷子,里面有个年轻女人在杀猪,一地的血,猪已经两半了,她一个人拿把刀在砍肋条。我哇了一声:"好得行。"转头问豆豆:"你杀得来猪不?"豆豆拉我走:"我吃得来猪。"我被她拉着,还回头呆呆地看着那个年轻女人,她砍得吭吭吭的。涛哥和小肖已经到腊排骨店,把菜都点了。桌子就摆在外面的阳光下,一把太阳伞打起,锅儿的汤在咕咕咕地烧了。

豆豆娇声娇气地说(只要是喊涛哥做事她就这个声气):"涛哥,人家打不来佐料。"涛哥呢一声,把烟灭了,把几个人的碗拿去佐料台。我说:"我不用,我自己来。"爱情的威力果真大,以前都是豆豆打佐料。等我站在佐料台上,看着各种调料,茫然了。我脑子空白一片,不得不转头对豆豆说:"还是喊涛哥来吧。"豆豆在阳光下嫣然一笑,去推涛哥,黏糊糊地说:"涛哥,桑总喊你给她打佐料。"涛哥刚回桌,一笑,什么也没说,笑眯眯对着我走过来。又吹来一阵风,呼噜噜的。

2

腊排骨锅还在等烧开,要烧一会儿。我说我到门口去耍一下,说着我就跳起来往外面走了。以前豆豆都是要和我跳起来一起去耍的,但是此刻她在细声细气和涛哥说啥,说得两个人悄悄眯眯地笑,我心想就算了。人家小肖在玩手机,低头不看他们。

走出来,门口在修这条石板路,地面七翘八拱的,但是完全不影响我的心情。啊,我在耍,随便咋耍都可以。一会儿还有腊排骨吃,豆豆也在身边,啥都好耍。

一个监工样子的人在指挥工人抬石板,他居然穿了一身棕色细格子的修身英伦风西装,配的是一双锃亮的甩尖子皮鞋,这个人瘦,身材也高,不要说颇有点时尚大片的味道。风大,吹得他一身西装逆风贴在身上,但他还顽强地叼着烟卷。看见我看他,他更来劲儿,居然一叉腰,对工人们吼:

"顺道搬顺道搬,我喊你们顺道搬!"吼完了,还甩了甩头发,撩了一下刘海,用余光看我还是不是在看他。我几乎要笑出声,于是饶有兴趣地停下脚步,就站着看。那几个工人相互看了看,然后笑得龇牙咧嘴,西服监工急匆匆从这头走到那头,又甩甩头:"往这边搬!"

我又忘了我在哪里,想了一想,看看四周,天这么蓝,一阵风又来了,监工不晓得吹到哪里去了。我揉揉眼睛,看见对面小巷子里好像有个在维修的老宅院,就几步路穿过小街,走了过去。

走进来,土墙上有一条革命时期的标语,红色的字斑驳着,还依稀可辨。老宅院不知道是几进,一个院套着一个院,每个院子都四四方方的,有天井,天井里有花坛,生长着非常老的植物。藤是老藤,树是老树,现在用黑色网子网着,看来是要保护的意思。墙上绘画,也大体保留着各种故事,八仙过海,麻姑献寿,画得不是那么精细,但是活泛。云南就这样,和苏州这些地方比,不算精致,但是喜庆,这里人太阳晒得多,阳气重,一天到晚都高兴,高兴得大咧咧的,画啥不重要,不比赛工艺,比赛高兴,以高兴为主。

宅院在修,此刻工人们也吃午饭去了,静悄悄的,一个人都没有,正午的高兴里又有一丝遥远梦幻的感觉。转身上楼,楼上墙面还贴着二十世纪八十年代那种影星挂历画,还有毛笔书写的"党支部章程"细则。我认真阅读了一下,如果这些内容都执行,那工作还是开展得细。一把扫把和撮箕放在章程下面，好像还有人在工作似的。扫把静悄悄靠着撮箕，撮箕稳妥妥地接着扫把，像是书记和村干部。这样的气息里，没有伤感，在云南的回忆和过去里，都只是一种模糊，伤感因为太明媚的阳光，凝聚不起来。

据说这是一家清中期举人的老宅子，格局完全符合传闻中的沙溪有钱人宅院的规格。我穿过刚才走过的那一个个套院，每经过一个，我都想象一下，我住这里需要几间屋子，在那堂屋中间站一站，就算住过了。安逸，舒服，够了。走，要吃排骨了。

走出来，回到排骨店，豆豆把汤都给我打好了："龟儿子的，一哈儿我没看到就跑得不在了，要吃饭了！"她那勺子鼓着碗："喝汤！仙人！"她说的成都话，"饭"是带着"安"音结构的那种很嗲的调子。我从小就不喜欢这个调子，我用重庆话硬邦邦地回答道："人家回来了得嘛！紧到念！哎呀！硬是！"

一口气把汤扯干，嗨呀，鲜！还给我放了香菜，她晓得我喜欢。但是排骨她给涛哥拈了好几坨，一坨也没有给我，我拿眼睛恨她，她居然笑眯眯给我夹了一筷子豆芽！给小肖都拈了排骨！小肖很客气的："有有有，碗里还有！"我有点怄气。豆豆说："他们男的，喜欢吃肉。"也是，算了，我确实爱吃豆芽。

小肖吃了排骨，又开始摆他们原来当兵的时候的事情。说卫兵站岗的时候，实在想要手机，但是背后又有监控，咋个办,把手机绑在枪中间,背对着监控。可以耍,看不出来。

涛哥说:"龟儿子脑壳烂哦。"小肖嘿一声:"是不好。年轻嘛,贪耍,真要打仗,我们不得虚火!爱国,爱国得很!"

3

吃完腊排骨,我们继续走。

涛哥和小肖边抽烟边说笑,他们陪朋友来了好几趟了,对景色不在意了。我和豆豆挽着,脚耙手软的。豆豆以前就在朋友圈晒过沙溪的照片,说要带我来,现在我们来了。

云南好是好,就是太远了。这些年我又难得出门,更别说单独出门。这次我说我要去大理看豆豆,就和九大师好一番交涉。他斩钉截铁地说:"不行。"

我问:"为啥呢?"他说:"你一个人出门,要走丢的。"我说:"不会。"他说:"你会掉在沟沟里。"我说:"不会。"他说:"你会被人家骗。"我说:"不会。"为了预防他还要说啥,我连说了三个"不会"。他还说:"不行。你会跑去把自己喝醉,躺在街上。"

这个他没有乱说,是很有可能的。尤其是和豆豆在一起。我郑重起誓:"我,桑格格,在大理期间绝对不喝酒。"我表示同样的誓言我也可以让豆豆用语音给他说一遍。

他终于唉了一声,说:"那好吧。"送我去机场的时候,在高速路上看见一只毛茸茸的被碾死的小动物,不知道是小狗还是小猫。我念了一声"阿弥陀佛",九大师马上说:"要吸取教训!"我很奇怪:"吸取什么教训?"他说:"不许一个人跑去高速路上,听到没有?"

我说听到了。然后九大师终于松了口。我发现,九大师从斩钉截铁到松口其实也很快。

我一路上严格执行这几项任务,保持警惕,尽量不被人骗,从机场到出租车,出租车到高铁,从高铁下来。看见豆豆在茫茫人海中钻出来一把拽住我,我第一句话就是:"龟儿子你们这儿太远了嘛!"她咽咽笑:"是,远了点,远你不是也来了,来了就对了嘛!"

我把她上上下下看了一遍,她不用,她一眼就把我看完了:"龟儿子还穿身裙子,妖艳儿!"我嘿嘿一笑:"出门嘛,要收拾下。"一说话,帽子就让风吹跑了,是涛哥帮我拾回来的,拾回来,豆豆就正式介绍:"这是涛哥。"我说:"涛哥好!"涛哥多不好意思的,低头一笑:"桑总好。"这是我们见面的第一眼。

现在,涛哥他们走在前面,我和豆豆走在后面。涛哥他们抽烟说笑,我和豆豆挽着,脚耙手软。我和豆豆见面不容易,太远了,但现在近得不可思议。

一树柿子长在巷子口,满树挂着金灿灿的柿子,我一看就拿手机拍。豆豆说:"上次来我就拍过了,就想你在就好了。好在这个柿子经得久,你还真的看着了。"我仰头看,蓝得很的天,配这些金柿子,挑在半空,简直不知道该怎么办,看呆了。豆豆一脸也不知道怎么办,抬头看了一眼,觉得我在,好像我能拿它怎么办一样,其实我也没有办法。

我们挽着仰头,静悄悄地看,看完了,我们又对看一眼:"好安逸哦。"我点点头:"是,巴适,只能这样了。"豆豆脸色有种安静,好像这件事有了结局一样。好歹我看过了,我看过了,我是不会再拉哪个来看的。我心狠,看过的美景,看过就忘,我能承受。

我拉着豆豆往前走。前面是一个荒芜的老院子,低矮的夯土房子已经要塌了,院子中间有一个石碾子,还有水井,里面长满了荒草。我和豆豆趴墙头看了一眼,有点说不出来的凄凉,都静静地没说话。但是我发现,这个荒芜的院子,大门却贴了一副崭新的春联。我说:"你看,这家人搬走了,还是记挂老屋子的。还是要回来贴春联的,也没走远。"豆豆说:"就是嘛,还是舍不得。"

涛哥和小肖不知道走哪里去了,豆豆说:"不管他们,他们有他们的耍法。"我说:"要得,就这么大,转几圈就碰上了。"

路过一家很小的庙,所有的庙我都喜欢,尤其是小庙。小庙一像小猫,蹲在路边;二像孙悟空。豆豆说:"孙悟空?"我点头:"孙悟空变的那个,尾巴变个旗杆那个。"豆豆哈哈大笑,说:"还真是,两个眼睛圆溜溜的窗户!"这家小庙就是。小庙没有人,供着的是谁也不知道,好像是这条街的小神,小神神气活现地包着块红布站在大殿中间,脸黑黢黢的。也不知道站多久了,我一点也不累。我抬头看了看,心里问了好。小神回答了我,当地口音,说:"谢谢关心。也问你好,问你家里人好。"

走出来,发现院子里香火还可以,摸摸香炉都是烫的,有人管。偏殿有个老屋子,应该是看庙人的屋子,矮得就一人高,黑洞洞的,但是不吓人,看着亲切。门口有蜂窝煤炉子,上面坐了一个白铁皮水壶。

豆豆跟着我,我看啥,她就看啥。我看完了,拉着她,她就跟着走出来,看见一家民宿门口很有格调,里面远远望着也是花草繁茂,就往里面走。

里面有池塘,池塘边一间四面开敞的亭,亭里面摆着书桌,书桌上有笔墨纸砚,一张刚写好的字还未干,写的是四个字:四时风雅。用一块石头压着。店主人在池塘边喂鱼,是个男的,看我们进来,抬头。我们问:"里面可以坐着喝茶吗?"他点头:"可以,进去吧。"

我们穿过池塘,往内院走,一走进去,看见太阳下面的石凳上,坐着涛哥和小肖。他们真会找地方,原来在这里!涛哥看见我们进来,尤其是看见豆豆进来,眼神一亮,脱口而出:"哎呀你来了!"

豆豆嫣然一笑,步伐款款起来,走过去:"我来了。我们来了。"

古镇尽头有一座明代的古寺,这个寺是要收门票的,好像是十五元。涛哥他们表示不去了,在门口的大樟树下等我们。小肖拿起手机拍大树,要上传在他的抖音上,拍得还多艺术的。豆豆陪我去,她吧了一声,说:"那你们等一下嘛。"我知道她是将就我,她深知桑瓜娃子喜欢文化。她在桑瓜娃子在的时候,也喜欢文化,但是不强迫大家都喜欢文化。

进去,前庭大殿的两侧是巨大的古柏。太阳直直地照下来,这么强烈的阳光,都没有把柏树叶子打透,墨绿色的树冠密密地承接着阳光,身下是两团墨汁一般的影子。柏树站得稳稳的,非常静谧。我说:"这两棵柏树就值五元(门票钱)。"豆豆看了一眼,说:"嗯。"大殿不大,但是从屋顶到屋基的变化,有种说不出来的庄严流畅。屋脊到屋檐上翘的角度,看得人不由得伸展了一下脊椎。殿里供着的神被包裹在静谧里,嘴角含着舒适又神秘的笑,我也禁不住一笑。

豆豆电话响了,是她爸打来的,她一看,摇起来走出去,然后大声地用四川话开始吼叫起来。我和我爸打电话也这样,和他们沟通确实费劲。豆豆眉头紧皱,对着电话吼:"哎,你不要这么想!我给你说!你先不着急,听我说……"因为还是着急,父母老了,说话沟通都费劲。但是他们的事情,片刻不敢耽误,生怕他们出点啥子事情。

跨过大殿，又是一重庭院，花坛里开了一花坛的深深浅浅的紫花，不知道是什么花，单瓣的，花瓣平平围着一圈，簇拥着浅黄的花蕊，杆子又直又高，一株株的幽微喜人。想起萧红写的，像是没人摸过似的。这么一想，俯身用手轻轻抚了一遍那花，也不是每一朵都摸到了，但是一阵风来，花儿们都微微颤抖着，极开心。一般开紫色的花，我都觉得它们又卑微又害羞，给一点点关爱，就很不得了。我静静地站着，静静地看着它们欢喜。

豆豆打完电话了，一脸伤心又委屈地找到我，我正看花，带着一脸花儿刚给我的欢喜和幽微。她嗔怪："找了你半天，龟儿子悄悄眯眯蹲在这儿。"我笑，指着花："好不好看？"她也笑了："有啥嘛，这个到处都是。"我又指着地上的砖，鹅卵石和瓦块铺成的花纹，潮湿处有青苔，向阳面又是干干净净的只是瓦片和石头。我问豆豆："好不好看？"她认真看了一回，认真回答我："挺好看的。"然后我们就都开开心心的了。我俩一起抬头，头顶是一棵巨大的广玉兰。其实我刚进这庭院就看见了，我没说，就是要等豆豆来了，一起看。

这个广玉兰是有说明的，牌子上说，已经有三百年树龄了，半个庭院都在它的绿荫里。广玉兰的叶子又厚又大，不怎么认得植物的人，基本上见过一次也认得它。我想把它拍清楚，但都要退出院子了也还是做不到。只能呆呆地又走回来，抬头。这个季节广玉兰还结果子了，掉了一地果子，大松果一般，层层叠叠地长成一颗，像是如来佛的发髻似的，非常神奇。我说："捡一个吧！"一说，豆豆就已经在找了，她眼睛尖，很快就找了一个样子最好的给我，我拿在手里喜不自禁："你不捡一个回去吗？"她摇摇头："你才喜欢这些。"我说："这又值五元！"她说："已经十元了。"

我开开心心地把果子小心翼翼装在包包里，确保它不会压坏。其实我们还没有看到寺里最著名的景点——明代的壁画。它们在最后一重殿里，我和豆豆转了几圈都没有找到。豆豆非要找到，要不然白来了。走了几圈终于找到了，那些壁画基本上已经漆黑一团。怪不得我们走了几次都错过。栏杆围着，也不能走近，只能远远在黑暗中和壁画对视，我想起和豆豆去北方的鸡鸣驿，在那里我们也看见过壁画。豆豆这个人，在这些古老的东西面前，不像我这么大惊小怪，只是站着，看一会儿，说："是有点那个啥气哈，多那个啥的。"我说："啊，听朋友说，画的是一个著名的啥人，他活着的时候，如何奢靡宴饮如何日日笙歌，然后遇到一个啥佛，渡了他，就入了佛门的故事。"

但我和豆豆就喜欢看那个著名的人宴饮。模糊不堪的画中，仍可以看见那些衣服华丽的纹饰和桌子上的果子美食。这些华丽之物已经剥落到能看到墙皮下面的黏合在一起的土和稻草。豆豆还认出，上面画着石榴，我看到一把酒壶。她点头："好老哦，怕是真资格明代的。"我点头："不资格，敢卖十五元票？这下我们看回票价了。"

太阳偏西了，没那么烈，越来越红。打在古寺的墙上，暗红斑驳的一片。我突然来了兴致："我们在这里拍照片好不好？"豆豆说："好。"她拍我，我拍她，拍了一堆，但是回看又一般，我嫌弃她拍得不好，她觉得我也拍得一般。选来选去，好歹有一两张算可以。她问："你要够了没有，要够了出去得了，外头还有两个人。"我哦了一声："那走嘛！"收起手机，往外走。进来的时候走得慢，好像院子很深很大一样，走出去快，两步就到门口。出门的时候，我又回头，看红色的夕阳打在殿上，正正中中的，整体都是红色的，好看极了。

去古城菜市场

出门前,豆豆给我找了一件大羽绒服,还有帽子、手套。我说:"要这么全副武装吗?"她斜我一眼:"不好意思,小姐,我们骑电瓶车去,风大。"

我乖乖地一一穿戴上,我最喜欢坐豆豆开的电瓶车了,她开的三轮车也爱坐,我最喜欢坐在她后面,把她腰杆抱到。

我开开心心穿上,豆豆发动了电瓶车,对我一歪头:"上来。"我一偏腿,坐下去了,她指导我把放脚的踏板打开,一打开,脚就有踩的,巴巴适适。她说:"走了哈。"我:"嗯。"车鸣的一声就开动了,从阴暗的巷子往有阳光的大柏油路上去了,我高兴得嘴都合不上。

正面就是落满积雪的苍山,我们的车像是往苍山的怀里摇，两边是田野。我们一点遮拦都没有地在阳光里，豆豆开得很慢很慢，她说："让你感受一哈！"

苍山让我目瞪口呆，那么大一座山哟！顶上白雪，山腰苍翠。我不禁唱起来："大理三月好风光昂昂！"豆豆哈哈一笑，转头对我说："调门可以扭大一点！"

我清了清嗓子，大声唱起来："大理三月好风光——昂昂！蝴蝶泉边好梳妆——昂！"豆豆笑了，笑声也大。

路边有一棵开满粉色花的树，我停了唱歌，问："真的假的哦？"豆豆头都不偏："真的真的，那是冬樱花。"我："嗯。"呆呆地看着，"哇，这个天还有花。"豆豆开心地说："那边还是玫瑰，可以吃的玫瑰，这几天少了些了，前几天才多。"我又把头扭过来："哇，玫瑰，可以吃。"

天好蓝哦。我怕墨镜把颜色淡化了，悄悄把墨镜取下再看，更蓝。有一坨云，可好玩了，像是切了丝的白萝卜，切好了，放一边，乱七八糟的，等一会儿下锅和什么同炒。

我问豆豆："今天做啥吃的？"她笑："现在弄吃的，不是我的事，都是涛哥说了算。我菜都买不来了。"

涛哥在后面，也骑了一辆电瓶车，看我们说他，笑了一下。他帽子都没戴，豆豆说："直男，不怕晒，晒得黢黑。"

我靠着豆豆的背，因为开得慢，风是柔和的。我想了一会儿，才想清楚这会儿我在哪里，我在豆豆的车上。车在云南,云南的风吹在脸上。我的心里软乎乎的,觉得时光是甜的,一会儿要去菜市场的时光也甜,能想起来的,都是还没有去耍的好地方。我闭上眼睛,阳光红红地盖着。

穿过一条卖石材的街,两边都是松树,我们就要进古城了。菜市场在一条古城的老街上,人越挤越多,啥子车都有,在一个烧腊摊子前堵上了。我跳下来,指挥交通,这个爱好是最近养成的,喜欢疏通交通。我喊:"后面的等到,前面的车往后退一点。"中间停着没人的电瓶车,我嘿咻一声抬起来歪在边边上,我们的车就能过了。豆豆说:"你还得行喃。"我得意地嘿嘿一笑:"长大了嘛。"

车停在菜市场门口,门口有个卖竹编器的,我站着看,也不知道能买点啥,豆豆锁了车子也站在旁边看。她还说:"我每次来都站在门口向半天,向一会儿就走。"我呆呆地看着,好安逸哦,小筐筐小篮子,小包包小兜兜,都那么可爱。我说:"豆豆我给你买个背篼?"她摇头:"不要。"我说:"豆豆给你买个竹板凳。"她小声说:"要坐烂。"正在编筐的老板抬头,恨了我们一眼,我们讪讪对看了一眼,拉着就出来了。

门口挤满了卖佛手瓜和草莓的穿着少数民族服装的大妈和老太太,菜市场门头是二十世纪八十年代那种水泥镶马赛克的。在阳光下脏兮兮的,又生机勃勃,看着不知道为什么,心里亲切得很。菜市场飘着生肉和腐泥的味道。

涛哥也到了,他跟在我们后面,背着手,笑眯眯的。豆豆问我："要吃炒牛肉不？"我双眼正迷离，突然清醒了，点头："要吃。"豆豆娇声对涛哥喊："你去买点牛肉，桑总要吃炒牛肉。"

半边菜市场的人都在看我们，晓得有个叫桑总的人，要吃炒牛肉。

涛哥哦了一声，他把烟踩灭了，往牛肉摊摊去。卖牛肉的摊子挂了几乎半头牛在钩子上，深红的牛肉和黄色的板油散发出强烈的气味，我往后退了一步。豆豆拉着我："好，我们去看菜，肉这边味道大，喊他买就是了。"

菜菜，简直了。好多我不认识的菜菜。豆豆一一告诉我："这个是苦菜，这个是菊花菜，这个是蒿，这个是，这个是……我也不晓得。"

但是这几天没啥蘑菇，摊子上的蘑菇我都认识。我和豆豆站着看，她买了点干松茸，说一会儿再去杀只鸡，给我熬松茸鸡汤做米线。她悄悄说："现在我啥都搞不来了，人家涛哥才晓得。"我嘿嘿笑："对嘛，吃现成的，你嘴巴甜就对了。"她嗯一声，挽着我，一路路菜看过去，又一路路菜看过来。两个人也不买啥，就看菜耍。

有卖菜的人给我们打招呼："小妹儿，买点这个不？"我们对看一眼，笑："喊我们小妹儿……"

逛到生鸡摊，她跳过去问："今天有鸡脚吗？"卖鸡的是个黑胖的男人，他数了数："只有四个。"稍微等了会儿，指着在鸡身子上还没剁下来的一对："这个也可以给你，一共六个。"豆豆撇撇嘴："算了不够吃。"拉着我走了，对我说："涛哥烧的鸡脚脚那是一绝，我一个人就要吃八个，轻轻松松。"

我回头看了一眼涛哥，他个子高，一眼就看见了。他正在称辣椒。

豆豆把我拉去卖乳制品的店，指着各种稀奇古怪的乳制品："吃这个不？"我问："这个是啥子？"她说："乳扇。"我说："要。"她说："好，这个原味的来两片，这个加玫瑰花瓣的来两片。"我们说四川话，卖乳扇的白族大妈完全听得懂，她还笑："再来点嘛。"豆豆摇头："我们就住这儿的，天天来，吃了再来。"

我们拎着几片轻飘飘的乳扇和松茸出来，涛哥在那边两只手提满了，笑嘻嘻地说："走了哇，今天够了。"我们说："要得。"

走出来取电动车的时候，我又被编竹筐筐的吸引了，自动站在门口看。豆豆把车子放下："那就再看一会儿嘛。"我问老板："背篼咋个卖？"老板头都没抬："六十！"豆豆拉我走："本地人他才喊四十五。"

老板这下把脑壳又抬起来，看还是我们，又恨了我们一眼。我和豆豆扑哧一声笑了："走，今天人家恨着我们了。明天来，明天就搞忘了。"

看星星

晚上吃了饭,豆豆说:"走,去海边看星星不?"我说:"走嘛。"

洱海边的路才修好,还没有安路灯,黑黢黢的。我问:"你穿的啥子鞋子?"她嘿嘿一笑:"棉拖鞋,反正没什么人看得到。"我一挽她:"要得,走,反正星星亮。"

星星确实亮,比昨晚还亮得多,密密麻麻的。豆豆说:"哎,月亮喃,咋个没看到月亮喃?"我嗯了一声,说:"有个词叫作'月朗星稀',意思就是说,有月亮,星星就少。星星多,就不会有月亮。"

她哦了一声:"真的吗?"我嗯了一声:"其实我也不确定,我乱说的。"她仰头看,不再问月亮的事情了。看了半天,她说:"等到,我给你找一颗假星星……"我说:

"啥子喃,假星星?"她哎呀一声,指着天上,说:"看看看,快看!"

我一看,果然,有一颗星星在飞,飞得还不慢。我马上告诉她:"这个不是假星星,是卫星。"她哦了一声。我说:"是老九说的。"她嗯了一声:"那就是真的。"

我们仰着头,脖子都酸了,我帮她扶着脖子,她帮我扶着脖子。那种姿势,真的难以形容。我指着三颗排在一起的星星,说:"那叫猎户座,那三颗星星就是猎户的腰带。"她哦了一声。我说:"这个我能确定。"她没说话,看了一会儿,说:"反正你说啥子我都信。"

看久了,我的眼睛花了,她把我扶正:"好了,等下再看。"我说:"适合躺在地上看。"她笑,说:"那一年在才让那儿,我们几个不是躺在人家摩托车上看星星。"我点头:"就是噶。"

她问:"你说有没有外星人喃?"我说:"这个我不确定,但是可以确定的是,宇宙里有我们看不见的巨大能量。"她嗯了一声:"就是说,还是有外星人的吗?"我摇头:"不确定,就算有,我们也可能遇不到。"她问:"那以后的人呢?"我也摇头:"可能整个人类存在的时间里都遇不到。"

她不说话了,起风了,她帮我把外套的帽子立了起来,我一下子就觉得真暖和。我问:"你有帽子不?"她说:"我不来头(没关系),我是火体子,你怕冷。"我把她挽得更紧了一点。

洱海发出哗哗的声音，是起风了。

突然，有一颗特别亮的星星，又大，在对面山顶上一闪一闪的。我哇了一声，停了下来："这也太大吧！"她哈哈大笑："我刚来的时候和你一样，就跟没见过星星一样。"我目瞪口呆地看着那颗特别亮、特别大的星星，说："这个可能是金星。"她说："就算是嘛。"我说："不是就算是，肯定是！"她看了一会儿，说："好的，我记住了，它叫金星。"

她说："我咋觉得金星晓得我们在说它喃，闪得更凶了。"我点头："肯定晓得嘛，我们在观测它，观测的力量是量子态的，可以瞬间和物体共振的。"她说："说是外国哪个地方的人，是从金星来的，你信不嘛？"

我点头："信啊。我觉得我们整个人类其实都不是地球的原生物种，我们都是从星星来的。"她说："哦，你这两年看的书还挺多喃。"

我说："你喃，这几年看了啥子书？"她切了一声："看啥子书，我就想到快点把我那些存货处理了。"我哦了一声："你打算在大理常住吗？"她唉了一声："不晓得嘛，现在和涛哥也才处了几个月。"

涛哥在洱海边弄客栈，做得一手好菜，他话少，就爱笑眯眯地看着豆豆。豆豆有啥需要，就喊一声："涛哥……"涛哥轻声说："在，要弄啥子？"等他把豆豆吩咐的事情做妥当了，又站在一边，不说话，笑眯眯地看着豆豆。我在的话，他就埋头去看手机。

我挽着豆豆："我对涛哥印象多好。"豆豆嗯了一声："可以，人算不上太有情趣，就是踏实。"我说："情趣？你有情趣噻！你负责情趣噻！"她嘿嘿一笑："也是噶。"她指指后面的雪山说，"你想不想去雪山顶上？"我在寒风中缩了缩脖子："才不，这样看看就可以。"

她哈哈大笑："我就晓得你，肯定不得去。但是我就想去！我喊涛哥带我去，他说等开春了就去。他这点好，反正我说啥子他都依我。"

我唉了一声："可以了嘛，还要咋个嘛。以前小，不懂事，总是觉得想要好哪样的人，其实，就是个踏实最好。"她嗯了一声："就是啊，以前就想上天摘星星！"

说起星星，我突然想起刚才那颗特别亮的星星。我举头看，它已经不在原来那个地方了！我大呼小叫地喊豆豆："它消失了！"豆豆眯着眼睛看了一会儿："瓜娃儿，你看那儿！"我一看，我们对面确实有一颗很亮的星星，我说："不得哦，我们都走了那么久了，不是这颗啊！"

她摇头："说你瓜，你就瓜，半夜起来扫院坝。我们走，星星也在走嘛！"

我脑袋摇得拨浪鼓一样："不可能。"她唉了一声，把我往回拉："往回走嘛，你看看，它动不动。"

我往回快走了几步，不可思议地回头对她说："还硬是！以前只晓得月亮走我也走，没想到星星也要走的啊！"

豆豆笑得卷起身子，她说："哎哟，我的肚皮痛。"我哼了一声："好嘛，那就是这颗星星嘛。也好，我们走，人家陪着我们走，多客气的，你们大理的星星就是客气啊。"

走了几步，她突然停了下来，把棉拖鞋脱了一只，往外控了控，嘿嘿一笑："进了颗石头儿。"

走到一处海边开阔处，豆豆说："这里白天是有鸳鸯的。"我说："哦，晚上喃？"她说："晚上人家回屋睡觉了嘛。"我说："那白天能看到吗？"她点头："看得到，它们还很乖的，一只蹲个木桩桩。"

我脑海里出现了那个场景，笑了："那我们也回去了嘛。走得差不多了。"她说："要得。"

突然，天空闪过一颗流星！我叫起来："哎呀流星！流星！你看到没有？"豆豆说："看到了。"我哎哟哎哟地叫唤："这是我自己发现的第一颗流星，以前都是你先看到再喊我看的！"她说："嗯，你以前没戴眼镜嘛。"

我说："你快许个愿嘛。"她叹口气："算了，以前可能许得太多了，也没有实现过，不许了。"我不干了，说："哪个说的？你现在遇到涛哥，不就是实现了一个愿望嘛！要许，我来许，你和涛哥和和美美，平平安安过一辈子。"

她吸溜了一下鼻子，挽着我："看嘛。"

我们慢慢往回走了。她的棉拖鞋踢踢踏踏地响，我们不说话了。那颗特别亮的星星，也跟着我们往回走了。

小邱

　　那天去沙漠，坐了一辆很厉害的越野车。我不认识车，但知道这辆越野车非同寻常，轮子那么高，我需要爬上去。坐上去之后视野大开，哇，跟爬上二层楼似的。司机是个黑黑的小伙子，个子不高。也不怎么说话，一路上都很沉默，我坐后排，都没看清楚他的脸。

　　坐后排中间，车中间都居然有安全带，绑得很紧，转身都困难，仅仅只能转动头。看着两边大西北的风景，很喜欢。一望无垠地苍凉。白杨树收束着往上长，叶子发着白，干干地灰绿。周围很静，耳朵像歇着了，静静地吸收这种荒凉，像是身体里缺少这种东西。

　　周围突然出现了几头骆驼，在稀疏的草里缓慢地咀嚼着草，它们转头看我们，一边看一边嚼草。有一只受惊，从路的这边跑到另一边,冲上一块大石头后停住,像雕塑那样立着,不动了,风把它脖子上和前额的毛吹得微微飘动。

司机这时候说了一句:"我家的骆驼。"我们哦了一声。前方还有羊,我问:"羊也是你家的吗?"他点点头:"你现在看到的都是我家的。"

路上有一只小动物被碾扁的尸体,我啊了一声,司机淡淡说:"狐狸。"

从大路开进没有路的戈壁了,两旁都是一丛丛的草。他说:"你们现在来不是时候,春天的时候,这一片都是花。"我说:"都是草也好看。"他没说话。

远方有一片湖泊,几只大鸟在湖边喝水。他说:"那是灰雁。"我问:"是野生的候鸟吗?"他点点头:"九月份就要飞走的。"

到了湖边,车停了。他说:"大家下去拍拍照,车子要进沙漠了,轮胎需要放放气。"

我解开绑紧的安全带,长长吐出一口气,定了定神,从高高的越野车爬了下来。浅浅的一片水,透彻干净,倒映着天的蓝和云朵。水边长着芦苇,有几匹马和几头驴在不远处吃草。

烈日很猛,但是气温并不高,风从很远的地方刮来,吹着舒服。耳边是呼呼的风声。大家都在惊呼:"太美了!"我一个人往远处走,希望视野里没有人。风从背后推我,风最大的时候,我展开双臂,心想,九月份我就要飞走。

221

回头看，那个司机在用器械麻利地给轮胎放气。他个子也小，摆弄这大越野却如此熟练。他嘴上叼了个什么东西。

等再次上车，我把安全带换了个绑法：上半身钻出来，只系住腰。司机上来，转头看了我一眼，说："不行。"我哦了一声说："安全带太紧了。"他轻笑了一声，"这样叫什么安全带，一会儿会把你甩出去。"

这次看清楚他的长相，两道黑眉，单眼皮，紧紧抿着的嘴。他看我再次把安全带重新系好，才转头过去，好像想说什么话，想想又没有说，只是笑着摇摇头。

车进了沙漠，飙上沙丘，四十五度仰角，唰的一声，眼前全是黄色，突然就上了沙梁，又唰的一声，俯冲下了沙丘。我忍不住惊叫了一声，这才明白了安全带为啥要那么系。

接下来的旅程，都是这样。这种体验小时候在游乐园坐翻滚列车的时候有。司机小伙子盯着前方的沙漠，一手握方向盘，一手灵活地换挡。眼前一会儿全是天空的蓝，一会儿全是沙漠的黄。我一会儿和左边的人紧紧挤在一起，一会儿和右边的人紧紧挤在一起。司机气定神闲，眼神只是看着前方，一句话没有。

我调匀呼吸，问："师傅你贵姓？"

司机小伙子岿然不动，又一个俯冲："免贵姓邱。"因为俯冲，我啊一声惊叫，又问："你开车这么厉害，是专业的吗？"他没有转过来，但是嘿嘿笑了两声，换了个挡位，说："今年拉力赛，和第一名差了一秒。"

接下来，在俯冲和仰望之间，我们知道了邱师傅是一位专业的沙漠赛车手，他跑遍了中国的沙漠，得了无数的名次。他说，弯道赛车和120码飘移他可能稍逊一筹，但是只要进了沙漠，目前没有遇到过对手。车里的人都相互交换了一下眼神。

中途到了沙漠中的一所补给站，我们停了下来，要在这里带上中午的饭食。小邱跳下来，和来人说了几句话。他回头往车里看了一眼，看我呆呆地看着他，他有点羞涩地笑了，嘴上又叼上了之前的那个东西——原来是电子烟。他说："因为明年要参加一个重要赛事，身体要保持健康，烟戒了。"

我们继续走，到了沙漠深处的另一处湖泊，在这里吃午餐。风沙很大，一张桌子摆出来，居然还铺了白色桌布，企图摆上高脚葡萄酒杯，但很快上面就是一层细沙。酒杯被每个人紧紧按住，要不然就会吹倒。

补给站那个给我们准备食物的人，是小邱的父亲，他们家承包了这片沙漠，搞了些沙漠旅游项目，包括我刚才体验到的"沙漠冲浪"和马上要体验的"沙漠浪漫大餐"。

我自动帮大家摆放食物、倒茶水，我觉得不该让一个赛车手做这种事情。小邱一旦从车上下来，就又恢复到一个沉默寡言的旅游服务者的样子。但是我见过他在沙漠里开车的样子，不能再接受他为我服务。

大家戴着帽子，享用这顿午餐。除了红酒，居然有红烧鱼和红烧羊肉，现烤面包和咖啡，还有水果。朋友好意安排我们享受这次体验，如果只有我自己，我就愿意啃一块面包和一瓶矿泉水了事。

遇到有垃圾的地方，小邱就会拍照，他默默看着那些垃圾，眼神冷冷的。

从沙漠出去的时候，我们换了个车，因为朋友阿鱼晕车厉害，所以把小邱这个车换给他们坐，另一个司机载我们。他也是一个年轻的小伙子，他告诉了我们更多关于小邱的传奇故事，言语中都是敬意，称呼他"邱哥"，说跟着他学了不少技术。这一次，没有冲浪的感觉了，新司机歉意地说："车没有人家好，技术也没有人家好，只能保证稳稳地把大家运送到目的地。"

晚上，大家执意留小邱和我们一起吃烧烤。大家都对他怀着一股暗暗的敬意，让他坐了上首。他坐着，默默地笑，犀利的眼神收着。如果看人，就定定地看人，不看了，就笑一下，歪一歪头，静静坐着，他让我想起蒙古族人。

果然，他有一半的蒙古族人血统。他妈妈叫娜仁花，去年不幸去世了。说起这件事，他好像并不太回避，想和人说说。他说："太突然了，就那么走了。"我小心地问："是病吗？"他点点头："脑出血。"神情还有哀伤。他又说："她走了，再没人知道家里究竟有多少羊和牛，只有她才知道，家里的沙漠一共有一万四千亩。"我哦了一声。他说："所以我也要出来做事了嘛，不能总想着去赛车。"

他说年轻的时候不懂事,在学校就知道打架,然后就是飙车,没少让妈妈操心。他是1989年的,一说自己的年纪,他又不好意思地笑:"我是不是长得太着急了?"确实他一笑脸上就很多深的皱纹,不像这个年纪的人。不笑,肌肉就紧紧贴着骨骼,黝黑有金属的光泽。

朋友中有做旅游的达人,小邱站起来敬了她一杯:"姐,多帮忙。"敬完了,他又坐下,按场面话来说,他如果需要人家帮忙,还需要多说几句话的。他就又坐下,静静地,不知道是不知该说什么,还是习惯性发呆。递给他烤串,他就说谢谢,吃,吃得很斯文。递给他说是烤羊腰,他笑笑说:"不吃,不吃内脏。"他又开始抽电子烟。

我问:"你也看那个赛车的电影吗?"他点点头:"看。""你觉得里面的技术描写如何?"他先是笑笑,想了想:"可以的。"我又问:"你觉得那谁真的有技术吗?"他很肯定地点头:"当然。"说完,他又补充了一句,"主要是有钱。"这句话说完,他和大家一起笑了。

他去过罗布泊和可可西里,说有一次自己去一个峡谷,几天都没有看见过人。他说以为会碰见外星人,让外星人把他带走。说这句话的时候,他眼神里流露出孩子般的神情,笑得非常灿烂:"结果什么都没有。"

"那么你在城里开车呢,什么感觉?"他喝了一口啤酒,放下:"在城里能不开就不开。有一次,在北京开车,那个堵车,堵得我太难受了。现在一般进到城边上就把车停下来给别人开。"

饭都要吃完了,我一直在旁边问问题,带着一脸崇敬。他静静答。问他有没有粉丝,他笑:"反正圈里都知道我吧。"这时候有人说我是个作家,他第一次把头抬起来,看了我一眼:"你是个作家?"我有点不好意思,点点头。他眼睛亮了:"出过书吗?"我更不好意思了:"出过,不多,有三本。"他举起杯子:"敬你。"我和他碰了一个杯。

大家散去的时候,我专门等着大家都告别完了,去和他握了握手。他的手比我的手还柔软一些,我天生手硬。

他开着那辆高大的越野车走了,车速平稳,消失在夕阳快要消失的方向。天青蓝,地平线有一块绯红,和两排笔直的白杨树。

爸爸桑国权

1

我爸桑国权是个鸽子迷,来杭州十几天了,不弄鸽子过不得,天天念,天天念,说:"弄个杭州的好种回去就好了。"我就只有上网去查,看杭州的信鸽市场在哪里。但信息甚少,而且信息都是四五年前的,不实在。他还是念,说好歹去看看。

今天开车,辗转了好几处都没有找到。好歹找到一个信鸽协会的地址,就开去了。它在一条河边,景色倒宜人。顺着路标看,路标上不仅有信鸽协会,还有蟋蟀协会、太极拳协会、龙舟协会,甚重要的样子。

竹林深处有个房子,我对着玻璃一看,里面坐了三个人,两男一女抱着茶杯,无事沉默对坐。我敲了敲门,说明来意,那女的很热情,说:"就是这里。"她还介绍了坐着的一名老者,这位就是信鸽协会的会长。我爸一听是会长,像是见了亲人一样地握手:"你好你好你好!同志!我从四川来!"协会会长看来有日子没有接待来宾了,又吃惊又欢喜地跳起来握手:"你好你好你好!只不过说,同志啊,整个杭州都没有信鸽市场了呀,好几年前就取缔了啊!同志!"

我爸郑重取出他的信鸽放飞证书,那是放飞一千公里的鸽子证书,会长羡慕地看了看:"哎,好哇,同志,欢迎入会。但是我们这些人都没有鸽子了。"我爸眉目之间有一丝失望,但是也有一丝骄傲,那意思是,看,会长的鸽子都没我好。

不管有没有找到好种的鸽子,也算是找到一方管事的了。

我问:"蟋蟀协会也在这里吗?"信鸽协会会长正色道:"在,我也是会长。"我又问:"太极拳协会呢?"他又点头:"也是我。"顿了顿,又说:"龙舟协会会长也是我。"我没好意思问,蟋蟀还有吗,龙舟还有吗?

我和我爸对看了一眼。我爸满足了,见了这么多协会的会长。他把证书收了起来,再次握手:"告辞了,会长。"

会长起身,一直送我们出门。我爸说:"不不不,不出来了,外面冷。"会长执意要相送,送到门口,双眼含着热烈的寂寞。

我们走出来,远远看着屋子里的人,两男一女,又抱着茶杯坐着,恢复了刚才的相对无言。我爸点点头:"了个心愿嘛。走。"

2

我爸和我散步,他总是四处看,看天上。最后,他告诉我:"你们杭州没啥鸽子,这几天我只看到几只过路的信鸽。"

我说:"你咋晓得呢,杭州鸟类丰富得很,鸽子怕不少哟。"他摇摇头:"你老汉儿我认真喂鸽子都四十几年了,我还不晓得?"

他来杭州首先感到失望的还不是关于信鸽,而是中老年舞场的冷清。安排他下榻的随园嘉树长者公寓,就在我住处旁边。我早就夸过口:"这里啥子都有,条件好得很。老省委书记都和你们住在一起。交谊舞人家是专业人员来教的。"他期待特别高,得知每周只有一次交谊舞,早几天就开始躁动了。仅带的几件衣服试了又试,问我是穿西装加大衣,还是西装加夹克。他的头发是假发,但也戴着梳弄好了一个发型。

到了那天,我就怕他觉得不热闹,陪着一起去。结果,舞厅里稀稀拉拉来了几位年纪很大的老人，颤颤巍巍的。我爸西装笔挺地站着，表情严肃，昂首挺胸，他说："舞厅一般高手都来得晚，是要等一下的。"我实在等不得了，看见来了一位穿着舞裙的老阿姨，身形苗条，颇为惹眼。我扯扯我爸："去请那位阿姨跳舞嘛。"我爸沉稳地摇摇头："不急，要观察，人家有的是一对一的舞伴来的，贸然请了，要吃老醋。"老阿姨果然是有舞伴的，他们不知道为啥也没跳，大家都干坐着。

我爸腰板笔直，始终抿着嘴，似笑非笑的表情。我说："那我陪你跳嘛。"我爸鄙视地摇摇头："你跳不来，我真要跳起来，要把你拉拽倒。"终于，我实在等不及，人还是那么少，我说："那我先走了。"我爸说："那算了，我和你一起走。"他走出来，掸了掸自己板正的西装："哎呀，白高兴一场。"

那天从舞场走出来，他就看见了几只鸽子，说："看，那就是信鸽。过路的，造孽，晓得从哪里飞来的哦？晓得路上飞得平不平安哦？"

3

有个事情比较奇怪，我爸是个开了一辈子大货车的老司机，但是他坐车是要晕车的。还有个事情更奇怪，我坐啥车都不晕，但只要我爸在我身边，他一晕我也要晕。我一感觉到他要晕车了，马上就戳戳他："爸爸，给我讲讲鸽子。"

他正在打干呕，突然眼睛就亮了，转过身来："你要听哪方面？"我说："随便。"他又打了个干呕："不能随便，你要问就问具体的。"我也开始反胃："你就说说你印象最深的一只鸽子嘛。"他转过身去："印象深的，有一只鸽儿，飞了一千公里回来，在我手上死的。飞到我手上，一哈就萎了，毛毛炸起来，眼睛半闭不闭的。我最后捧着它，说能干能干，好鸽儿。它才闭气了。"

我不说话了。他转过身来，问我："你是不是有点伤感？"我眼泪汪汪地反问："你不伤感啊？"他转过去："伤感嘛。喂鸽子的，哪个又不遇到点伤感的事情呢。我给你说嘛，我还有个鸽儿，也能干，放了七百多公里，飞回来，嗓子都遭打鸟的打穿了！喝水漏水吃玉麦子漏玉麦子，嘿，我把铺盖针在火上燎了哈，给它缝起，拿盐巴水消毒，几天就长好了！"我拍手："真的啊！"他眼睛发光："不是啥子嘛。但是后来还是死了。"我啊一声："为啥喃？"他说："怪我，把鸽儿带起到处洋，洋昏了，晓得遭哪个龟儿子手重的给我摸死了。"我立刻伸手打一下我爸："你好讨厌哦。"他点点头："是，现在看哪个还能摸到我的鸽儿，摸不到了。"

他由衷地叹口气："难怪我那么爱鸽子，你说把你弄到一千公里之外，你个人找得回来不嘛。"我白了他一眼："我又不是鸽子。"他说："这个鸽子在科学上有研究不喃,咋个说的?"我说:"科学家说鸽子脑垂体有雷达。"他说:"难怪,鸽子哪里放都可以,就是放绵阳的回不来,说是那里是科技城,电波太复杂了。"

车子一个急刹,我爸又打了个干呕。我赶紧又问:"啥鸽子飞得远?"他拿出准备好的塑料袋,往里吐了口痰,舒缓了下,慢慢说:"毛色丑点的、脚杆短的。为啥喃?脚杆长的喜欢落坡,老是落坡容易拿给人家抓到。长得漂亮的,那种白毛毛的,也容易遭人发现,打下来,不打下来,老鹰也容易发觉。"

我问:"那你的鸽子回来得多吗?"他点点头:"多嘛,不仅多,有时候还要拐点野鸽子回来。"我哈哈大笑:"真的啊?"他笑:"真的,一样的,像人一样,长得帅,还不是有女的喜欢蓬上来。""那你现在如果把鸽子从四川带来杭州,得行不喃?"

他摇摇头:"不得行。拿过来,第一件事,它就要往四川飞,往成都飞,往我屋头的凉台的棚棚上飞。"

我又不说话了。他转头过来,笑了:"没有说你哈,你又不是鸽子,你是个人,你在杭州挺好的,我看见了。"

4

有个上海的老邱,是我爸在鸽子市场认识的。说这个人长得有性格,两道眉毛立起来,一般人他都看不起,不和哪个来往,就是和我爸对脾气,说他的鸽子差点,但也没有好差,人品看得上。我爸开始听这个话,还不安逸,心想我的鸽子在成都也不差啊。后来人家把鸽子给他看了,就心服口服了。我爸说:"老邱那些鸽子,血统纯得很,摸着都不一样,身形一缩,缩得紧扎扎的,尾巴收成一把剑一样,脚也矮趴趴的,这样的鸽子非常能飞。"

老邱以前是个领导,退休了之后,全国到处参加鸽子放飞比赛,有点名气。他喂鸽子是从小就喂的,和我爸一样,爱好是天生的,是从喂土鸽子、野鸽子开始的。他的鸽子蛋一般人都要不到,但上次他找人捎带了四个蛋给我爸。我爸说:"我只得到一个,那三个说路上打烂了,晓得的哦,人家是不是扣下没给我。"得到一个也抱了崽出来,那只小鸽子放飞,一次就飞了一千五百公里,超过他所有的鸽子。

我爸给老邱报喜,老邱那声音在电话里听上去有点嘶哑,我爸问他:"咋了?"他不是很好回答的样子,说和儿子儿媳妇闹了架。我爸还劝他,说:"家和万事兴,年轻人急躁,让一步就让一步。"老邱说:"儿媳说怀娃了,家里人都反对养鸽子。"这下我爸就不晓得说啥子好了。只是喊:"老邱,莫着急,莫上火。"

其实说是这么说,他咋不晓得这是啥感觉嘛,说:"老邱这个人,一把剑眉,气性又大,但又不好多劝人家的家务事。"

果不其然,没多久,有一天老邱气鼓鼓地给他打电话:

"老桑,我那二十四个种鸽,你都捉去吧。"我爸一时没有反应过来:"老邱,你说啥?你再说一遍?"他在电话那边,等了好久,才又说了一遍:"你把我那二十四个种鸽都拿走。送你!我的鸽子不卖!送你!"

这些鸽子我爸拿到了。他给老邱打了个大红包,老邱没收。就说:"老桑我看得起你的人品,对鸽子是真懂,不要再提钱。"他把每只鸽子的血统情况用信写得清清楚楚,证书也一齐寄过来了,真的狠了心的。

后来,鸽子出了蛋,我爸问他,能不能给人,他说:"给了你,你做主,我就不管了。"说完就把电话挂了,上气不接下气的。

后来有一天,我爸发现有一只公鸽子没在笼子里,好几天都没有回来,他估计这鸽子飞到上海老邱那里去了。一问,果然。老邱声音还是那么嘶哑,说:"老桑啊,看见这个鸽子回来我好高兴啊!这辈子都没那么高兴啊!"我爸说:"听他那么一说,我眼睛都一热,不晓得咋也要流眼泪了。"老邱说:"老桑,你再给我丢个母的回来。"我爸放了电话,就去笼子里摸了个最漂亮最健壮的,手一丢:"去吧,回去吧。"

"但老邱没有再喂上这对鸽子。他得了个病,什么癌症晚期。鸽子是回去了,却没有见到老邱的面,他就走了。"我爸说。

5

我爸这次来杭州,其实是来治病的。前个月他突然胸痛,去医院查,血糖偏高。我记得那天在杭州家里的阳台上给他打电话,他耳朵有点背,信号又不好,只能偶尔听见几句。最后整个小区都能听见我在吼:"爸爸!到底医生咋说的!"好说歹说,终于把他弄到杭州来治病。医生看了之后,嘱咐之一就是每天每顿饭吃了之后,要马上去散步,让血糖降下来。我怕他坚持不了,每天吃了饭,都拉他去散步,所以我每天起码有三次和他散步的时间。

第一天这么散步的时候,我挽住他的胳膊,他捏着我的手,我说:"爸爸,我们从来没有这样散步过。"他想了想,点头:"还硬是,和你妈离婚那时候你好小嘛。"他把我的手心手背翻来覆去摸了摸,说:"你的手像你妈,粗硌硌的。"他又低头看看我的腿:"腿还好,打得直,小时候我给你捆过的,你哭昂了。"

我想起那些养娃娃引起的婆媳吵架的事情,捆娃娃的腿就是其中之一,没想到我自己也经历过。我爸继续满意地观赏我的腿,赞赏:"捆得好,还是有用。"我唉了一声,不知道说啥。我爸突然感情来了,喜笑颜开对着我说:"乖乖!哎呀,乖,爸爸还要给你放个老嗲!"我都要四十岁的人了,有点不好意思地笑:"哎呀,爸爸。"他看着我笑:"简直想不到,小时候那么小,长大了成了个你了!"

我爸一高兴，就要从祖祖开始念起。我祖祖是他的奶奶，也是他各方面的人生楷模，她老人家活了一百零四岁。我爸说："她死之前，睡在床上，天天和鬼摆龙门阵，教育他们，不要天天就想去人间抓魂魄，该种地的种地，抓革命促生产，阴间也有地的。"我爸由衷地感慨："她老人家的思想好先进嘛！你说是不是？"我点点头："是。"

他说："那会去部队当兵，要走了，你祖祖说：'幺孙啊，你没读到好多书，在部队多攒劲儿少说话，多吃亏少出头。'我就是按照她说的做，跳到冰水里开路，大半夜的巡逻。都说那个大深山鬼多得很，我没有怕过的。"我哦了一声："真的有鬼啊？"他说："有一天不晓得咋个的，突然动不了了，心里清楚但就是人动不得。"我问："然后喃？"他说："屁事莫得，那个毛病再也没有得过。"我说："还真是撞到鬼了。"

他笑："你爷爷不像你祖祖那么有觉悟，他才不管啥子政治思想，老老实实一个农民。有一天晚黑，从垭口上过，那个地方说是前几天才死了一个老太婆，一阵风刮过，猛得很，把树丫都吹断了。他不走了，就坐在路边，对到风吃了杆烟，吃完了，对着那个风说：'好了没有，没得啥子事我就走了哦。'"

我哈哈大笑："爷爷可以，爷爷厉害。"他也笑："他是不得信邪的人，在供销社当主任干了很多事情的。"他问我："你遇到过鬼没有喃？"我看了看黢黑的夜晚，把他拉紧了:"哎呀爸爸,大晚上的,讲了一晚上的鬼。"他又突然感情来了,用粗糙的手背抚摸了一下我的脸:"哎呀乖乖!爸爸在这里,怕啥鬼!"

我看看表,今天走得差不多了。"你该回去吃药了,吃了早点睡,我明天早上来陪你吃早饭。"他说:"要得,你回去嘛。"我转身,摆摆手:"爸爸再见。"他欠欠身,很绅士风度的样子摆摆手:"再见,晚安。你走嘛,你先走,我看着你走。"

6

关于丝巾的事情,起源是这样的。

我爸来杭州这件事传播范围非常广:他居住的整个小区(部分附近小区)、整个家族群、他的鸽子朋友、他的舞友、他的钓鱼朋友,一句话,我爸的整个社交网络都知道:桑国权要去杭州他女儿那里耍了。

那天我去接我爸,小区门口修自行车的谭叔叔都给我行注目礼:"格格来啦,你爸好享你的福哦!"我爸拎着拉杆箱,神气活现地对他招手:"老谭,给你带东西回来!上有天堂,下有苏杭!"谭叔叔眉开眼笑:"要得!老桑!好生去耍!"

他一上车就转过身来给我说:"你到时候找点杭州特产,要送点人。"我说:"要得爸爸,你快转过去,看晕车。"

关于杭州礼物这件事,几轮商讨下来,目标定在丝巾上。我爸说:"杭州丝绸出名。"我其实想说,四川的蜀锦也可以啊。我把朋友开的丝绸羊绒网店点开,让他过目。颜色大多是纯色,时髦的烟灰、香槟色、白色、咖啡、淡绿、橡皮粉……我爸看了一眼,说:"颜色太素了。"

我爸现在这点好,他表达自己看法的时候比较考虑别人的感受。我妈对这些颜色的评价就是:"像是狗呕出的。"

我爸眼神不好,还没有看清楚那些丝巾价格。他说:"不要这些,要找花色好的,来个,嗯,也不多了,十来条可以吗?"他顿了顿,斟酌着说:"我带了卡,我回头把钱拿给你。"我正色道:"来我这里,一分钱不可能让你出的,你想都不要想,你说你都要送哪些人嘛,我来安排。"

我爸来劲儿了:"你吴娘、大娘、小娘、她们的女、你金蓉姐姐、你伯妈……"突然他有点不好意思,说:"还有舞场上的几个娘娘……不要想歪了,你爸爸我很正派的!"我一边听一边点头:"爸爸,我当然信任你。"我一边听一边认真用小本子做记录。然后,在淘宝上展开横向以及纵向的比较。我爸对我的工作态度给予了表扬,他说:"拍板的时候要拿给我看。"我找了一家丝巾店,先买了一款,寄到。我爸看了看,摸了摸,说:"可以再喜庆点吗?"我点了点头:"可以。"这怪我,对我爸的审美还是估计不足。我又打开了淘宝。

关于我爸的趣味,这几天我有一些体会。如果这几天来我家,发现我和九大师在《套马杆》《坐上火车去拉萨》的配乐中自如地饮用咖啡,不要吃惊。那是我爸喜欢的,他说:"人家唱得好好哦,上气不接下气的唱法,你唱得来不嘛?"我放下咖啡杯,正色道:"爸爸,其实我也可以。"

没有食言,去随园卡拉OK,我就是这样唱的。他带头鼓掌,我居然还真的有点自豪。

我也尝试让我爸了解我喜欢的,弹奏了一曲古琴《忆故人》给我爸听。还给他解释:"这可是孔子发明的乐器,爸爸。"我爸问:"孔子是哪个?是孔老二吗?"这回我有点悲愤了,但是也只有点点头:"是他。"我又解释:"爸爸,不能这么称呼人家,你说老家堂屋的香火牌位重要吗?"他立刻点头:"重要嘛!"我正色道:"天地君亲师,师就是孔子。"他哦了一声:"晓得了晓得了。"

想起给我妈也演奏过《忆故人》。我妈说:"啥子喃,忆敌人?"

说回丝巾,第二回,我选了一款丝巾:双面的,一面是全红、一面布满红梅。我爸一看,喜上眉梢:"这个好!好多钱一条?"我迟疑了一下,说:"五十。"他啊了一声:"这么贵,那少来几条。"我像个奸商一样骗他:"买得多就二十。"他也没那么好骗:"哄我的。"我正色道:"哪个儿哄你,爸爸。"他带着信任的眼神点点头:"那好嘛,就多来几条。"

哪个儿哄你,哪个儿?桑国权的儿嘛。

7

这几天,我总想起前段时间看过的一本书——英国人类学家奈吉尔·巴利写的《天真的人类学家》。里面他研究的山地民族多瓦悠族见面问候语是:"你的天空晴朗吗?"

和我爸在一起的时光,总让我有一种在研究人类学的感受。

几十年以来,我都是每年回成都,在他家附近找他吃一顿饭,最多一起待一个小时。这一小时,他每次都把念了几十年的话重说一遍。比如,要记住老祖祖,要念亲情,过马路要看两边,在外面吃饭要吃瓣蒜,白天吃怕有味道,晚上吃,消毒的。往往待到最后,没话了,有一次他也意识到没话了,沉默了半晌,问我:"你还热爱祖国吗?"我点点头:"热爱的,爸爸。"他点点头:"那好,那你走吧。"我站起来,客气地欠欠身:"那我走了,爸爸。"

他送我到门口,突然又说:"要走的时候,再过来,我们父女两个的眼神还是要再对看一下嘛。"这句话说得我一震。

"你的天空晴朗吗?"

"我们的眼神还需要对看一下。"

这次让他来,跟他说好了,又取消,说好了,又取消。

其实父女两个多少都有点顾虑,我们太陌生了,从来没有待在一起那么长的时间。我妈恨我爸,也让我要恨,从小以来我也是恨的。但是这次不一样,他病了,恨也只有一个爸爸。我说:"爸爸,你都没有坐过飞机,就坐一次飞机嘛。"这个理由打动了他,他终于同意了。

我爸穿着他最好的衣服,站在宽阔的机场里,上上下下到处看,感慨:"共产党现在是做了些事。"人来人往,我不停回头找他,他抓住我的手:"坐飞机的事你都懂吗?"我点点头:"我懂。"他眼神热烈,激动得泪光闪闪:"这都是你自己奋斗的,爸爸没有帮到你。"我说:"爸爸,坐飞机没啥,多坐就会了。"他站在人群中,气宇轩昂,一点都不像没有坐过飞机的样子。

过安检的时候,他悄悄给我说:"刚才那个女的摸得我都不好意思了,硬是负责,好!"他的脸红彤彤的,眼神像是喝醉了一样。

他要求吃点东西,以为地面上吃得便宜些,一会儿上飞机他打算啥都不吃了。他认真吃完机场八十八元一套的面条套餐之后,才得知飞机上吃的不要钱。他问:"面条好多钱?"我说:"二十。"他点点头:"要这个价钱,毕竟机场嘛。"

上飞机的时候,我们的座位不挨着,我对人家说:"对不起,可以换个座位吗?这是我爸爸,他第一次坐飞机。"那位小哥都惊了,弹跳起来:"可以!这个理由相当可以！"我爸高兴极了，现在这个社会还是好，讲礼的人多。他不停地给小哥举手道谢，小哥也不停回礼。道谢时间长达三分钟。最后我把他按在座位上，拉开小桌板："爸爸你看外面的大飞机，你看那个飞机翅膀。"我爸以他老司机（他是真的司机，开了一辈子老解放卡车）的眼光检查了一下机翅上的大螺钉，点点头："扭好了的，要得。"

飞起来的那一瞬间，我爸的狂喜达到了巅峰，他不停地问："我们没在地上了是不是？我们没在地上了是不是？"我一遍遍回答："是，是的，爸爸。"他半个身体都趴在窗口上了："那个是路吗？那个是车吗？那个是成都吗？"他眼神亮亮的，转身了，那截光还留在我脑海里。

他说："那下面是雾吗？"我纠正他："是云。"他自言自语："哦，是雾。"

飞机飞平了，我帮他把后背往后调了调。他研究了一下，往后看了看，又调回来。他说："后面有人，你要想到别个。"我说调一点不要紧，他："不不不，我很舒服了，要考虑人家，我很舒服了，我太舒服了。"他又趴在了窗户上，全程飞行时间，两个小时一刻钟，他把这个姿势保持到最后。

要下飞机了，他转过身，说："女儿，谢谢你，对我这么好，你爸爸知足了。"他突然用粗糙的手背抚摸了我的脸。

8

我只知道我爸喜欢鸽子,不知道他和其他动物关系也好,甚至植物。

小时候有一次,他打我,顺手从山坡上折了一根树枝,打得我跃尖尖地叫。打完了还教育:"记到!这个叫作黄荆条下出好人!"那根"黄荆条"散发着一股浓郁的樟脑丸的味道。后来,我在北京一个公园里,猛然闻到一股熟悉的味道,顺着味道找,找到了这个植物。采了一点叶子揉碎了,一闻,自己就默默地念起来:"黄荆条里出好人。"

昨天散步,在小区里也发现了这个植物。我爸揉碎了闻了一下,说:"老家坡上多得很,我小时候你爷爷净拿这个打我。"我内心居然默默流过了一阵百年家传的热流。

走了一会儿,有蜡梅花的味道,我们同时闻到了。天气很冷,蜡梅的香清洌,绸带一样,几乎摸得到。他说:"这个味道最纯了。"说完看看那棵树,说:"就是它,成都公园里也多。"我摘了一朵,凑到他的鼻子下面,他点头嗯了一声:"香嘛。"我满意了,把花朵揣到包包里了。

玉兰也打包了,我说:"爸爸你看。"他看了一眼,说:"是的,这种花开起来也好看,大朵大朵的,肥拗拗的,成都也多得很,光开花,不长叶子。"我说:"要长叶子,开了花才长。"他点点头:"哦,你还懂得多喃。"我来劲儿了:"爸爸,看,这个是杜英,这个是桂花,这个是杜鹃,这个是苦楮,这个是香樟,这个是……"他接嘴:"是竹子,这个怕我还不晓得了?四川多得很。"我笑:"多嘛没在楼底下嘛。"

他看着鸟窝,说:"这个是鸦雀窝。你们讲喜鹊是不是?"我点头。他说:"不要看这个窝看起来就那么大,拆下来柴多得很,鸦雀两口子是要垒好久的,密得很……"他指指大垃圾桶:"这么个桶儿,要装一半!烧两顿饭了!"我说:"拆了人家的窝,鸟回来不难过啊。"他说:"先不拆嘛,等它们不要了再拆嘛。"

我们静静地走,越走越远,走到附近的村庄里了。村庄要拆迁了,大部分村民都搬走了,房子都空着,但是那些屋前屋后的果木没有走,一棵柚子树挂满了柚子。我们被吸引了,往那里走,地上也滚满了柚子。我捡起来掂了掂,说:"要不得,轻飘飘的,肯定不好吃。"我爸说:"好吃不好吃,毛主席说了,柚子好不好吃要亲自尝尝。"我说:"毛主席说的是梨子。"他笑:"我也要尝一哈,看有没有主人家。"我往院墙里看了看,说:"搬走了,没人。"他说:"哦,也不要进人家院子,捡个外面的。"我跳起来想摘,他说:"不要树上的,就要地上的。熟透了落下来的才好。像你祖祖,就是熟透了落下来的果子。"

我捡了一个,按在水泥洗衣板上,抠,抠不开。我爸说:"让开,我在地上摔。"他双手捧起柚子,往地上掼,他掼那一下,我觉得我看见了小时候的桑国权,还是个小娃娃调皮的样子。掼完了,他捡起来,柚子还是好端端的,柚子本来就是个皮球。还是我来,我有巧劲,用指甲掐出一道沟,他再用手劲一撕,撕开了,柚子肉露出来。我们急巴巴地扯出来,他往嘴里塞,突然想起我,把柚子又递到我嘴上。我一吃,呸!呸!呸!呸得个惊天动地,又涩又苦又酸!

我爸看我一眼,自己吃了一口,他居然吃下去了,还又吃一口。然后乐呵呵地说:"是难吃。"然后才丢了。我们满手都是柚子汁。他从裤子包包里摸出一张纸,给我擦手,他小时候都没有给我擦过手。

一只猫跑过来,对着我们喵了一声。我爸欠身,把沾满柚子汁的手凑到它跟前:"来,猫儿,看看你喜不喜欢这个味道。"猫噌一下就跑掉了。他直起身来笑:"没有哄到它。"

走了一歇,我爸把手拢在鼻子下:"不好吃,但好闻嘛,这个味道闻起来舒服。"我也把手拢在鼻子下闻:"就是,柚子的香味只有那么好闻了。"

9

我发现了,我爸对于所有不想接受,但是又不得不接受的事情有个态度,叫作正确对待。

比如,我失败了的厨艺。我最近弄了几个菜,次次失败。他吃的时候,带着一种坚韧又波澜不惊的表情。我莫名想起他在贵州深山当兵的样子。我还问他:"爸爸,你吃得下去啊？"他点点头："要正确对待嘛，自己女儿弄的。"但是他对我老公和婆婆的态度就不同了，对人家欠欠身，说："不好意思，我没有把厨艺教给我的女儿。"

我在旁边噘嘴："你还不是没有厨艺。"他转过身来："你要正确对待。"

我不想他走，要改签他的机票。他其实过不太惯，舞厅不行，鸽子朋友也找不到。他想走的，看我要生气了，说："你安排嘛，我自己正确对待，你们这河多，过几天我去钓鱼。"

我说："爸爸，我想把你写到小说里去。"他一连声："不不不不，要不得要不得！"我说："你让我写嘛，写了就是对我工作的支持，写别个，别个要给我发毛，写你就随便写了。"他沉吟了一下："那你写嘛，我自己正确对待。"我点头："所以我陪你你不要客气，我这是工作。"他看看我，说："这些，你就是想陪到我。"

对的，我就是想陪到我爸，尤其是散步，每一次都不想错过。和他在一起，我好像重新从小时候又活了一遍，很多很多事情我都不知道，知道的，也和我妈告诉我的版本不一样。比如，他和我妈的相识，按照我妈的版本，就是我爸高攀了她这个方圆百里四处闻名的女秀才。而我爸说："是你爷爷嘛，和你外公耍得好，非要打亲家。"我说："这是包办婚姻，你不晓得反抗啊？"他说："我那时候还在贵州当兵，不答应就要断绝父子关系，我有啥办法呢，只有算了，自己正确对待嘛。"我说:"那也没有正确对待啊,你们还不是离了。"他叹口气,说:"你妈那个人……唉,流落到社会上,人家接到起,也不好嘛。"我哈哈大笑:"你把我妈当成啥子了。"他笑:"啥子,你未必不晓得她那个脾气啊?但是你要对你妈好,她是个老的,你要正确对待。"我叹口气:"嗯。"我不说话了,我们只是走。

他又念起当年我妈怀着的那个弟弟,当时硬不准生,鼓捣引产下来。"龟儿子的!"我爸不咋说粗口的,说起这个事情来,又激动了。

我听到心里一阵痛,扯起扯起的痛。

红灯,我和我爸站在人群中,一起等红灯,我胸口起伏,脸扭到一边。

我爸还没有察觉。他还在继续说:"你那个弟娃长得和你一模一样,那个雀雀儿大得很,我拿棒棒刨起看了半天。是王旭东和我拿起在河边上去埋的。扑倒埋的,说是没有生下来的娃娃要这样埋,哄了娘老子。"我硬生生地说:"不对,是你们哄了他,哄了我弟娃儿。"我爸张了张嘴,也没有说出话。这件事,他没办法正确对待。

走了很久,他才叹出一口气,说:"为啥我要养鸽子嘛。埋了你弟娃儿,我就买了一对鸽子,一直喂,哪个说都不听。喂到现在。"

10

关于我爸给我的东西,我记得最清楚的是两百元钱。那是他离开家的第二年,已经开始承包单位上的车子自己跑运输了。我去找他,陪着一起出了趟车,好像是跑金堂,拉了一车旧家具。

把家具卸下来,回来的时候,他的眼睛就一路看路边,说:"有些要拉货的就站在路边招手。"还果然是,有一个男的招手了,他身边放着几十只鸭子,哦,可能有上百只。我爸没理他,车开过去了,我问:"咋个不理那个人呢?"他说:"拉了鸭子的车厢滂臭,难得打整。"

但是我们在金堂县城转了两圈也没有碰到第二个招手的人,天都要黑了,我爸只有把车又开回那个路口,那个鸭贩子还站在路边,他笑眯眯地给我爸递了一杆烟,我爸摆手说不吃烟。他问拉到成都北门好多钱,我爸看了一眼鸭子:"三百。"他又把烟递上来:"师傅少点嘛,二百五。"我爸把烟推开:"我看你才像个二百五,哎呀我不抽,拉你鸭子老子洗车都要去脱五十!"鸭贩子:"哎呀师傅,打个让手嘛。"

我爸一扭头:"自己把鸭子甩上去。"他下车哐一声把货箱打开。

鸭贩子忙不迭说谢谢,一只一只鸭子倒提着脚往上甩,鸭子嘎嘎嘎惊叫唤。我坐在驾驶室往后看,那些鸭子惊恐万分，眼睛瞪得很大，一只往另一只怀里钻，绿色的羽毛连成一片。鸭贩子最后坐在了鸭子中间，我爸又哐一声关了货箱门。

车子在路上坏了一次，我爸钻到车子下面搞了好久，才一脸黑机油地钻了出来。我把挂在驾驶室的毛巾递给他，他擦了半天，我才看清他的眼睛。

到了成都北门，已经是深夜了，那个鸭老板一只鸭子一只鸭子地往下甩，甩完了，笑嘻嘻地对我爸说："师傅，我只有二百元。"我爸二话不说从地上抓起两只鸭子就要往车上甩。那个鸭老板才哎呀呀呀要不得，马上摸出来二百五十元给我爸。他接过钱，吐了口痰："龟儿子的不落教。"上车，开起落满鸭屎的车就走了。

他又找了个地方洗车，洗了车，才把我送回家。天都要亮了，我困得恍惚，说："爸爸你好辛苦哦。"他把刚才鸭贩子给他的钱，抽了二百元递给我："晓得就好，各人拿去买点学习上的东西，好生读书。"我接过钱，说："哦。"

想起这段，是今天我和他分开四天了，要去见他，他很想我。我什么礼物都没有给他带，就想以前爸爸给过我啥。这么一想，我就在路边摘了一枝带红果果的树枝，因为灰姑娘她爸问她："要什么礼物？"她说："我什么都不要，但如果你经过森林，把第一枝挂掉你帽子的树枝摘下来送给我吧，爸爸。"

11

　　下了一个月的雨,终于等到一个太阳天。我爸上午就想去钓鱼,我说:"不忙嘛,吃了午饭去嘛,等我一路嘛。"

　　他按捺了半天,说:"那我再去打次窝子。"打窝子,我以前也不知道啥意思,现在知道了:就是看好钓鱼的地方,把用酒拌好的饭撒个两三天,把鱼团过来,让它习惯在这里吃,吃惯了一钓就钓上来了。我爸说:"就像是舞场上一样,有些女的为了每次都和我跳舞,还不是每次都要送我些小东小西,那些手帕啊花生啊啥子的。"我笑着点点头:"有些金融诈骗也是一样。"

　　但窝子也不能打多了,多了鱼吃饱了也不咬钩,这个雨要再下,估计鱼都要吃反胃了,要求换个花样。今天这个太阳来得很珍贵。

　　他找的地方,是突进水中的三角形草滩,又背风又有太阳。他有很多钓鱼的口诀,比如:冬钓塘夏钓滩,二四八月钓边边。那天看地形的时候,有个小伙子就在风口上钓。我爸悄悄给我说:"他钓不到的,鱼不得逆风来的。"我走拢看人家的桶儿,举起四根手指,也悄悄说:"人家钓到了的,四条鲫鱼。"我爸白了我一眼:"钓到嘛,喝风都喝饱了嘛,身体吃亏得嘛。"

　　买渔具的时候,我才晓得我爸真不得吃亏的。渔具小妹都要哭了:"叔叔,你还是让我赚点钱嘛。"他说:"哎呀小妹妹，不得让你吃亏，这本来就是个钓鱼淡季，我不来你更没有生意。"他样样懂，推荐的贵东西一概不要，又悄悄给我说："你爸技术好，便宜杆杆一样钓大鱼。"我心中油然而生一种自豪感。

我和我爸一起拿起各种渔具走出家门的时候，太阳几好哦！天空几蓝哦！连我爸都指着天空说："这个该咋个说，晴空万里！"我点点头："风和日丽！"他又说："蓝天白云！"我笑："天高气爽！"他说："春光灿烂！"我们都笑，还没到春天。

他问："一般人看不出你爸爸莫得文化吗？"我摇摇头："看不出来。爸爸，你的名字尤其显得有文化。"对了，我爸爸真名叫贺知易，不叫桑国权。知易行难，出自《尚书》。我问："爸爸，这个名字不是爷爷婆婆给你取的哦？"他点头："是我小学的启蒙老师，以前大地主的儿子，读古书的。"我跷大拇指："有文化。"他笑："今天该把鸭舌帽戴出来，显得更有文化。"

上次带他去晓书馆，他看不懂，但是相当珍重字书，一本本小心翻看，看完了轻手轻脚放回去，褶皱都理得撑撑展展。他无意中居然发现了一本国外的讲鸽子的书，还捧着照了个相。他一页页看，点头，悄悄说："这就是信鸽的原始种，纯得很。"

到了河边，我把板凳支好。我爸慢慢挂鱼钩（蚯蚓诱饵）、拴浮漂。他整这套东西的时候，简直跟姜太公一样慢条斯理，怡然自得。试了几次，试好了水深，浮漂垂直冒出水面半截。我爸说："以前在乡头钓鱼都不得穿内裤，摸了蚯蚓手摸其他的臭得很，解手不好解。"他多得意："这些都是脑壳烂才想得出来！你爸我从小脑壳就烂，一路捡牛屎，我远远看到一大坨牛屎，就喊看天上有岩鹰！那些娃儿就去看鹰，我冲过去就把牛屎刨到兜兜头了！你脑壳烂不烂啊？"我看着他，点头："如果是这种，爸爸，我随你，烂吧。"他脑壳一扬："也不能骄傲！更不能把心眼用在老实人身上，用了歪心眼，天上二十四个神看到的，要不好！"我好奇："二十四个神？哪二十四个？"他嗯了一声，拍拍手上的泥巴："不晓得，我也是听到人家说的。"

他把杆子架在水边的树枝上，稳稳当当的。他说："看嘛，哪需要买个支架嘛，这不就节约几十元钱。"金红色的浮漂戳在灰绿色的水中，静静往外扩散着涟漪。我爸说："碰到打浪不要激动，要咚的一声往下沉才是吃稳了的。"我点点头，呆呆看着浮漂："爸爸我不激动，我看着浮漂就觉得心里舒服。"他说："呀，莫怕你还是个钓鱼的性子，不像你妈。和你妈那会儿还在谈恋爱的时候，她来找我，我在钓鱼，硬是等不及，一坨石头给我打到水头，鱼都跑完了。"

我看着浮漂，那浮漂有种魔力，看得人呆呆的还不能错开眼睛。我呆呆地说："我妈还不是想和你说话啊，你不理别个。"他也看着浮漂，点头："是，我要走，她把手排起拦我得嘛。那意思是不要我走对不对嘛?"我缓缓点点头:"对。"

他带着笑意:"以前钓鱼和你妈吵架,现在钓鱼带个你来了,我都成了个老人了。你说人这一辈子嘛……我说你妈,你是不是心头不好过哇?"

我叹口气,终于把眼神从浮漂上错开了,往天上看,说:"不,没有。我晓得你和我妈还是有感情的。我妈真的对你有感情的,晓得这个不难过。"他没说话。

天好蓝啊,柳条又是金色的。我们心情真的还是好。对面桥上的人来来往往。浮漂突然动了动,我爸把杆子拉上来,没有鱼,是一网水草。

12

第二天还是太阳好,我爸按捺不住一早就去河边钓鱼了。昨天我问他中午要不要送饭去,他支吾半天,怕麻烦我,但还是说:"那好嘛,送点简单的就是了。"

原来我妈也给他送过饭,这个她告诉过我。而且她讲的是好的那一半。她说:"我把穿脏了的衬衣交给你爸,他一边钓鱼一边就在河里搓了,挂在树枝上。等中午歇,我去送饭的时候,都干了,你爸给我叠得巴巴适适的,递到我手上,我再把饭递给他。"

但是接下来可能就是我爸说的另一半了:"她等了半

天,也没等到我把眼神再错到她身上,她怄气了,捡坨石头丢下河把鱼打跑了。"

我拎着饭盒,一边走一边想当年的这一幕,饭盒里是红烧小黄鱼、芹菜肉丝、虎皮尖椒加米饭。太阳非常好啊,有个婆婆牵着小女娃走着,一边走一边笑呵呵地念叨:"大女孩了,你可都是大女孩了。"小女娃可能就两岁。我路过她们,也笑。婆婆就拉住小女娃:"叫阿姨。"我笑着弯下腰:"你好啊,大女孩!"女娃有点悲愤:"才不叫。"拉起婆婆头也不回地往前冲。

一只黑猫悄悄跟着我,我停下来:"你是闻着小黄鱼的香味了吗?"它不好意思地也跑了。黑猫脸皮薄,要是花猫就要扭着我半天,我可能还要把饭盒打开给它也吃点。

我爸说:"在河边,挨着昨天那个地方不远。"我一去就看见他了,他挨·蓬芦苇坐着,钓鱼的东西散在四周,他给我招手,我也招手。我穿过柳条走过去,柳条柳叶都是金色的,穿过去的时候,就像穿在时光中。我爸爸站在金光闪闪的时光中,喜气洋洋地告诉我:"一条都没有钓到!"

我放下饭盒,说:"不要紧,我来了就对了。"他一边端着饭盒吃,一边悄悄告诉我:"人家那边都钓了好多了。"我举目一看,十米外有一个老头,手持鱼竿稳稳地站着。我爸嚼着小黄鱼:"他一会儿扯一条,一会儿又扯一条,你去看他的桶儿嘛。"

我梗着脖子:"不!我不看!"我还批评我爸:"钓

自己的鱼，不要去羡慕别个。"他点点头："要得！有志气！"我看了一眼那个老头，心里飙上了一股劲儿。我爸两口吃完饭，把饭盒摆一边："我再把浮漂调整下。"

我们都站在河边，我爸手持鱼竿，我紧紧盯着浮漂，他要开口说啥子，我紧锁眉头打断："不要说话爸爸，要专心致志！"他哦了一声闭嘴了。我悄悄附耳告诉他："爸爸，我在发功，用意念召唤鱼，你不要打断我。"我爸嘿嘿嘿笑："你怕不是滑轮功嘛。"我瞪了他一眼，闭上了眼睛，气沉丹田。

这个时候，旁边的老头又扯了一条鱼起来。我忍不住睁开眼睛看了一眼，巴掌那么大一条鲫鱼！我觉得气有点乱，马上又把眼睛闭上了。

我闭着眼睛，和水里的鱼儿聊天："你们能不能给点面子？"鱼儿三三两两在钓饵附近，吐我口水："呸，面子！面子重要还是命重要，你自己咋不去咬钩喃？"我说："那旁边的老头又咋个说？"鱼儿说："人家的诱饵好吃，你们的口味孬。"我睁开眼睛，对我爸说："你去找那个老头要点诱饵。"我爸耶了一声："你还内行哪。"

我爸去要了，人家老大爷多热情的，给了一撮，还说："你们不要着急。"他的诱饵是和了酒和香油的面团。我爸换了诱饵，又甩竿下去，回头笑着看我："你还做不做法？"我点点头："当然。"我又闭上了眼睛。

这群坏鱼，看我们诱饵垂下来了，不仅不咬，还推些水草、树枝过来把线网起。我爸扯起来好几次，要么就是扯起来一根树枝，要么干脆钩都扯断了。

隔壁的老头，一会儿扯一条，一会儿又扯一条，我们才相隔十米远啊，而且诱饵还一样！老头都扯得不好意思了，鱼上来，都不面对我们扯鱼了，背对着我们，一副阴到好笑的背影。我都要气哭了，彻底不做法了。我三步并作两步，跑过去看人家的桶儿，我的那个妈，桶里起码有两斤鱼儿了！

我哭丧着脸回到我爸身边，一脸挫败。我爸抄着手笑眯眯地看着我："这就受到打击啦！"我瞪他一眼，抓个小石头丢下河，咚的一声。他笑："你硬是和你妈一样，一着急就丢石头。你晓得为啥人家能钓到，我们钓不到吗？"我问："为啥？"他说："这个地方和我不熟，钓鱼钓不到，就是第一条鱼卡住了。最近这几天我们父女两个好甜蜜嘛！一样好很了，另一样就不得来，老天爷啥子不晓得嘛，他啥子都晓得。"

13

在杭州所有的娱乐休闲活动都失败了：信鸽、跳舞、钓鱼。我爸很小心地问："我干脆回去了吧？"他第一次这么问我的时候，我发了脾气的。

我爸居然开始看我的脸色了，小时候只有我看他的脸色。他这次来穿了一条要烂融了的毛线裤,我勒令他换上羊绒裤,他一边换一边小声地问我:"那这条不丢嘛,让我带回成都去,嗯,在乡坝头的时候可以穿嘛。"我把那条裤子拎起来,看了看,说了一句我妈说过的话:"硬是烂得瓢瓜都舀不起来!"看他护食一样护着他的烂裤子,让我不忍心说甩了,嗯了一声:"随便你嘛。"

他多高兴地马上把烂裤子塞在箱子底层,唰的一声拉上拉链。

这次治糖尿病,饮食习惯都得改,好多东西都要在我的严格监控下吃。每次吃饭,夹菜的时候,他也要看看我:"这个能吃嘛?"我点点头:"可以。"他就夹。因为我答应让他回成都,他欣喜若狂,越发讨好我,如果我说少吃点,他马上把筷子收回去,严肃地说:"那我就不吃!你放心,我回去了也是这样按照你的要求做,这个信用还不负了,好歹也是个军人作风!"

我晓得他的意思,唉了一声:"要让你走的。"他就笑:"怕你生气,晓得你真的嘛假的哦。"

小时候,我妈怕他把我打死了,怕我活不出来。她可能想不到有一天,我在我爸面前这么威风。

散步的时候,走着走着,他突然问我:"这个月亮一直都在?下雨落雪都在?白天也在?"我背着手,点头:"在,都在,下雨落雪、白天都在。"

我还告诉他,我们看见的星光,可能是几亿年前发出来的，只是到了地球上，我们肉眼里，延迟了。他说："真的嘛假的哦，不要哄我。"我背着手，又点点头："这是天文学家说的。"

他眼睛发亮的样子太好耍了，开心起来，从心里高兴："你还懂得多喃！"我又觉得自己像是个人类学家在研究一种新发现的部落人。

他吃西餐也是有点这种好奇。我煎了一块牛排，把刀叉给他摆好，还冲了一杯咖啡，说："爸爸，今天中午就吃这个当顿头哦，只吃肉，莫得饭了。"他点点头："对嘛，外国人的吃法嘛，我也跟到你玩个洋格。"

他悄悄在看我怎么用，然后慢条斯理地也举起了刀叉，斯斯文文地切，然后递到嘴里咀嚼了起来。非常像样子！他吃饭不说话，若有所思地，闭嘴咀嚼，一副老派绅士的模样。我给他拍照，他还摆手："不不不，吃饭不拍照。"我说："你很像样呢爸爸，这真的是你第一次用刀叉吗？"他斜着头轻轻点点："是的嘛，这不难，你老汉我东风货车都修得来。"我不吃了，觉得他真迷人，捧着脸看他："好不好吃喃？"他嗯了一声："好不好吃，你老汉是困难年代过来的，啥子苦都吃得下。"

吃完饭，我安排他在我的洗手间洗个澡，帮他在浴缸放水，浴霸也打开。他摸摸这里，摸摸那里，一直笑："哎呀享福，硬是。太高级了嘛，这都是你自己努力的，爸爸享福了。"我一件件交代："这是热水，这是冷水，这是洗头的，这是洗澡的，这是浴巾。"他客客气气地站在浴室中："晓得晓得，我晓得。"水雾缭绕，他其实一头雾水。

我说："爸爸不着急，一样一样慢慢摸索，温度不要太高了，看烫。"他说："你是这么细心的人，爸爸还不晓得。"我叹口气："衣服不要打湿了，门背后有挂的地方。"然后把门带上。

一会儿，我又去敲敲门，递了一杯泡好的柠檬水："怕你口渴。"他哎呀一声，说："看我这个女。"

他洗澡的时候，我就在外屋帮他把衣服一件件叠好，手指摸着带着他体温和味道的衣服，还是觉得奇怪，我居然有个爸爸。

我爸养成了散步的习惯（是我在杭州帮他养成的），他现在在成都每天一走就是四五个站，上万步有的。他告诉我，在这条经常走的路上，他在隐蔽的地方藏了两把伞，隔一两个站一把，这样走路就不怕下雨，出门可以甩手出门。他在电话里告诉我这些的时候，我笑得咯咯咯的，说："爸爸你好聪明哦。"他也笑："就是嘛，你爸我脑壳烂得很。"

我和我爸通电话，自从上次他来杭州和我生活了一段时间，他很放心地得知，关于养生啊，日常生活常识啊，我都不比他知道得少，可以说，比他多。所以他现在打电话，都不知道该给我说些什么好了，但是这种不知道说什么好又和以前那种疏远不同，还是亲近，就是不知道说啥好。最后，他决定还是把以前嘱咐我的那些话再说一遍。比如：

"过马路，两边看了再过。"

我还是嗯嗯嗯地答应，说："好的爸爸，记住了。"他认真地说："这些你都晓得，我再说一遍，没啥好处，但，也没啥坏处。"我就哈哈大笑，说："是是是。"

二
舅

我二舅坐着,腰杆还是笔直的,长得酷似荷兰建筑师雷姆·库哈斯。

我大表姐金莲大姐,就是他大女儿,现在也一把年纪了,但是她沉迷自拍,经过深度美颜,拍了照片,也很像是一个俄罗斯美女。个子是矮了点,但是脸目是很像的。

我二舅除了保卫工作,还干过宣传工作,会拍照,用那种老海鸥相机。我小时候的照片都是他拍的。他最看不上金莲大姐拍的那些照片,说:"一点儿都莫得艺术细胞。"

前几天可以出门的时候,常常听见他们父女两个因为取景争吵,二舅舅气得很,金莲大姐也气得很。二舅舅说:"拍个啥子嘛,拍出来哪个晓得是你嘛,老就老了嘛,弄得个花古里兮的,一点儿都不真实。"金莲大姐说:"管我。"

我爱和腰杆笔直的二舅舅聊天："二舅，说说你原来的工作嘛。"他以前在汶川川林二处，最早是保卫科的科长，一个几千人的单位，故事很多的。我小时候就看他抓过偷单位财物的小混混，小混混被铐在椅子上，不停求饶："何叔！何叔！我不偷了嘛，放了我嘛！"

我二舅舅吙他："你个没出息的！不想哈你妈老汉！"那些小混混都怕他，但是大部分都是他从小看着长大的。

他不知道苦口婆心给他们讲了多少要好好做人，不要偷鸡摸狗的道理。

那时候汶川的深山是寂寞的深山，没人知道的，年轻人没啥事情干，要么发奋读书考出去，要么就等着长大接妈老汉儿的班。

我对这个深山里的川林二处印象很深，几千人一个单位，在岷江岸边，整齐的红砖楼和宿舍群，和世外桃源一样。

前几天带二舅去参观。有一个党史展览，里面有闹革命的枪械展示，虽然二舅看不清楚字牌上的介绍，但是每一种枪都说得清清楚楚。有的他用过，法国造，苏联造，他都晓得。

我问他："你打得来啊？"他嘿一声："打得来？这就是我的本职工作嘛。"其实我逗他的，我小时候把他藏在柜子里包了一层又一层的枪翻出来过。我前几天才告诉他，他脸都凝固了："那还了得，疏忽了。"

我安慰他："莫得事，二舅舅，我看了下，就给你放回去了，没乱耍！"他嗨了一声："你个天棒，啥子都翻得到，我锁了的嘛！"我摇摇头："那我也打得开。"看他真有点气了，我提醒他："二舅，那是三十多年的事情了。"

二舅长叹一声："天棒娃娃，好在你长起这么大了。"我嘿嘿一笑："你给我讲下你原来的事嘛。"他说："以前嘛，除了这些小偷小摸，其他嘛，最多的就是两性问题。"我没听懂："啥子喃？良性问题？"他更正："两性，就是那些男女问题。"我耳朵竖了起来："哦！咋个的男女问题嘛？"

他嘿嘿一笑："那个年代把这些事情看得重，不像现在。以前哪准哦，尤其是我们这种单位，好歹也是个国有单位，我们队伍就是修路，到处修路，去到哪里，有人忍不住和当地老百姓的女娃子搞啥事情，那都要挨处分的。"

我说："人总要谈恋爱啊，人家结婚就是了嘛。"他说："不准，单位管得严。还有那些职工之间的事情，晓得了也要遭。"我说："抓到了咋个办喃？"他说："咋个办，我们就只是保卫处，还不是要交给公安局。我后来也睁只眼闭只眼，两个人只要不害人家，我觉得对国家也没啥损失嘛！"

我哈哈大笑："嗯，我也觉得。那你放了好多对男女关系嘛。"他想了想，居然很准确地说："四五十对以上嘛。后来人家结了婚的，我们过年还来往，给我送香肠腊肉啥子的，我喊不准送。"

除了这个，他还提到一些事情。他说："有个结巴，郑癫子，本来脑壳就有点问题，但又爱和人吵嘴，和他们科长抬杠，话还没说完，就遭送到我们保卫处了。我一看送他来，脑壳都痛，不晓得这个人是个憨包咩？"

"结果，嚯哟，不得了，说是个反革命，要送到公安局去。我马上按下来，不能送，送了立了案就糟了。我就问那些人，你们都是第一天认得到郑癫子的吗，不晓得这个人脑子不好，表达不清楚吗？大家哪个不晓得嘛，就算了，公安局不送了。但是还是要吃点苦。"

二舅给郑癫子私下说："不送你坐班房，但是要受点委屈。"郑癫子说："我我我……"二舅说："你就少说两句。"

现场讯问的时候，郑癫子又忍不住要说话，腰杆卷起："对、对、对不起，我我、我老人家犯了错误！"

二舅在下面跺脚："你个哈戳戳的憨包。"

好在这个事情过去了。我问郑癫子还活着吗？二舅点头："哪门没有喃，八十了，他的儿还来给我拜过年，小伙子多出息的，当大学老师。"

我搀扶着二舅舅，我们一边走一边摆龙门阵，遇到下梯坎的地方，我喊二舅舅慢点哈。他爽朗地哈哈一笑："这点坎坎算啥子！"他几步就跑下去了，我追都追不到。

他又在喊金莲大姐："你拍照莫挨花那么近，拍不出来，要站远点！"

莽夫大哥

突然想写写我的一个大哥。

这人吧，最开始是看我的书，然后看我的博客，那时候还是博客时代呢。我这个人，隔一段时间就喜欢一个事物或者有趣的人，比较疯狂的那种。如果是个人的话，我就想用玻璃框子把那个人框起来，用射灯打着，最好还能像博物馆展示那样旋转观看。

那段时间，我喜欢才让和他的唐卡画，那时候的小才让多可爱啊，看过的人都知道，真的太可爱了。这位大哥也看见我写才让了，当我介绍才让的画的时候，他终于沉不住气了，因为他本人是一个土豪啊，钱在钱包里寂寞着呢。他联系我，说："可以买吗？"我说："可以可以可以。"才让正穷得要死，但是才让那时候坚持唐卡不可以邮寄，这样神圣的东西要通过人的手交到人的手上。于是，他把画交到了我的手上，我呢在一个约定的时间，再交到这位没有见过面的大哥手上，跟圣火传递一样。这样，就奠定了这位大哥在我的人生中的一个重要存在意义，就是他默默地支持着我的喜爱、我对这个世界的好奇，有的是有道理的，有的没道理。

那时候我还住在广州美院，他约在我家附近最高级的酒店大堂见面交画。他把钱已经给才让了，全款，没有任何凭据，而且是两幅，都是释迦牟尼像。才让问过他："大哥，你确定要两幅，一样的哟。"他用土豪特有的淡定，说："对。"

我去到酒店大堂的时候，在大厅的咖啡厅转了一圈，没看到人。我近视眼。突然一个声音客客气气地从我背后传来："嗯，请问你是桑格格吗？"我一转身，看见了一个中年男子，身材壮壮的，脸微胖，不大的眼睛（有点小）戴着一副金丝眼镜，质地良好的浅蓝（也许是白色）的衬衣。

我说："你是……拿画的？"他微微一笑，那种莫名矜持的优雅模样，我也是少见。我把画递给他，他拿过来，放在旁边。我问："你不打开看看？"他再次微微一笑："不用看。"我问："大哥你是干啥的，你看上去有点怪怪的。"他哈哈一笑："你看我是干啥的。"我就猜："你是个律师吧？"他爽朗地又一阵大笑："不不不。"我嗯了一声，我狡猾着呢，决定给他戴一顶高帽子："你是个作家吧！作家有文化嘛！"（我是那种少有的没文化的作家）果然，这位大哥乐开了花："你怎么会觉得我是个作家呢？"显然，他不是，但他不介意是。

我们认识了之后，才知道，他是个爱看书的人，他比很多作家看的书都多得多。成为一个作家或者文人是他一直以来的愿望，可惜后来阴差阳错成了一个有钱人，耽误了当作家或者文人，所以他是充满遗憾的。他在任何可能的时候，都在看书。他不仅看经典的书，也看市面上有趣的书，所以他看了我的《小时候》。

后来他给我推荐了很多作家，比如约翰·伯格，比如格雷厄姆·格林，甚至李娟。他说："当时看书的时候我就想，这个叫作桑格格的女孩怪好玩的，不知道真人是什么样的。"不过也只是想一想，以他一个成熟的中年男子的矜持低调的习惯来看，他也觉得没有必要看真人，直到因为才让的画，我们现在面对面坐在了一起。他还是略带好奇地问了一些关于《小时候》里面的细节，我都一一给予了充分的回答。他两眼放光，说："这本书还真是你写的。"

好的，我们已经认识了这位大哥。我问他："我怎么称呼你呢？"他想了想，说："你叫我莽夫吧。"我说："你确定？"他点点头，我就从此叫他莽夫大哥。莽夫大哥陆续又买了几次唐卡，我不知道，他一共在才让这家伙身上花了多少钱我也不知道，反正后来才让和他更亲了，以至于我有些嫉妒。最开始我担心才让卖的画钱少了，后来我又担心莽夫大哥花的买画钱多了。总之，我的朋友都知道，我就是瞎操心，无事忙。

才让第一次去海边，就是莽夫大哥帮他实现的，因为我在书里写过才让最大的愿望就是"和一个女的，在海边溜达溜达"。这个女的，是莽夫的太太，他生意忙，让嫂子陪着才让去了海边。我问才让："感觉如何？"才让说："嘿嘿，一般。"

那段时间，我迷恋澡堂子，就是那种里面什么都有，好吃的随便吃，晒不到淋不到，还可以打乒乓球看电影，装潢豪华的那种。我妈最喜欢，我把我妈放在里面，最放心了。我就对莽夫大哥说："你可以带才让去澡堂子，你们那里有吧？就是温泉洗浴中心，啥都有，你就不用陪着他，让他自己玩。"

莽夫大哥在电话里沉吟了一下："你确定？"我说："对啊。"后来，莽夫大哥还是没有带才让去，而是带他吃海鲜，逛商场，看电影，就是没去澡堂子。他说："他还是个孩子，不合适。"

莽夫大哥没有那么神秘了，其实人熟了之后，他很啰唆的，又爱开玩笑。他成了我们每一个人的知心大哥，谁有烦恼了都去找他，最后让他哄得开开心心回来。

他是处女座，最爱干净了。才让结婚的时候，我们都去了，他当然也去了。才让家不好洗澡，莽夫大哥就带我们去县城里开最好的酒店，一群人轮流去洗澡。他在外面帮每一个人擦鞋,他带了一整套擦鞋的工具,简直了,我不知道包装那么精美的擦鞋工具为什么要生产出来,生产出来又是哪些人在用。我眼前这位忘情地擦着皮鞋的莽夫大哥,让我觉得大千世界,无奇不有。

才让的婚礼,要在清晨举行。大家都陆续到了,只有莽夫大哥还没有来,他太忙了,但是他也说了:"再忙我也会来的。"我记得那晚睡觉,我和豆豆睡在炕上,才让怕冷着我们,特地多加了一把柴,结果我们就像是贴饼子小鱼一样,一个人贴一个炕边,不时还要翻面以免烤熟,所以就睡不着。豆豆问:"明天是还有一个人要来吗?"我说:"不知道,他说今晚一定赶到,现在都半夜两点多了啊……"突然狗就叫了,我听见外面有开门的声音,有脚步声。我立刻翻身起来,披了衣服,拖着鞋跑了出去。

我爬上二楼,莽夫大哥已经宝相庄严地在藏式毡毯上喝才让递上去的酥油茶了。他头上好像还挂着汗,对我呵呵一笑:"我说了我会赶到吧。"我立刻就猴在了他身上,开心得要死,他说:"茶扑出来了。"他把一对表送给才让,打开盒子的时候光辉灿烂,但是我们都不认识那个牌子,我和才让一对眼,一起问他:"很贵吧?"他呵呵一笑:"我们的才让娶媳妇呢,要好的。"

才让的婚礼是村里最有面子的。不是多豪华,是因为有很多五湖四海的朋友来。才让说:"人家哪有我那么多朋友。"他嘚瑟起来,头一点一点的,小胸脯挺得老高。我坐在莽夫大哥的旁边，也有一种有面子的感觉，我们人人都争着拉着他走，一会儿没看着，他就被别人拉一边说话去了。

婚礼的第二天下午，我们都坐在堂屋里喝茶，突然，村长领着村里的几个老人捧着礼盒，礼盒上披挂着洁白的哈达，恭恭敬敬来了。一进来，看见莽夫大哥，就把哈达挂在了他的脖子上。莽夫大哥好像知道是什么事情一样，但他还是有一丝羞涩，双手合十，对村长和老人还礼。

我问才让："这是什么礼节？"才让说："上午莽夫大哥去村里转悠，看见村里的村庙修了一半放在那里，他问了下，修完需要多少钱，问了之后，他就把这笔钱捐给村长了。"我问才让："这会让你有面子吗？"才让严肃地点点头："有。而且特别有。"

那晚，我爬上二楼之后，开开心心欣赏完了新婚对表，这个时候，豆豆才拖拖拉拉、迤迤逦逦地上来。她没见过莽夫大哥的，见到生人也没那么跳占了，安安静静坐下来，问了声："莽夫大哥好。"居然还脸红了，一个劲儿用手把碎发往耳朵后面夹。她悄悄踢我："咋不早说，人家也收拾一下嘛。"莽夫大哥当时在吃韭菜盒子，他最爱吃韭菜盒子了。

婚礼的夜晚都要喝酒，有人来敬，莽夫大哥犹豫了一下，接过去就喝了。我大叫一声不好，因为我知道他只有半杯啤酒的量，果然等我走过去搭救他的时候，他露在外面的整个头部都是通红的，从脖子到头皮，连手都是。但是他低头笑着,摆手:"没事没事,这个酒要喝的。"

等有人再来敬的时候,我一挥手:"豆豆!路迪!"豆豆应声答道:"在!"路迪也声若洪钟地回答:"在!"路迪是我另一个小弟,他当时北京电影学院导演系在读,身高一米九几,络腮胡子,特别能壮声势。豆豆那就不用说了,喝起酒来,说是女侠都是客气的。他们站在我的身后,一杯一杯地往嘴里倒就是了。莽夫大哥还要挣扎着站起来,被我们一掌就压到地上坐起了。

喝了酒之后,就是跳锅庄唱歌,这个当然了,村里的男孩女孩们个个都是好手。但是,我们作为才让北京来的朋友,怎么能输了阵势?我们不允许。尤其是我,我唱了一首想象中的藏语歌曲《北京的金山上》,唱完了才想起来可能不对劲儿,这里可全部都是藏族人。我急中生智,立刻又补了一首蒙语歌曲《花儿》,这个地方总没有蒙古族人了嘛!果然,大家轰然鼓掌,我嗷一声激动地又重唱了一遍,比刚才那遍还要高亢。

豆豆已经喝多了,到处拉人划拳,她才学会的村里的拳,立刻就熟练地掌握了,把村里的小伙子全部划下去了,灌翻了五六个在地上睡起。我还能想起那个拳划起来是这样叫的:"嘟嘟,呀壳痛啊呀壳痛……"而我那个金刚小弟路迪也喝多了,他喝多了之后,一个人跑去村口站着。九大师嘱咐过他,如果格格在外面喝多了,马上打车把她扛回来。所以,凌晨不知道几点,他站在青海黄南州吾屯下村的村口，固执地以为自己在北京的夜里，他一定要打到车，把我们扛回去。我让才让把他拉回来，才让说："还是你去，谁拉他打谁。"

我跑过去，刚叫了一声路迪，他挥手一记响亮的耳光扇在了我的头顶——他实在太高了，我又那么矮。我说："是我，是你姐。"他醉眼蒙眬地摇摇晃晃地扶住我还在颤抖的小脑袋一看，果然是他姐。他突然悲从中来，哇一声大哭："姐啊姐啊！"他把我一把抱起来，双脚离地。我也悲从中来，抱着他大哭："弟啊弟啊！"才让一头大汗过来，费了九牛二虎之力，把我们这对沉浸在宇宙洪荒一样的悲伤中的姐弟拉回到了婚礼锅庄主场。他头发都汗湿了："你们快去拉下豆豆吧，豆豆现在是佛祖啊……"我带着酒意："佛……佛祖？"他白眼一翻："对对对，就是怎么求都没用，她现在躺在坑里唱歌呢。"

我永远记得，第二天醒来的那个画面。那是一个藏式的木楼房间，靠着墙，三边都是条炕，睡的都是人。我身边的是豆豆，再远一点是路迪，再远一点的是莽夫大哥，莽夫大哥旁边是谁就记不得了。

我睁开眼睛，觉得光线刺眼，有点恶心，口渴得口水都吞不下去。房间里有着五颜六色的壁画，甚是华丽，木雕花窗子外面的天蓝得吓人，有鸟叫，但叫一声又不叫了。路迪的呼噜声连绵不绝就像雅鲁藏布江一样。

我虚弱地叫了一声："我要喝水……我想喝可乐……

我……"正喊着，一杯可乐居然就放在了我面前的桌子上——是莽夫大哥，他支撑着坐起来，居然还真的在佛龛上找到一瓶供佛的可乐，也没管那么多了，倒了一杯给我。我欣喜若狂，正要伸手，结果，豆豆一翻身坐起来，以闪电一般的速度抓过去咕嘟咕嘟就喝了，喝完了一抹嘴，嘿嘿一笑："嗨呀，好爽！我也口干得莫奈何！"我们一起把佛龛前的所有饮料都喝了个一干二净。路迪终于醒了，他抓过可乐瓶子，一直摇到最后一个才发现都是空瓶子，噉一声捶着胸口大喊："我——要——喝——可——乐！"

才让出现了，说了一句："你们醒了。"我们问："这是哪里？"他说："这是夏吾喇嘛的家。"莽夫大哥让才让把我们喝的饮料都补齐，才让说："放心吧，和尚家我很熟的。"莽夫大哥打量了一下我们，拍拍我的头："你可以啊！昨晚叫得整个村都在颤抖。"我纠正他："那不是叫，那是唱歌！"他呵呵一笑："嗯嗯嗯，唱歌。"然后对豆豆竖起一个大拇指："女侠，划拳女侠！"豆豆脸又红了，声音小得像是蚊子嘤："人家……人家……才不是……"莽夫大哥哈哈大笑起来，像是一位伟大人物那样。笑完了，他站起来整理衣服，说："你们慢慢玩，我还有事，一会儿要坐中午的飞机，先走了。"

莽夫大哥一说要走，大家都愣了一下。安静了几秒钟，我率先说："不准走。"然后七嘴八舌地不要走啊不要走就响了起来。他走了，好像一盆火烧得旺旺的，突然就抽走了最大的那根柴。

新婚的第一天,才让的新娘子就在外面扫地了。我记得她背着背筐,弯着腰的样子,头一天结婚的盛装脱下来了,穿了一件旧旧的衣服。大多数人都还没有起床,才让的新娘就在外面扫地了。

在才让这个地方,和在城市里不一样,人都好像变得比实际上要小,小到可以互诉衷肠,可以随便说内心的话。其实这句话是指莽夫大哥,我、豆豆、才让、路迪,我们在村里好像差别不大,莽夫大哥变小了,他变成和我们差不多大的样子。他看了看手表,又看了看眼巴巴的我们,说:"那我今天不走了。"大家都一起欢呼了起来。

宽达,就是才让的新娘,笑盈盈地端着早饭进来,每人给了一碗面皮蒙住蒸的羊肉汤,据说这个是贵客吃的,女人只有在生完孩子后吃。莽夫大哥笑眯眯地把他那碗推给了路迪,很客气地问宽达有没有韭菜盒子?他吃素,但是无法拒绝韭菜盒子。

那天他留下来了,但是后来他还是要走的。是这样吧,人和人都是,没有不散的筵席。我写到这里,希望大家也能和我一样,成熟一些,情绪不要那么大起大落,一会儿哭一会儿笑,对身体不好。

每次我这样的时候,莽夫大哥就会用很多话来劝我,有佛经里面的话,也有各种名人名言,虽说我现在一句都记不住,但是当时觉得他说得很有道理,只能放他走。他对送别他的每一个人都说了句不同的话，和大家一一握手，让我想起了，参加送别的有一串领导人的名字。

他要和豆豆握手的时候，豆豆突然转身跑了，她跑开了。她穿了一件红色的衣服，往寺庙的方面跑去了，看见她的红色衣服在白色的佛塔间跳跃。她扯起喉咙，大声地唱："呀啦索——这就是青藏高原。"然后，她笑嘻嘻地坐在佛塔下，盘腿坐着，远远地对着莽夫大哥挥手。

莽夫大哥没有离开我们，莽夫大哥永远活在我们的心中以及身边。但是这样一次盛大的聚会，确实到现在也再没有过了。抱头痛哭的人都天各一方，不知何日再见。

我从广州美院搬去了北京，住在了惠新西街的一栋朴素的家属楼的第四层。那是个一室一厅，将将好住下我和老九，还剩一间很小的客厅。莽夫大哥全世界到处飞，偶尔路过北京，来看我们，我就留他住那个客厅，我觉得就一晚上，何必花那个钱。我把客厅的沙发铺得无可挑剔，资格的羽绒被子，对莽夫大哥说："你看，多么柔软。好得很。"他点点头，放下了包包："那好吧，其实你说得也有道理。"

其实他订好的五星级酒店，钱是退不了的。我后来知道了，心如刀绞，那家酒店的小梳子很特别。早知道的事情还有，就是我第一次留莽夫大哥吃饭，不知道他是素食者。对了，莽夫大哥的素食不是宗教原因，他说他生下来就这样，吃了肉想吐。

那天,我兴高采烈地蒸了一条鱼给他吃,我那个时候刚学会顺德蒸鱼法,正在兴头上。鱼端上来,我热情地请他吃,他说:"好好好,我吃。"他吃了一筷子,我问:"好吃吗?"他说:"好吃。"我说:"好吃你就多吃点。"他说:"呃,好。"现在我知道,当时他想吐的感觉多么强烈,想起来就觉得对不起他。他每次对我吹嘘今天又大吃了一顿,我就撇撇嘴,大吃一顿,不就啃了点胡萝卜和大白菜嘛。他说:"呵呵,不一样的,是有机的!"

莽夫大哥除了天生吃素,还有一个特异功能,就是他穿得特别少,虽然他的衣服都很贵,但是看上去都不怎么保暖的样子。

有一次,他冬天来北京,来看我,一进门我惊呆了:他一身笔挺的西装,单脚立手地站在门外。我说:"你就穿这么点?"他说:"啊,怎么了?"我说:"你怎么跟拉龙东芝一样?"拉龙东芝是才让村里的一个小伙子,有一次他来北京,也是穿着一件薄薄的西装就来了,我问他:"你咋穿这么少来?"东芝说:"不知道啊,我在村里站着,看见才让,他问我去不去北京,我就跟着他来了,我想来北京烫个头。"

我说:"莽夫大哥,你是不是也来北京烫个头的?"他说:"不是啊,来看看你,我一会儿要去俄罗斯的。"我大惊失色:"你去俄罗斯?就穿这么点?"他带着优雅的微笑:"我天生热体质。"

我跳下了沙发，半个身体都埋在了衣柜里，衣服漫天飞。一会儿，我拿着一套秋衣秋裤，厚厚的羊毛衫，还有羊毛围巾，用十分强硬的口吻对他说："莽总，您今天不把这些都穿在身上，估计出不了这个门。"他都穿上了。最后那条围巾，是我亲手给他系上的，那是我在乌兰巴托买的一条纯纯纯纯的羊毛围巾，除了有点扎，没有任何问题。

我看着他七鼓八翘的新造型，满意了。我说："你可以走了。"他松了一口气，他走到楼下的时候，仰头来给我挥手好像都有点困难。但是你猜怎么着，他后来告诉我："那些衣服管用，俄罗斯太冷了。你是我亲妹。"

莽夫大哥其实也有让我很不满意的地方，就是他什么都不需要，或者说，我没啥可以给他的。这一点让我相当不舒服：他也不创作，我没法为他的作品摇旗呐喊；他不开淘宝店，我也没法满含深情为他写用户体验；他饱读诗文，在艺术鉴赏资讯方面，我只有听他的；他不缺钱，他连肉都不吃，我连鱼都没法为他蒸。他最大的享受，就是和九大师谈论一下国家大事，这也不是我的功劳啊！我依然什么都没法为他做，我都只能接受他的馈赠。

从认识他开始，我、我妈、我亲近的朋友，每年过年过节都会收到大包大包的海鲜，大对虾、风鹅、鱿鱼……对，他是海边的人，他的网名其实是"海边的莽夫"。我冰箱里存放着各个年份的大对虾，我哀求他别寄了，他说是公司统一寄的，现在他也不好修改了，所以，我又拆开了一包最新年份的大对虾。

其实我们联系不多，尤其是他，忙得很。但是他偶尔会看我的微博。有一次我在微博上嘚瑟一只假的祖母绿戒指，几天后，我收到了一只硕大的真祖母绿戒指。我知道只能是他干的，问他，他呵呵一笑："那我妹不能戴假的啊。"我说："我就喜欢假的，这不是公司统一寄的吧！不要再寄！"他说："好的。"当然，我也有给他主动提要求的时候。

有一次，九大师又给我下达了不许淘宝的戒令，但是我看中了一条裙子，觉得那条裙子实在太好看了！我忍不了，我就告诉他，问他有没有淘宝，帮我买这条裙子。当时他在开会，说一会儿告诉我。然后，他说他从不上淘宝，没有淘宝账号，让我把链接发给他，让公司一个女孩去给我买，我开心极了。果然，过了几天，我就收到了那条梦寐以求的裙子。但是，当我打开盒子的时候，如丧考妣，实物和照片相差太大了！我不能忍，紧急召唤他，让他公司的那个女孩帮我退货。

这一次，他有点生气了，说："老让手下做这样的事情不好，咱们能不能直接扔了它？"

我这几年不是迷上茶了嘛，莽夫大哥关于茶的品位屡屡被我耻笑，但是，他会用实际行动来羞辱我。我曾给他寄过一饼茶，告诉他，这个茶如何珍贵，要怎么怎么泡，不许浪费。他说："我是个粗人，你那些泡茶法我整不来。"我说:"你不好好泡,我就不给你了!"

半个月过去了,我收到了一个大箱子,一打开,傻眼了,全是那种茶,因为买得太多了,里面还有这家茶叶公司送的很多别的茶。我吓得四处看了看,然后飞快地把茶都藏了起来。我寄了一个茶壶给他:"茶你现在有了,我给你一个茶壶吧。你可能买不到的。"他回答:"呵呵。"我还想说什么,想想还是算了,这个人不大理智的,还是不要惹他。

最近一次见到他,是去上海,我第一次去他的公司,在淮海路一个大厦里,他第一次给我展示,他收藏的酒和雪茄。多得令人震惊。但是我依然带着骄傲的表情,一一看过了这些放在稀奇古怪的盒子里的酒和雪茄,长叹一声:"也没啥了不起啊。"

他拿出一根啥年份的雪茄,点燃,跟个大坏蛋一样,抽了起来。他的表情,浮现出了一丝我不熟悉的茫然和空虚。他说:"人生啊,都是拿来抽的。"原来他的生意遭受了一些挫折。挫折的那个数字,我听起来都比较陌生,这样的数字在我的记忆中好像都和什么什么生产总值连在一起的。他笑笑,说:"没事的,你哥我这种事情也不是没有遇到。"

那是我唯一一次,没有活蹦乱跳地在他身边跳占,我什么都说不出来。我待在那么大的一个公司里也很不舒服,说:"哥带我出去逛逛街。"他说:"好的,你等我去安排一下。"他出去的时候,我看角落里扔着一个太阳能的转经筒，一看就是上次在青海才让那带回来的。我把那个太阳能块擦了擦，摆在朝阳的地方，让它转起来。

那是一个上午，春天了，上海的天气好得很。他带我走了很多安静的小巷子，两边有美丽的梧桐树，梧桐树的叶子完全可以覆盖小路。他说："我带你走的，是我平日一个人散步最爱走的路，我每天都一万步的，你看看你哥是不是身材保持还算可以啊？"他突然停在路中间，做了一个夸张的健身造型，两边的行人绕过他走，有些吃惊地看着。我哈哈大笑："可以可以可以，相当可以。"他才得意地收了造型，继续和我走着。

我穿的鞋子有点夹脚，路过一家卖飞跃球鞋的，我进去买了一双，穿上十分舒适。那双换下来的鞋子，他就帮我拎着。继续走，路过精品女装店，他说你要不要进去看看？我连忙摇摇头，把他拉到一边悄悄说："一般叫作'精品店'的，里面的东西都宰人！不要去上当，豆豆开服装店的，我还不知道！"他扑哧笑了，说："好的。"但是看见那种写着"出口转内销"的外贸小店，我就拉着他进去，告诉他："这样的店，才是正经的店，你知道吗？"他点点头："知道了。"我在外贸店里试了一条裙子，从试衣间里走出来的时候，他的眼神一亮，我知道这条大概是对的了。我说："那就这条，你去给钱吧。"他说："好的。"

路上，我们还遇到了一只猫，那只猫黏了我们很久。在这里要告诉大家，莽夫大哥最后的一个特异功能，就是他特别吸引猫,我算吸猫的了,他比我更厉害。他说,那是因为他曾经养过一只猫,养了十几年那只猫才走。那只老猫的气味可能一直跟着他呢。后来他再也不养了,但是看见猫就要摸摸。

走啊走啊,这么美好的小巷子里,居然没有什么人。老公寓掩映在树荫里,他有时停下来,告诉我哪栋住过哪些文化名人,有些我知道,有些我不知道。他手上拎着的鞋,在塑料袋里窸窸窣窣地响着。我突然有点恍若隔世的感觉,问他:"哥,我们认识多少年了?"他歪着头,想了想,说:"很多年了。"我眼眶有点红,他也没有说什么,我们就静静地走着。

离开上海的时候,在高铁上我给他发了一条微信:"哥,其实我是个巫婆,我给你做了个法,你这几天所有不顺利的事情都会顺利起来,你要相信我。你相信我吗?"他回了一个笑脸,说:"相信。"

阿茫

1

阿茫是我认识不久的朋友。他非常惧怕工作场合，又摆脱不了，一脸咬牙坚持的表情让人触目惊心。

熟了以后发现，我们彼此都觉得对方还行，可以处，不吓人。按照他的描述，我是少有让他觉得不会骗他的人。

一般来说，大众认为非常好看的女性，在他看来就是"啊她马上就要骗我了"，他要么原地石化，要么找机会溜走。

不过我们一起去社交，他总能用他的方式让一堆社会达人突然地敞开心扉，说出一点内心的实话。比如上次去喝酒,坐下来,他就问:"今天谁买单?"请客的是酒吧老板,人家暗暗吃一惊,马上回答:"我是老板,我请。"他继续追问:"你总请客,怎么维持生意呢?"老板笑笑:"唉,也不拿最贵的酒。"

酒过三巡,他就悄悄说:"我们走吧。别喝太多人家的酒。"

如果他来杭州,文可以陪我去跑这样的地方追昔抚今,武可以陪我逛银泰百货指点时尚江山,而且他给的评语都比较特别,他不说好看还是不好看,他说"嗯,这件穿上去你很有能量",或者"有张力"。

但是我啰唆和挑剔起来,也有让他散黄的时候。比如一条裤子,我试了好几次,被其他朋友劝退,还是不死心。反复问他的意见,他开始语焉不详,最后终于逼出一句:"颜色还挺好的。"

我就知道这话到头了,阿茫是个色盲。

2

阿茫那个行业竞争很大。几年前,他仅仅能吃饱饭。不,吃不饱,他一个月非常辛苦挣五千,四千五寄回家,自己留五百元。盒饭钱都不够,合租的室友常常默默多点一个外卖,他会吃,不吃就挨饿。但他都记在心里,他说:"以后有机会还的。"

现在他情况好一点了，但是节省的习惯一时无法改变。上次他来杭州，我订了一个五星级酒店给他，其实是个老五星，设施有点陈旧了，不算高级。但是他一进去就惊呆："格格！我好久没有看见这么大的房子了！"

他眼睛比较小，瞪大了也不算太大，但是很亮。他马上说："我要和妈妈视频，我要告诉我妈妈我享福了！"

打视频打了足足快一个小时。

他真的好享受那个房间，各种设施都研究了一遍，包括我看都不看的泛黄的浴缸。他把沐浴露倒进去，然后放水，和我说几句话，一转头，那个泡沫都堆成了一个雪人。

他激动地说："格格，那个泡沫雪人太惊人了！"我说："哦，泡澡的感觉如何？"他就说不出话来了，打了一连串的："哈哈哈哈哈哈哈哈。"

他哈哈完了说："非常舒服。"

这次离开之后，他逢人就给人展示他住过的高级房间，显然他拍了很多照片。第二次来的时候，那个酒店因为疫情封控了，没住成，他从兜里掏出一个用了一半的润肤露："你看，上次拿的。是免费的吧？"我点点头："免费的。"

我问他以前一个月五百元怎么度过的，他大概说了一些。我问："这么过了几年？"他说："五年。"我眼圈红了。

他想转移话题，逗我重新高兴起来，想来想去不知道什么合适，沉默了一会儿，说："格格，你可以问问我颜色，我可以告诉你，我们色盲看到的颜色是什么样子。小时候同学笑我，我会生气，但是你可以问我，我很愿意告诉你。"

3

我和阿茫第一次见面，是今年夏天最热的时候。我和老九开车路过他工作的地方，打算顺便把他捎回杭州。他还在排练，对的，阿茫是一个话剧演员。

我给他看了写他的前两段，他说："原来我这么惨啊，这三十年我活了个啥。"

然后他说："你可以继续写，我同意可以更惨一点。让观众哭好，是我的责任。"我点头："行，美国有个'科恩兄弟'，现在我们组个'好哭姐弟'出道吧。"他大笑，笑完之后说："行啊，姐，那我忙去了，还有工作。"我说："快去。"因为我也要接着写了。

我在排练室外面等他的时候，看见有卖冰激凌的，想吃，买了一个，真好吃，吃了一半想着车上还有一个老九，又买了一个。突然，想到一会儿还有一个人呢，就又买了一个。

那天见面很曲折，路不好找，车开不过去，目的地在一个小城市非常潦倒的商业城。最终，只能把车停在一侧，我走路去找他。那天和老九在路上因为一点琐碎的事情吵嘴，所以下车的时候，我的脚步还带着怒气，天气又酷热，噔噔噔穿过那个商业城。我远远看见，有一个身影，背着包，站在路口四处张望，他不知道找他的人在何处，所以尽量往街面上站，想让自己明显一点。过往的车呼呼而过，他又往后面躲躲。

我没有见过他，但觉得那就是他。我喊："阿茫！"

他转过身来，那是一张非常年轻的脸，戴着一副黑框眼镜，脸色非常白皙，比视频里更显小。

他哎了一声，朝我走来，问："你是格格吗？"

我点头。他有点害羞地笑了一下："哦，你好你好。"快步跑向我。我问："你行李呢？"他背后那个背包看着很轻，没有什么东西似的。他说这就是我的行李。

我们并排走在一起。他很高，刚见面，我不好意思看他，他也目不斜视。我们说着一些客套的话，穿过潦倒的商业街，路过一家卖炒饭的小店，他目光停留了一下，说："原来这家店在这里，我已经吃了半个月这家的外卖了。"

以我的判断，那家店闻上去很可怕。

走到车里，我介绍了老九，他毕恭毕敬地和老九问好，然后坐在前座上，系好安全带。我在后排递给他一个已经融化了一半的冰激凌。

天气非常热啊，他吃了一口，由衷地说了一句："太好吃了。"

4

我注意到阿茫的黑框眼镜是一个名牌,"哭泣"牌;我也注意到他非常在意这个眼镜,取下来握在手里很小心,如果不戴,也是仔细把盒子拿出来,用眼镜布包好放好,放在背包里。

后来他解释这是好朋友送的,所以格外谨慎。不过我很快发现,不完全是这样的,他喜欢精致的东西,他知道什么是好坏,只是财力有限,自己绝对舍不得买的。他也承认自己非常抠门。

我给他啥,都有可能是他三十年人生中最好的东西。我给过他一个墨镜,也是个名牌,后来只要他发自己照片,就不再是那个黑框眼镜出镜了,而是这个墨镜。不是挂在胸前就是顶在脑袋上,或者正好戴着,非常酷,好像戴这种好东西很多年了一样适应。

以防弄丢,我还特别给他拴了一个眼镜绳,给他挂上的时候,总是卡在他那对招风耳上,要扯一扯。

我能想象,以后别人问他怎么这样珍视这个墨镜,他把墨镜轻轻摘下来,擦擦,说:"这是我好朋友送我的。"我还送了他一件羊绒毛衣,其实那个毛衣是夏夏送老九的,夏夏的毛衣质量特别好,就是审美偏老气,老九放在柜子里没穿。给他穿上,他一穿,立刻说:"啊这个毛衣太舒服了,怎么这么软和!"我说:"那当然,资格羊绒。"他很激动:"是不是一个男人得有一件羊绒毛衣才像样?"我点点头："得有一件吧,这件就是你的了。"

他很激动,在镜面前照了又照。我没说话,内心暗暗叹息:"真的也就是阿茫这盛世美颜,要不然这件毛衣也太老气了。"我们分别的一个多月以来,有时候我想起他,点过去看他的动态,每一张照片都穿着这件毛衣。那几天我们没有说话,因为他教我表演,我没好好回作业,逃课中。

"嗯,那啥,阿茫,羊绒毛衣在有暖气的室内,穿不住就别穿了,而且天天穿它坏得快,墨镜随意。"

5

有人问阿茫:"什么情况会让你有创作冲动,去更好地塑造人物?"他非常快地给出答案:"给钱多的。"

这一次见面,是请他给学校上表演课。我知道他这个答案,所以有点心虚,因为钱非常非常少。他说:"没事,我愿意。你们学校对我有恩,在完全没有工作的时候,一个学生的毕业作品找过我。"

但是那钱也太少了,我想尽办法增加了一点。他说:"开始不是这个钱啊。"我说:"就这个钱,也是很少。"那时候我们还客气着呢,我说:"茫老师,已经很为难你了。"他一连串不不不不:"不需要那么多。"

我就把酒店订得好了一点,就出现了本文提到的那一幕,他非常激动地告诉妈妈,他享福了。

然后早上吃酒店早餐，他告诉我好多吃的，有一种豆腐脑儿，他自己加了甜的，又加咸的，可好吃了，一脸陶醉。

以我对这家酒店的认知，早餐非常难吃，没几样能下嘴的，最难吃就是这个豆腐脑儿。那时候和他不熟，也不好说啥，觉得这个小伙子傻乎乎的，说啥都好好好，又害羞，细声细气地说谢谢谢谢，好极了好极了。

我也没有把握他上课能讲出个啥。

学生到齐，我和老九也参加了，那是在学校新修的教学楼一楼空旷的仓库式大厅里，空间很大，不大拢音。老九是打算先看看课堂情况，他还有三四个会要开，一会儿要走。

茫老师正式上线。他清了清嗓音，用他那训练有素的舞台声音发声，讲出了第一句话："同学们好，我是阿茫！很荣幸在这里和大家交流，大家记住我的这个声音音量，请尽量用同样的声音回答我！"

他的声音特别清晰，我被震了一下。被震住的，是他那天讲的内容，每一句话都不像我们刚刚认识的那个小害羞说的话。特别准确、有智慧、充满了自信。九大师把会都推了，认认真真听完了茫老师的第一节课。

我们都被他震住了。

6

阿茫的课是上了两天还是三天，我有点记不清楚了。全天上下午，每一堂都恨不得是三天以上的浓缩量，学生们一个个二十岁不到都累得要晕倒。阿茫说："就怕没讲到。"他使出了浑身解数，越讲越来劲儿。

那是个酷暑，大空间里的空调，开呢，杂音太大，不开，又闷得不行。下午休息的时候，我看阿茫走到水龙头那里，用凉水冲头，他洗完用双手把水渍抹干，湿漉漉地一回头，看见我在身后。我问："累吧？"他嘿嘿一笑："没事，走，上课。"我拍拍他的肩头，哎了一声。

他眼睛亮得跟贼似的，一股热气把头上都腾出烟来了。我这时候，已经不是在小商业城刚接到他的我了，是知道了他多厉害的我，甚至有点畏惧他，不知道这个人究竟还有多大的能量。我对九大师说："你就缺这样接地气的讲法，你要学习。"九大师点点头："我会好好学习的。"九大师也是个好大师，知道虚心让人进步。

我记了很多课堂笔记，前几天在乌镇还念给叶子听。叶子的职业也是在舞台上的，她说："这可了不得，这是一个真正研究舞台的人的内行话。"她记得最清楚的一句是："分级制造戏剧冲突，然后均匀地释放能量完成。"叶子当晚朗读诗的时候，就用到了这句话，她念得特别好，活动上明星很多，大家都在侧目，怎么一个歌手的台词这么好。叶子说："什么时候一起见见你的表演老师吧。"我说："好的，没问题。"

其实前几天叶子和阿茫简单认识过。叶子和云蓬有一个表演，是演唱《葬花吟》，问我怎么弄舞台效果，我把阿茫拉进来,因为是我叫他,他特别认真,认真到把叶子和云蓬吓到了,他找了好多资料,恨不得弄一个青史留名的东西,但那只是一个综艺的小片段,时间很紧的。

后来当然没弄。云蓬和叶子按照最初简单的设想排练了,把录音发来,我也发阿茫了。阿茫说:"我喜欢云蓬的声音,因为他好像刚刚学会唱歌,声音里有脆弱。好演员也是这样的,一定要有刚刚学会表演的涩,不能油。"他说:"其实我开始也是想这样,舞台效果不能夺他们的声音,他们各自的声音能量极大,只需要展示这个就可以了。"

他说:"我差点去看《红楼梦》,发现这本书好厚啊,然后我就没看。"我点点头:"可厚了。"我简单描述了一下《葬花吟》唱的是什么,林黛玉是谁,我说:"你这个直男也许会觉得她很矫情。"他嗯了一声:"我更小的时候可能会,但现在理解她,我知道什么风刀霜剑了。"

又想起了他一个月五百块的日子,那是在横店跑龙套。一大早,得去抢鞋,群演的服装没有人一件一件找好来给你,都是一堆扔那,自己抢合适的。他说:"我本来不习惯和别人抢东西的,但是我必须有一双合脚的鞋,我脚大,要不然一天下来,太受罪了。"

7

阿茫讲完课,正好在杭州还有演出,中间有几天空档,我们带他到处游玩。

他说："从来没有这样轻轻闲闲的时间，以前永远都是酒店、排练、剧场。酒店主要是如家、汉庭、全季，但挺好的，有个地儿倒下不睡街上就行。我们的戏都是在这些酒店逼仄的房间排出来的。"

他说他第一个戏，就两个人，两把椅子，没有地方排练，两个人就在小区门口排，过上过下的老头老太太都看着他们。那个戏他演一个囚犯，小区的人以为抓着小偷了一会儿派出所来人接呢。

那个戏一共耗资两百元。囚服八十五元淘宝包邮，剩下的钱买了一个儿童手表和包包，椅子是捡的。但这个戏拿了话剧界一个重要奖项的冠军。

拿了冠军之后，他终于不用过五百元一个月的生活了，甚至第二部戏花了一万多做了一个景，那个景真的也很简陋，但是每次装台，他都无限热爱地看着那棵树（景中最贵就这棵树），喃喃地说："我都有景了。"卸道具的时候，他亲自搬运，演出结束已经累得抽抽了，但他作为主演，亲自搬他心爱的树。

有一次他演完，浑身大汗，流到要虚脱了。淘宝的衣服不透气，但他说："我朋友们也穿这样的衣服演戏，我只是觉得对不起他们，以后我一定要弄点好衣服给他们上台。"

他的好朋友，有制作人兼演员国崽，还有演员小迪、大迪，这几个小伙子我慢慢写。上次在杭州，我送了一件卫衣给国崽，小迪是一条好牛仔裤（小迪特别讲究，时尚得很），大迪没来。大迪家庭优越，其实不用跟着受苦，但是大迪热爱舞台，从来都不说什么，就是跟着演出。

我问阿茫："为什么每次谢幕，你一一介绍大家，不介绍自己就结束了？"阿茫说："我怕大家给我的掌声比给他们的大，我会不舒服。"

8

阿茫看了前面这几章，说："不够酷，太一般了。"他说，"答应我，创伤面一定要大一点。"

他嫌弃我暴露他的阴暗面不够，还有人有这种要求，我也是没有想到。"你给我等着阿茫，小心我让你还羊绒毛衣和名牌墨镜。"

我要开始数落他了。

先说他怎么刺伤小迪吧。上次我们一起去灵隐寺玩，这种诗情画意的环境下，小迪在路上给我敞开心扉，说原来上学的时候喜欢一个女生的事，说得很小声的，非常真挚那种。阿茫在后面听着，人家小迪刚说完，句尾加了一句："格格你可别告诉别人。"阿茫听见了，赶忙把国崽拉过来："我告诉你一件事。"

他三言两语告诉国崽了！还说："我悄悄告诉你的，你可别说啊。"国崽点点头，对大迪说："你来，我有个事给你说……"

小迪追着他们打了一路。

然后,这件事又引起了大迪追昔抚今,想起来自己的往事:大迪曾经喜欢一个女孩,在分别的时候,写过一首诗。

我们在亭子里歇脚的时候,他念了这首诗。阿茫笑得特别大声,他在亭子里面一边做俯卧撑,一边笑。

大迪没有放在心上,坚持念完,声情并茂的,带着表演的那种。那时候,他们并不知道我也写点诗,我给阿茫寄过,他肯定没看,现在看来看了也看不懂。他不仅色盲,还文盲,还笑人家大迪。

我默默地听完,制止了阿茫的笑声,说:"这里面有很真挚的东西,不该被嘲笑。"然后我有点不好意思地说:"我也写诗,给大家念念,解闷吧,可能你们不一定喜欢。"

结果我念一首,大家喝彩一首。我都不知道真的假的,阿茫站起来说:"啊,这太炸了,啊,桑格格你太厉害了。"转头问九大师:"有这么一个会写诗的媳妇你啥感觉?"九大师淡淡地说:"还行吧。"

阿茫问:"有没有二十岁的人能写出这样的诗?"

我有点生气,但当时没有想好怎么怼回去,懊恼了半夜,找大迪吐槽。大迪有一个特异功能,就是安抚女生,什么情况都能安抚好。我也忘了他说了什么,总之当时我真的不气了。

他说:"阿茫就是这样的,他没有谎话。""是的。"我说,"现在我知道了,他喜欢我的诗是真的。不喜欢他会直接说:'不喜欢。'"

9

我的诗歌老师何小竹得知阿茫说出"有没有二十岁的女生能写出这首诗"的时候,也很生气。闺蜜月月知道了,更气,觉得我在对话上根本不是这个人的对手。

阿茫也不是刚开始就这么不尊敬我的,刚开始,我说啥他都可好奇了,觉得可厉害了。

我在车上不知道怎么聊起茶,说这个泡茶,第一泡不能太炸,要缓缓打开,有个影子,后续空间要留够。第二泡,也只能打开一部分,但第三泡必须完美亮相。他坐在前排,很激动地转过头来:"格格,虽然我不懂你说的茶,但是这个和戏剧的节奏一模一样的。"

我们泡过一次茶,是在晶晶的工作室。为了证实我没有胡说,他让我和晶晶分别做每一泡的记录,他泡。泡完之后,他检查我们两个的笔记,除了描述风格不一样,内容完全一致。他呆住了,原来还真有这么一回事啊。

这是我第一次看见阿茫真正地傻乎乎。他说:"格格,你们好多黑话。"就是我们描述茶的那些话。他问:"这些茶用不同的茶具泡,真的会不一样啊?"我和晶晶同时点头。

他嘿嘿笑:"我还是不信。"大迪会算命,给他算过。我问:"准吗?"他笑着点头:"挺准的,但是我不信。"他想了想,又说:"不过你说的,我愿意去了解。"

他就那么一说,关于不信的这部分,除非九大师出马。

10

我带阿茫去虎跑。这个地方是酷暑的时候也可以去的,因为只要进了大门,里面立马就会低几度。

进去之后,大门里面和外面是两个世界,外面是熙熙攘攘的大街,里面是笔直的水杉、碧绿的水潭,以及水潭上的睡莲。石板路长着青苔,路边是潺潺的溪水,溪水边是兰草和麦冬。更远处,是重重叠叠的山峦和郁郁葱葱的植物,它们形成一股清凉的气息,若有若无地往外吹拂着进来的人,细细地安抚着在燥热中煎熬的人们。

所以我来这里,哪怕穿凉鞋,也是要穿袜子的。

阿茫站在这里愣了一下,我告诉他:"你有没有觉得这里比外面凉快?"他点点头:"有!还真的是!"他白皙的脸,慢慢沁出一种透明的气息,是一种孩子气。犀利的茫老师下线,傻乎乎的阿茫回来了。我问他:"我穿凉鞋穿袜子傻不傻?"他哈哈大笑:"一点不傻。"我继续追问:"那好看吗?"他继续哈哈大笑:"你穿什么都好看!你特别好看！"

他心情简直好到爆棚，又想和妈妈视频了，忍了一会儿，说："晚上回去再告诉她。"

他喜欢问九大师各种问题，国家大事，天文地理，古往今来，九大师毕竟也听过茫老师的课，不敢怠慢，每一个问题都回答得丝毫不敷衍。阿茫太开心了，说："九老师好博学，我要跟你们好好学习！"

我也很想在他面前表现得聪明一点，于是不断给他介绍各种植物。比如我每次都要提到的鸡爪槭，阿茫仔细看了看，说："这不是枫叶吗？"我摇头："不是，它是鸡爪槭。"

他就哦一声："鸡爪槭。"说完了，不知道再说什么，就笑，一张嘴就没有合上过，自顾自一路念着鸡爪槭。

但我发现问他挺多知识类的东西，他是真不知道；很多书，大部分文艺青年都知道的那种，他是真的没看过。他不知道的，就马上说："格格，我不知道。布莱希特？不知道。欧丁？不知道。"我问："那李叔同你知道吗？"他摇摇头："不知道。"

我说："那弘一法师呢？"他说："是一个穿着红色衣服的大师吗？"我吃了一惊："那你的戏里用的那首《送别》你知道谁写的吗？"他嗯了一声："我也没有特别了解过，是因为那个戏的主题是告别，我听了觉得这个还可以，国崽说没有版权问题，就用了。"

我说:"《送别》就是弘一法师写的,弘一法师就是李叔同。"他惊讶地询问九大师:"这是真的吗?"九大师点点头:"真的。"

我继续说:"而且他就葬在这里。"他啊了一声。我拉着他:"走吧,去给法师打个招呼。"他说:"哦,好的。"

站在弘一法师灵塔前,我说:"我们对他双手合十拜三下吧。"我拜的时候,发现阿茫偷偷在观察我怎么做的,然后马上就跟着做起来。我在心里默默祷告:"法师在上,今日携阿茫前来拜望,您是戏剧前辈,他是晚辈,他在作品中用了您的《送别》,特地前来致谢。"

祷告完,我拜下去,阿茫也拜下去。突然一阵酥麻,从脚跟一阵酥麻一直蹿到头顶。我有一分多钟一动不能动,阿茫偷偷瞄我,看我没动,他也继续双手合十。

终于我慢慢睁开了眼睛,阿茫也松了一口气:"拜完了吗,格格,我现在可以动了吗,格格。"我说:"可以。"

他问:"格格你刚才好像有点奇怪。"我说:"嗯,怎么了?"他说:"说不上来,就是有点奇怪。"我问他信不信一些玄妙的事,比如刚才可能弘一法师也来和我们打了招呼。他哈哈大笑:"格格,打死我也不相信!"

他问一旁的九大师:"九大师你信吗?这个世界究竟有没有灵魂?真的有转世吗?"

九大师嗯了一声,做了一番解答,这个解答长达五六分钟，阿茫当场就呆住了。这个回答的语言体系混杂了西方哲学、东方哲学、天体物理学、玄学、人类学、社会学。

我和他生活这么多年，大概能听懂，但是无法复述。

阿茫转身又看了看灵塔，对我说："格格，我好像有一点点相信了。"

11

阿茫爱九大师爱得要死。

平日我们那个小群里发什么，他都反应没那么快，只要发老九的照片，他立刻跳出来："好帅！"

九大师以那五分钟对灵魂和前世的解释，获得了阿茫空前的崇拜。有一次他甚至脱口而出："我九叔……"

我瞪大了眼睛："你叫他什么？"他立刻意识到："啊啊啊不，九老师。"我说："叫我格格阿姨。"他立刻说："桑格格你休想。"

等他听了老九一场长达四个小时的讲座之后，这种崇拜达到了巅峰。那天，我们几个都去听了，我作为一个听了十几年的人，依然有点吃不消，信息量太大了。

国崽以自己的职业素养（优秀制片人）坚持了两个小时以后，眼睛已经开始迷离。豆豆也坚持着，但是脸已经开始因为缺氧泛红，小迪毫不犹豫睡着了。我默默出去给他们买咖啡。

阿茫全程是草原上土拨鼠那种绷直上身的坐姿，紧紧盯着老九和屏幕，脑子在高速随着老九那毫无起伏的嗡嗡嗡的讲话风格在同频振动。

我递咖啡给他，他拿了就放地下。我观察到他耳朵都通红了，只要讲到精彩处，他眼睛会亮一下。

他注意力极度集中的时候，傻乎乎和羞涩会一扫而光，面部表情甚至有一点说不出来的狡黠。老九讲到古代园林的原理和格局的时候，他轻轻嘿了一声。

其实那天他上课，老九也这样认真听。老九认真起来不像土拨鼠，他浑身依然是放松的，眼神似笑非笑，但一直盯着阿茫。甚至阿茫老师要求同学上去做表演练习，他也上，他表演了早晨起来洗脸刷牙，甚至真实再现了贴面膜的场景，精致男孩嘛。

阿茫点头："老九可以，他有表演天赋。"老九点头："阿茫厉害，他提炼能力超强。"

这一天，是老九的生日。

阿茫率领国崽小迪，集资给老九买了一个昂贵的乐高，是一座金字塔。阿茫挑了半天，觉得这个"比较建筑"。但是也说明了，因为贵，是他们三个合资送的，一千多呢。

老九一看："这不是增加我的工作量吗？我的工作和这个搭建很像啊，每天都在搭架各种项目。"我扯了扯老九衣角，咳嗽了一声。老九才改了口："啊，真好，我真喜欢。"

阿茫觉得不够，亲自下厨给老九做他最擅长的糖醋排骨。他下厨的风格非常大厨，什么东西都备得齐齐整整，姜切得精精致致，葱结挽得巴巴适适。排骨特别好吃，可惜有点少。第一个吃的是小迪，他一边吃一边点头。第二个是豆豆，她嚯了一声。我一吃，很夸张跳起来："怎么这么好吃！"阿茫看看我们："你们戏过了吧。"自己吃了一块："是还可以。"

然后他很紧张地检测我们各自吃了几块，看大家骨碟里的骨头，生怕他的老九吃不上。老九终于忙好了工作从里屋出来，他马上把排骨盘子往他面前推："你吃。"

老九一口气吃了四块。我们相互看看，吃最多也就三块，我两块，阿茫就吃了他试吃的那一块。

老九再伸筷子："啊没啦。"阿茫笑得鼻涕泡要出来了："明天再做。"

12

阿茫一直觉得女人非常厉害，女人的敏感度和直觉常常让他觉得匪夷所思，作为男人要想在这方面与其抗衡，是自不量力的。也不知道他是怎么得出这个（正确的）结论的。

他觉得我尤其是其中的佼佼者，我也没什么可压制他的，他既然表达了这种钦佩，我也就就坡下驴，越发摆出一种半巫造型来配合这种钦佩，反正这种东西也无法证伪。

尤其是有九大师关于量子的解释之后，他以前打死也不信的这一部分在他的人生中变得扑朔迷离起来。

  有时候我会发一句话问他："你是不是突然想起我一下子，就刚才。"他会啊一声："对，你怎么知道？"我就发一个笑脸。其实我刚刚和国崽聊过天，国崽说："阿茫刚才看什么书，看到一句话，说这个话格格也说过。"

  有时候莫名其妙看他一眼，他就警觉："格格你想啥呢？"我实言相告："做了个法。"他哦一声："什么法？"我笑笑，摆摆手："说了就不灵了。"然后飘然而去。

  这一天，天气非常非常热，也非常无聊，我问他："能不能陪我去一个公园？"他站起来："走。"

  我要他陪我去的这个公园，是我们良渚史前文化中的一个遗址：瑶山祭坛。

  去之前我用那种巫婆的腔调对他介绍这个公园："那里气场非常厉害的！有很强大的能量团和能量口，我看你能不能不通过我的提示自己感受到。"

  他点点头："我尽力吧。"

  我说："如果我走着走着就停下来，你就跟着我停下来，静静感受一下。"

  他说："行。"

  炎炎烈日啊。我看了一眼外面的太阳，给他找了一顶帽子，他说："我不戴帽子。"我拿了一瓶防晒霜，他说："我不擦，格格。"

我说这都是祭拜祭坛的规格,他就戴了,也擦了。

路上,有我最喜欢的松树路,我一路给他介绍那些松树,每一棵我都熟,他都一一打了招呼。我满心欢喜,唱了一首巫师界非常流行的歌曲给他:《捉泥鳅》。

他很喜欢,但他最喜欢的是《小燕子》,我点点头:"这首也可以,非常接天地灵气的。"他说:"哦,我爷爷教我的。"

终于进了公园。一走进去,按常理,我会真的感受到一些东西,尤其是走到从小路转弯到祭坛大路的时候,那里的环山会涌来很多气团,但今天什么都没有。他看见我停下,马上也非常郑重地停下。结果我对他摆摆手:"走吧。"

继续走在大路上,他不时偷偷看我。我实言相告:"今天啥也没有。"

他笑笑:"是不是因为我来了?"我点点头:"也只有这么一个解释了。"

走到祭坛上面,还是什么都没有,我只能带着他转了三圈。还说:"你就当这里是一个舞台,这是远古时代巫师和天地沟通的舞台。"他非常虔诚地走了三圈,太阳晒得我们头皮都发烫了。他说:"格格,你怎么还不做法?"我哑口无言。我说:"我不能骗你,我今天确实什么都感受不到。"

他点点头:"都怪我。"然后笑笑:"你是一个很诚实的巫师。"

祭坛上面有以前大巫师和国王的墓葬,发掘过了,只剩痕迹和讲解牌。我指着其中一个,说:"你摸摸,看有没有什么感觉。"

他蹲下来,认真地摸了摸:"没有。"我摸了摸,还真的没有。有点失望:"今天算是白来了。"

他看我失望了,就不停地在别的墓葬坑都摸了摸,突然,他在其中一个停了下来:"格格这个有点不同!"

我问:"怎么不同?"他说:"特别烫。"我白了他一眼:"正午十二点,有太阳的地方,现在什么都很烫。"

"走吧。"我摆摆手。他哦了一声:"就这样走啦?"我已经转身:"你可能是块辟邪石。"

祭坛后面是一片桃林和梨林,四周群山环抱,非常开阔。他一看就嘿了起来:"格格,这里真棒!"

我嗯了一声:"现在水果刚刚摘过,我们去试试运气,看有没有漏下的。"

他说:"这不好吧格格。"我说:"当我们是鸟,摘不干净的果子都给鸟吃的。"

果然有几个非常瘦弱的小梨子没有人摘。我摘了一个,在衣服上蹭蹭:"拿去。"他迟疑了一下,接过,咬了一口,立刻眉开眼笑:"真甜。"

13

很难想象带国崽去祭坛会如何。他会和我一路研究这个祭坛目前的盈利模式，并且分析能在这里做些什么增加人气的活动。

有一天早上，我们住在西湖边一个酒店，我习惯早起，因为我热爱酒店早餐。国嵩也早起，他也觉得不能错过酒店早餐。

其他人呼呼大睡，能吃上午餐就不错了。不，有一次他们去南京演出，因为南京是大迪的家，而且他家在南京是非常优越的家庭，所以请大家住了一个特别高级的酒店，高级到每个房间都有浴缸，而且早餐丰富无比。那是我第一次看见四个人齐刷刷出现在早餐餐厅，每个人都拿了一大盘，兴高采烈地对着镜头拍了一张照片发给我。

然后第二张照片就是国嵩把一路攒着的脏衣服都泡在浴缸里手搓的照片，配文是："省了好多洗衣服的钱。"

而这家西湖边的酒店早餐一般，不值得一起吃，除非是国嵩，他连买衣服的袋子都舍不得扔，叠得整整齐齐递给我："多好的袋子啊。"

所以这天早上，我碰见了国嵩。吃完早餐时间还很早，我提议去旁边走走，旁边就是栖霞古道。我想了很多次能早上七八点在这里走走，终于实现了，只是没想到还有国嵩同行。

这里的早上和大白天时不一样，一夜无人打扰，山林里有混沌初开的纯洁感，天光慢慢亮起来，这股气息就会一点点褪去。我拼命呼吸，在湿漉漉的石头台阶上，走一走就要停下来看看。国崽就问我:"格格你在看什么?"

如果换作阿茫,这时候就是骗他的好时候了。但现在是国崽,我就说:"没看什么。"他不解,但也跟着我转一圈,我忍不住指指那山林里:"你看那里好多不同的植物,随便一处可能就是几十种。"

国崽点点头:"嗯,格格你懂得真多。"我说:"你可以下载一个花伴侣,都能识别。"我打开手机给他看了这个App,他认真地下好了。

我对国崽说:"回吧。"他说:"好,其实早上这么走走很健康。"我点点头:"是啊。"

国崽非常注重健康,他吃早餐的时候,拿了好几种蔬菜,说:"多吃维生素健康。"

但有一次,我们晚上去龙井博物馆,那外面是一大片茶田,茶田被鸡笼山和别的山环抱着。虽然是晚上,天却特别透明,深蓝色的夜幕星星不多,但一颗颗晶莹剔透特别清楚。九大师教大家认星星,国崽似乎有点惊讶,不停地看。他的眼睛很亮,看了很久,他说:"啊,这是生活,这太美好了。"

我问他:"你真的觉得很美好吗?"他点点头:"是的格格,我觉得以前太忽视这一切了。"

他拍了很多张照片,然后站在那里,不可思议似的,继续看群山。我看着他,一个很俊秀的少年郎。

14

阿茫算是热爱文化的人,所以我们带他去名胜古迹这种地方都很OK,但是小迪不太行。

小迪最小,承德小伙子,又结实又闷墩,挂着一脸努力配合但马上就要到极限的表情。他非常像我以前在承德认识的一个草原上骑马的骑手,我给他说起来,他笑笑:"哦,是的,我们那有骑马的。"

阿茫是有超出年纪的体贴和好奇,而小迪非常忠实于自己年纪该有的一点茫然和漠然,也很真实,让你立刻感受到自己是一个强行搭话的长辈。好在他也很传统,对长辈很有礼貌。

他很喜欢打扮,去什么地方,特别喜欢给自己买帽子。上次在大屋顶做活动,活动做完了大家就找不到他了。一会儿看见他戴着一顶贝雷帽,欢天喜地地出现了。阿茫悄悄对我说:"这是他买的第三顶帽子了。"

他喜欢把自己关起来和女朋友打电话或者看视频。他还喜欢按自己的日常习惯生活,比如我家有五升的农夫山泉,但是他就喜欢小瓶装的,自己叫了一提。他还嫌弃我家粘猫毛的刷子不好用,自己也叫了一个,仔仔细细把自己全身都粘了一个遍——他衣服上粘了猫毛是一件很大的事。

待了一天,他有点受不了,偷偷查我家附近哪里有商场。当我提第二天出游计划时,给了他两个选择:1.去博物馆，2.去银泰百货大楼。

他立刻说2。然后开始准备出门的衣服。

这么一来，大家都跟着觉得出门需要捯饬一下才行。豆豆因为胖，也没有带什么衣服，我的她也穿不上，首先放弃了。国崽穿我给的那件新卫衣，阿茫穿Vans的一件T恤，是我买大了忘记退货了，他就扎在裤子里穿，身材好，穿着还行。

我换了一身裙子，走出来，问阿茫和国崽，他们语焉不详，推给小迪："时尚的事问小迪。"小迪认认真真毫不推卸，把我上下打量了一番："格格你还有别的衣服吗？"

我又去换了一身。我的衣服分四类：1.以前豆豆开精品屋倒闭以后的存货。2.夏夏送的贵妇真丝系列。3.自己买的各种外贸打折货。4.灯灯的衣服（一个服装设计师，你们在本书后半截会认识他）。

我被小迪否定了三次，忍无可忍只好祭出来灯灯牌。小迪一看，眼睛一亮："嘿，你还有这种衣服。就它，配个黑帽子，下面……配黑裙子。"

我照做，走出来，大家都欢呼起来："就它！"

终于可以出门了。走出门的时候，阿茫看出来豆豆的失落，他说："其实今天豆姐特别好看。"豆豆脸一红："等我减点肥。"

路上遇到不知道哪个商场运送抓娃娃的机器，一盒子的娃娃就那么放在路边，我们一扑而上，研究了一圈，不可能得手,就散了。小迪说:"走,我们去商场抓!"

15

只要路过剧院,我会说:"我在这里看过戏。"而阿茫说的是:"我在这里吐过。"

阿茫到现在,每当上场前,都会紧张到吐。我以为这不是每一次都会发生的事,结果还真是每一次。

在杭州演出的那一次,我们跟去了后台。我没有见过上场前的他们,一个个换上了戏装,立刻变得有些神圣似的。我非常胆怯,不敢上去和他们说话了,甚至不敢走进去。国崽穿着戏装还比较正常,他还在打理和宣传有关的海报啊,签名啊,把答应观众的事情记得清清楚楚,甚至还在订盒饭。

国崽对我招招手:"来,格格,进来。"

化妆间有一股特殊的味道,有一点点脂粉香,还有观众送的花,堆在一角也静静散发着香气。我看见阿茫面对着镜子在默词,他整个人身形和平日完全不同,特别挺拔,一股气息从脚吊高到头顶,竟然有些凛然和巍峨。

他没有和我说话,甚至没有意识到我进来了。似乎周围的一切都和他无关。突然,他咳嗽起来,发出呃呃的声音,然后他快步走出了化妆间,走到外面不知道什么地方去了,一会儿那里就发出了猛烈的呕吐声。

小迪悄悄对我附耳："他吐了。"看了看手机，说："今天怎么提前了，昨天要晚十分钟。"我问小迪："你紧张吗？"小迪嘿嘿一笑："紧张啊，只是我有我的紧张法。"大迪在旁边转悠，也说："我也紧张的。"我说："哦，那你们吃饭了吗？"他们摇摇头，看向国崽："饭到了，今天格格他们在，有没有多订？"国崽点头："还用说。"

我站起来，往门口踱步，正好遇到阿茫吐好回来，脸色煞白。他看见我，我感觉到一股光，本能往后躲，他此刻能量极大。阿茫这时候居然对我伸出手来："格格老师，你来了。"

我都傻了，也伸出手来，非常羞涩地握了握，也不敢看他。他看出我的局促，笑了，似乎还有点开心。我昨天刚因为一个小小的争论和他吵到大半夜，其实这会儿还不算和好，他这是故意的，甚至有些得意，很坏的。

然后他又站回镜子前静默，依然还是那么巍峨。整个房间，人来人往，不停有人在门口逡巡，只有他，此刻定得像一口铁钟。

我默默坐在他后面，发现他也没有那么稳，他在微微发抖。我包里有一只三勒浆口服液，这是老九平日特别疲惫的时候会喝的，抗疲劳多少有一点点效果。我掏出来，想了想，递给他："你喝这个吧。"

他说："这是什么？"我说："你喝吧。"他喝了，但是很快他又一次打起了干呕，马上奔到厕所，都吐了。回来的时候，脸更白了。

我都要哭了，他擦擦嘴："没事格格，不是这个原因，我上台就这样，一点办法都没有。"

这时候，大家都出去吃饭了。只有他还站在镜子面前闭目养神，显然，他一口东西都没法吃下。我也没去吃，就默默看着他，不知道为他做些什么。

这时候，国崽进来说："观众开始入场了。"阿茫浑身一凛，转身说："兄弟们，咱们的衣食父母来了，走着，上吧！"

他们去了。

幕布缓缓打开，灯光亮起来，我听见了掌声。

16

国崽也看见我写阿茫的文章了，他当时正在街上陪父母逛街呢，他看见其中一句话就狂哭。这句话是："阿茫说，我怕大家给我的掌声比给他们的大，我会不舒服。"

他问我："格格，阿茫什么时候给你讲的这句话？"我说："上次啊。"他说："我从来不知道他是这样想的。"我说："他给我讲，没有给你们讲，男孩之间没有那么多腻歪吧。"

国崽继续狂哭，给我展示了他哭肿的戴着口罩的脸和眼睛，然后给我疯狂点赞。

以前国崴给人介绍阿茫："这是我的合作伙伴。"阿茫淡淡一笑："是的，我是他的合作伙伴。"

国崴是一个什么样的人呢，这么说吧，阿茫、小迪、大迪、国崴站在一起，身高从182、183、184均匀过渡，个个阳刚帅气，扎眼得很。但是这里面要单论俊，国崴是最俊的，而且国崴的科班背景是最硬的，他是中央戏剧学院的表演研究生。

阿茫说："上次去长沙演出，在街上就有姑娘要国崴的微信。"我说："哦，那要你的了吗？"阿茫摇摇头，咬牙切齿："没有。"

就这样一个国崴，他人生真正的最爱不是表演，是当账房先生。再具体一点，是操心所有能省钱的事情，省钱是他内心秩序的一部分，而秩序是他的终极目标。他热衷所有联系工作，给每一个人订票、联系住宿，和剧院谈最优合作方案，这些工作他干起来是有心流的，觉得世界如此美好。他和他的电脑时时刻刻长在一起，手机里面有各种省钱App，他教过我好几个，但我没记住。

作为一个处女座，我懂他。

比如，演出结束，我们要去吃东西、唱歌，不团券是不行的，一定要买优惠套餐，不够可以加，但是加太多国崴会觉得吃了他身上某一部分，他会自动缩减自己的那一部分让出来抵挡一阵。尤其是认识阿茫以后，他更加确定自己没有表演天赋,更加肆无忌惮地热爱账房先生的事业。

有一次一个工作人员打车从一个城市到另一个城市,是打车,不是坐高铁。要报账时,国崽一看脸都绿了,再一看,打的还是专车。他痛苦得捂住了脸,天都要塌了。我在旁边看着这一幕,都不知道怎么安慰他。

我们四个人把国崽围在剧院门口,轮番安抚,国崽吁天呼地地给那个工作人员完成了报账工作。他哭丧着脸:"他知道我们没钱,我们很穷的啊,我是不是没有强调够啊。"阿茫还是笑眯眯地:"不要紧的,他肯定是有难处了,不好买票。"

国崽的世界和阿茫的很不同。

但是阿茫也理解国崽。他说:"如果国崽只给你吃豆腐,不要抱怨,那一定是这方圆十里之内只有豆腐,而且豆腐还是最好的东西,他自己可能都没有吃的。他一定是对比和挑选了最优的方案,所以不要抱怨。"

但是,上次我们去逛街,阿茫试了一件大衣,那件大衣穿在阿茫身上的时候,国崽眼睛都亮了:"太好看了,阿茫,你就像一个王子!"连卖衣服的姑娘都啧啧赞叹,说:"先生,这件大衣很挑人,但是您穿真好看。"阿茫穿着这件大衣,旁边就是穿着这件衣服的模特,阿茫远胜。

国崽坚持要买下那件大衣,大衣三千多,虽然他惜金如命。阿茫摇摇头把大衣挂上:"太大了,不合身。"我们脱口而出:"合身。"阿茫说:"太贵了,我没有机会穿。"

国崽说:"没准穿上就能接到时尚的工作,能把大衣钱赚回来!"阿茫把衣服挂上,笑着对我们挥挥手:"走吧。"

17

又是一场演出,阿茫演之前依然没有吃东西,还吐。演完之后终于松口气,说:"我要饿死了。"

天很晚了,我找了十五奎巷那边老小区的一家苍蝇馆子,卖牛肉汤锅的,我觉得这时候他们得吃牛肉。大家收拾好就往那个地方去。

上次在大屋顶做活动,完了人家主办方很客气地招待吃饭,说:"大家尽量随意点,就是大屋顶自家的简餐西餐厅,但做得不错。"我看了看餐牌,稳稳地点了双份战斧牛排、双份烤肉、双份烤肠,一上来,四个小伙子立刻就表演了瞬间把肉吃光的加时戏份,那个速度之惊人,主办方也是没有想到。我很开心,哦哦,我替主办方觉得很开心。

阿茫放慢了速度,觉得有义务和主办方聊聊天啥的,他不社恐的时候,很会聊天,尤其擅长问问题。他问对面的主办方领导:"您平日都爱看什么戏?"领导推推眼镜:"嗯,我喜欢看黄梅戏。"阿茫哦了一声,不知道该接什么,看了看我,我说:"黄梅戏很好。"他低下头,吃了一根薯条。

我和阿茫一辆车,他静静地坐在车座上,又说了一句:

"好饿。"他脸上的妆还没有完全卸干净,一双眼睛累得有些迷离了。

小迪他们早到了,还在旁边的糕点铺子买了云片糕。小迪喜欢买东西,小点心也喜欢。上次在大屋顶做活动,小迪就给自己买了一顶帽子。阿茫说:"他这次出来带了三顶帽子,每天打扮自己,可那啥了。"

但是小迪痛风,很多东西不能吃,就一片一片地吃云片糕。牛肉上来的时候,他也不着急,还是吃云片糕。阿茫看着牛肉丢进汤锅,咽了咽口水,我说:"这肉是熟的,烫热了就能吃。"他马上就伸出了筷子,然后那肉就像是倒进胃里似的。大迪和国崽也纷纷下筷。大家都说:"啊,太好吃了。"我点了几斤肉几斤杂,瞬间就吃光了。

看四个小伙子吃肉,堪称人间奇观,他们吃到旁边的人都纷纷侧目。等吃得差不多了,这个房间也只剩我们一桌了,小迪做游戏主持,我们开始玩游戏。第一个游戏,是表演电影片段,然后猜名字。我猜中了一个,其实我看电影不多,所以一旦猜中,他们几个就特别捧场地鼓掌。我猜中那个是《三块广告牌》,前几天茫老师在课堂上讲过。我暗暗开心,其实我已经感觉到,和他们在一起,自己这方面的知识储备是不够的,好多都不知道,好在阿茫也好多都不知道,在我们中间,不知道不是丢人的事情,是非常坦然的事情。

我们还玩了"黑魔法师"和"动物探险",以及真心话大冒险,都是小迪主持。小迪做这个事特别擅长,一本正经兼严肃认真,对每一个参与者都一丝不苟地朗诵一遍规则,用话剧腔,好的那种。

现在想来,这一系列游戏充满着寓意,这以后慢慢写。

为啥我们要玩到这么晚呢?因为国崽团的KTV券是午夜场,那时候最便宜,而且可以通宵,我们要等到那个时间。国崽说:"一会儿让阿茫给你们唱歌。"

18

国崽想多了,让阿茫给我们唱歌,也不问问,坐在对面的格格老师和九老师是不是麦霸。

毫无疑问,我们是。我擅长唱国内歌曲,老九擅长国外歌曲。我默默地看着国崽,心想,你是不知道你格格老师的江湖名称:"中华曲库上下册之上册"。

你们今天运气好,老师的"下册"今天不在,要不然能捞到你们唱歌的机会?门儿都没有。

但是刚刚进KTV包间的格格老师还是非常矜持的,她乖巧地坐在那里,好像一点不知道自己一会儿就要拿出十成十的功力演唱《青藏高原》这件事。

大迪的存在感一直比较低,他其实是个诗歌爱好者,文质彬彬的……我错了,他的存在感不低,大迪一进包间,就开始放飞自我,他率先用十成十的功力进行气氛烘托,用双手拢在嘴上,开始大声号叫。要知道,他们都是话剧演员,声音本来就很洪亮。

他叫的是:"阿茫——!阿茫——!"然后一声长啸:"我爱你——!"

阿茫不甘示弱,也用双手拢在嘴上,大声叫回去:"大迪——!大迪——!我爱你——!"

要知道他们才演出完,累得要死要活,只是吃了一顿牛肉就又龙精虎猛了。

讲真的,这个年纪的男孩子幼稚起来,真的无可救药,我们这个包间的气氛根本无须继续烘托,直接就进入了高潮。

但第一首歌居然是国崴的,而且是很安静的一首歌,歌名我忘了,有一句歌词是啥啥少年。我静静听他唱,然后鼓掌。我有点感动,平时那么操心的少年郎,此刻让人感动。

第二首是阿茫的歌,他唱《斑马,斑马》。他一开口,我有点惊讶,怪不得国崴让他给我们唱歌,他的声音果然很好,而且很松弛,我看着他觉得惊奇,那个声音不像他发出来的,但又是他。对了,他的戏,那个玩偶戏中的英文歌 *Rainbow* 是他现场唱的。他戴着黑头套唱完,然后默默搬运道具。

他以前在横店还在街头卖过唱,穿一对五元钱的塑料拖鞋,一晚挣了上百元。他偶尔去,不是每天,因为那地儿有别人。

"斑马,斑马,你不要睡着啦,再给我看看你受伤的尾巴,我不想去触碰你伤口的疤。"他给我说过:"格格,其实我不想演戏,我害怕站在台上,你相信吗?"我说:"我信。"他说:"其实我非常非常胆怯,随时害怕得想吐,很多人都让我害怕,你相信吗?"我说:"我信。"

他后来告诉我为啥总穿着那件毛衣,因为穿上就想起我和老九,感觉家人在身边,他去和别人谈事,去社会上与人打交道,能胆子大一点。

第三首是老九的,看来他还没有来到自己的主战区英文歌,先点了一首窦唯的《窗外》:

看那天边白云朵朵片片
就在瞬间你出现在眼前
还看到晚风在吹还看到彩虹美
窗外天空脑海无穷
我早已忘怀是从哪里来
也只能相信你比我明白

屏幕上年轻的窦唯酷得要死。阿茫问:"这是谁啊,好牛啊。"我给他简单介绍了一下窦唯。老九唱窦唯,虽然声音不是很亮,但那个颓废劲儿拿捏得很好。他还有一个特点,音准极好,可以用口哨吹巴赫。大家都惊呆了,老九还有这么一手。

这时候阿茫和大迪同时用双手拢住嘴，大声号叫起来："老九——！老九——！我爱你——！"

国崽和小迪也加入了进来。他们四个人的声音，在上千人的剧场都可以演出，此刻，只是一个小小的KTV中包。

服务员推门进来，轰鸣的声音顿时炸了出去，服务员连"打扰了"都没来得及说，赶忙就把门关上了。

但是，各位，格格老师还没有上场呢，关于音量这件事不能说就达到了今晚的巅峰。

该我了，我暗暗运气，牢记叶子告诉我的唱歌秘诀：用丹田发力。漫长的呀啦索前奏终于走完了，我运足了气，用我想象中的藏族颤音演唱法唱出了第一句："是——谁带来，远古的呼唤——是谁留下，千年的祈盼！"

大家一起把手拢在嘴上，又是一轮新的号叫。这个中包团得太值了，差点给人唱炸。

19

唱完歌出来，天已经蒙蒙亮了。走出来，正好是西湖边，身边都是锻炼的人。一个小女孩缠着我们要卖花，十元一朵，红玫瑰脏兮兮蔫蔫的，她小手熟练地把二维码举给我们。

一看就是小熟练工，我扫了一朵，小女孩还不放过，继续找阿茫扫。阿茫犹豫了一下，因为这样的卖花是强迫的，而且一而再地，我拿着手机又扫了一朵，说："小妹妹，可以了。"

小女孩狡黠地指着阿茫："大哥哥不给姐姐买一朵吗？"我说："他是我弟，亲的。"小女孩终于放过我们，继续围堵KTV出来的其他男男女女了。

走一走就是断桥白堤。大家猜猜，大迪是唱着什么歌出来的？"这个人就是娘啊，这个人就是妈"，民族兼美声，阎维文风格。

我们把所有会唱的歌都唱完了，哪边战斗稍胜一筹呢？从大迪这首歌可见一斑：我和老九战队，老歌联唱赢了。老九下半场唱了好多窦唯、黑豹、Radiohead的歌。阿茫都听呆了，不停地说："嗨，这词真带劲儿！这歌也太牛了，我们这个时代怎么就没有这些歌？"他们就开始跟着我们唱老歌了，但大迪那首也太老了，我们都嫌老。

他们还起哄让我和老九对唱情歌："听听那时我们的爱情，有时会突然忘了我还在爱着你。"老九是来者不拒，大家把他夸出状态来了，但我觉得稍微不适，因为我是一个从不去校对时间，不知道岁月过去了多久的人，不接受这些事情突然以回忆的模样出现。明明昨天就是这样，现在也是，明天也是。

老九深情演唱的时候，阿茫眼泪都下来了，我翻了个白眼。

大家都认为我喝多了，阿茫悄悄问老九："格格这算是喝多了吗？"老九沉吟了片刻，说："在喝多的边缘疯狂试探吧。"

走走就是断桥了。看着断桥我突然又来劲儿了，挽着小迪说："我们继续唱歌吧！"小迪昨晚没咋唱上，因为没抢到麦。还没等他回答，我就自顾自大声地唱起来："鸳鸯双栖蝶双飞，满园春色惹人醉！"

过往的人都看着我们，小迪有点害羞，但是也跟着我唱起来。在乐句转弯的时候，他没有转好，我还要求重唱。

老九对阿茫附耳："算喝多了。"阿茫哦了一声："好吧，我看也是。"但是我什么都记得，包括他们的这两句对话。

走上断桥的时候，天还是蓝灰的。突然，人群往一旁涌去，原来日出了，天边绽放出一条红边，人群欢呼了起来。几分钟后，那条红边变大，很快，半边天都是红色的了，云朵突然都变成了金色。大家都开始拍照。

我们也坐在断桥边照了一张合影，找晨练的一个老大爷拍的。老大爷非常讲究，给我们拍了又拍，最终他满意了才把手机还给我们，说："你们这几个人很好看。"阿茫说了一万个谢谢。

对了，忘了给大家汇报我穿的衣服，是一件蓝绿色烂花绒暗花底的旗袍。因为昨晚是去看他们的演出，我这个人一旦遇到重要场合就不知道怎么穿衣服，只会穿旗袍。穿旗袍我会尴尬吗？非常尴尬。

我是把这种倔强的尴尬当成一份郑重的礼物送给他们。还记得阿茫在后台和我握手吗,也是给予了这件旗袍充分的关注,他看着我的眼神让我想找个地缝钻进去。他上下打量我,缓慢地说:"居然不太难看,比我想象的好多了。"

我谢谢你啊,阿茫。

所以,在这个断桥日出的早上,一个穿着旗袍的女子大声唱着歌,和她的朋友们手挽手地走在朝霞里。不知道多少年过去,会不会有擦肩而过的人还记得这一幕。

老汀带我去巡山

昨天,老汀带我去巡山。

老汀是我的书法老师。其实人家是一个瘦瘦弱弱的年轻姑娘,手臂尤其细弱。

但是你要见过她的字,尤其是写字的状态,就明白了,"老汀"是个尊称,老是老师的老。毕竟叫"汀老师"觉得有点隔,叫"汀老"又早了点。

好的,老汀带我去巡山。其实是老汀的几个常年研究摩崖石刻的朋友带我们一起去巡山,寻找藏在山林里没有被人发现的摩崖石刻。这两个朋友,一个是老陈,一个是老奚,他们也都不大,但是其痴迷摩崖石刻的程度,尊得一声"老",而且就是喜欢而已,不是做这个职业,年年月月泡在这西湖周边的山里,四季如此。老奚说:"这个雨天有雨天的看法，晴天又有晴天的看法。"可见下雨他也来。他说："因为雨天石刻容易清晰。"

据说老奚有时候吃饭，吃着吃着，也盯着筷子，觉得那上面有字。我不懂摩崖石刻，但是我知道什么是痴迷。不痴迷，不长功夫，有了这份痴心，也让人有了这份敬意。

我以前没去过，对能被老汀带着到山林里摸摸书法的真东西，充满了浪漫的想象。我穿了适合登山的衣服、防滑鞋，戴了防晒帽子，贴了防蚊虫贴。我觉得准备得还可以，还背了一个保温杯，一个矍铄而充满朝气的老干部造型。

在约定好的地方大家都见了，一共五人：老汀，老汀的先生王老师（这个我得这么叫），老陈，老奚和我。

我们从紫阳小学上吴山。果然不是走那种非常惬意的幽静石板路，而是穿越山上的菜田，那里有着一地垃圾和各种可疑的黏糊糊的农家肥。我做好了非日常爬山的准备，所以还可以接受。

我们很快就遇到第一块石刻。老奚轻车熟路，石刻他都知道在哪里，但他不是书法专业人士，他是带着老汀和王老师（他们都是书法专业的博士）来认字的。

好的，我们站在第一块摩崖石刻面前了。桑老师体会到了什么是外行完全插不上嘴的感觉。

"这个看字形气息应该是明。""不，那个时代要避皇帝讳。""可能是罪臣。""他的父亲是某某啊，当过某某官员。""这个字受过某某影响，还是能看出来。"

……

我站在旁边，只是能看到一块平整的石板上，有若隐若现的一些弯曲的坑。我觉得自己傻乎乎的，但是更多的是觉得太有意思了，他们真厉害。好在我有个特异功能：不怕丢人。我还问问题呢："这个啥字呢？"王老师就笑眯眯回答我。

王老师博士论文是研究道教洞天文化，所以吴山里藏着的废弃的道家曾经修炼过的遗迹都是他要探访的地方。

听上去是不是仙气飘飘？实地是一地蜈蚣和各种不可描述的小虫子，杂木荆棘高过人，也不知道有没有蛇，还有一些垃圾混合着腐泥，发出腥味。

洞天一般都阴气很重，大树遮盖得没有阳光。我后脑勺木木地不舒服，但他们四人不知道来过多少次，人人面色如常，对发现充满了兴奋和期待。

"老桑，不要尿，不要掉队。看见小虫子，不要明显地尖叫。"我这么在心里对自己说。

奇怪，说这里是废弃的洞天遗址吧，还有人拜祭的痕迹，看着是不久前的香和供品。王老师说："还是有人知道这里的，道家的遗脉是在这个城市的。"

是啊，我们不就来了嘛。那些洞天石头，聚合在杂木荆棘中，像是沉默的动物，还保持着彼此抱合的姿态，凝固的千丘万壑岿然不动。其实并没有荒凉的感觉，还是一股凛然之气。王老师看着洞天，给我们讲这在道家的记载中，属于哪一类。我点头，非常开心能在现场看到记载里的实景，尤其是他和老奚说起经典里的文献，哪里哪里怎么说。这里按照地形和前后石刻的标记，应该就是某某宫的遗址了。

"哎呀！"

老汀突然叫了一声，她踩了一脚农家肥。我听了有点高兴，打算一会儿看见虫子也允许自己叫一下子了。

一路都是石刻，我已经学了两个多月的书法，对那些字还是有感受的，但就是说不出来。在一处被用蓝漆重新勾填过的字前，老汀让我不要看那个勾填的部分，要仔细看到原刻的笔意。老奚用手电一照，更加清晰：和勾的完全不同，原刻那种似有似无的气息连接，还是能看到，但是勾的就没有。

老汀说："为啥我让你们不要盲目相信字帖，就是这个原因，翻版就是翻版，已经有了无数的误差。要学就要知道源头。"我浑身一震。我点头："明白了，汀老师。"我叫她汀老师的时候，就是特别感激的时候。

王老师则一路叹息："后勾的字，不仅失去了大部分的笔意，好多都勾错了。"他一路说，我一路听。自己来，能知道个啥。

老陈摄影，老奚打灯，他们简直配合得行云流水。其实就是两个年轻人，但对这些老东西，是那么珍爱和熟悉。

来到一个最大的石刻前，那个字有一人多高。老汀说：格格，你临空写写那个字。因为太大了，我用尽全身力气比画，跟划桨一样，每一笔真要送到，要用上吃奶的劲儿。老汀看着我的身体动作，说："后背打开，用腰上的劲儿，对了！就是这样，记住了吗，怎么打开？"

我写了几遍，腰酸背痛，点头："我记住了。"其实我很心虚，我不知道回到家里，写那么大的字，还能不能这样发力。

前几天，去老汀的工作室，她抱着我写过一次，我整个人都是蒙的，跟坐飞船一样，不知道怎么就升空了。目瞪口呆地看着她抓住我的手写出来的字，天啊，这和我无关！我不知道怎么做到的！老汀比我还矮一点点，瘦更多，她在我背后，却像是覆盖洞天的大树一样，完全覆盖了我。其实她身体并不好，而且才当了妈妈，还在哺乳期。

老汀不写字的时候，像是一片羽毛；写字了，羽毛飘下来，能镇山。我在写字群分享了她写字的视频，大家一样看得目瞪口呆。

我们能看懂，能目瞪口呆，就是我们两个多月来的最大收获。

我们穿行在山林里，而且都是没有游客的地方，天上都是树荫，密不透风，阳光只是一些闪烁的光点。大家偶尔歇息一下，坐的石头都是冰凉的。我给老汀喝我的茶水，是热的，比凉的好，她常年讲课，有喉炎。大家的矿泉水喝完了，肚子饿了也没有吃的，只能说说笑笑来解乏。谈的都是前几次的发现：唐代的、宋代的石刻都是怎么发现的。我们谈得口干舌燥，热情不减。

我喜欢这些人，我喜欢看见人这样为了自己的热爱，苦而不知。

老汀喝了一口我的热水，凝视着周围的山林，说："这就是山气日夕佳啊。"我静静点头："是啊，飞鸟相与还。"鸟确实在叫，一直在身边，一路走，一路叫。

老奚说前面有一个洞天，实在太险，建议老汀不去，她毕竟是个喂奶的妈妈。老汀腰也走痛了，说："好吧，我在这里等你们。"

那个地方，要爬一段山路，老奚说："这可是唯一一段还剩下的宋代城墙啊。"我啊一声，踩踩地："就是这个吗？"老奚笑："是啊。"我看看，是个垛子的样子，还真是，只是长满了杂木，他不说，我自己来，能知道个啥。

老奚拿着登山杖走前面，一路打草，他说："这个季节预防小动物。"我心里又怕了，但是没有表现出来。只要老九不在，我就蛮像个大人的。

那个洞天，比前面的地方都要隐蔽，在一个荒坡环抱的凹地。王老师一路猫着腰，一路帮我牵开刺槐的枝条，但那些倒下的大树，只得一个个爬过去。

洞天的入口到了，王老师先跳下去。他下去，整个脸都是一种沉迷的喜色："这里好啊。"我接着跳下去，因为腰弯得很低，那地上一层细细的真菌看得一清二楚。跳下去，感觉到搅动了一种气，王老师说："因为很久没有人来了。"

老奚和老陈已经在洞天另外一个石头上叫我们了,也不知道怎么爬上去的,匪夷所思。这里有一处非常重要的摩崖,老奚用电筒远远地照过来,果然,在我们面前,那两个字深深潜在青苔里,让人见之一凛。

"哎呀!"

突然老奚叫了起来。他不可能是因为虫,或者踩到什么。他继续叫:"有字!有字!"在那已经知道的石刻下,他的电筒在那里来回晃动,我们还在辨认,他已经从另一个石头那边,不知道怎么连爬带滚过来了。

王老师也看到了,他也兴奋了起来:"是的,这是字!"我凝神看,石头上除了天然的丘壑,就是藤蔓长过的痕迹,我看不出来。等老奚以匪夷所思的方式爬过来,一指:"这里!"

我终于看清了,而且非常清晰,字不小,两个:"吕岩。"王老师说,这是道教的东西,大概和全真教来钱塘有关。然后,他说:"这个估计是几百年来第一次被人看见。"

我一震。老奚继续说:"这个是有记载的,我找了好几年了!在这里给我找到了!太好了!找到它,附近那个苏东坡的字也快要找到了!"我又一震。

几百年第一次,苏东坡。我摸了一下那个字,浑身起了一层鸡皮疙瘩。老陈不怎么说话,他咔咔拍照。

在这个字前，我们都静默了一下。

然后前前后后反复看这几块石头。

天色已经晚了，光线越来越差。老奚满脸喜色："今天运气够好了，大家往回走吧，苏东坡留到下一次。"大家笑着说："好的啊。"我们近乎爬行着，离开了那个洞天。

老汀已经给我们打了好多电话，说我们走了太久了。我们几个彼此看看："很久吗？不觉得啊。"还真是洞中一日，人间千年啊。"吕岩"这两个字的照片，老汀看了，啧啧称赞："真牛，不虚此行。"

我站在旁边，看着大家，每个人都被蚊虫咬了一身包。虽然一整天没有水喝，但是大家一丝疲态也没有。其实也是，眉梢都是开心。

继续走，阳光非常斜了，前面有个屋舍出现了人家。老陈说："前面有人家，去要点水吧。"这时候，我说："我去。"

"啊！"

我发出了一声尖叫。大家一惊，问我怎么了，我回头很不好意思地一笑："没啥，踩到了一条蜈蚣。"然后继续往前走着，要水去了。

看见诗人

1

我开始是有点害怕诗人的，不晓得诗人究竟是什么样子的人，他们是不是很爱喝酒，喝多了要发疯，要骂人。想到这里，我又有点激动，因为我也爱这样："喝点酒，发点疯。"

第一次大规模地见诗人，是好几年前在北京，"橡皮"有个颁奖活动，听说有小安，还有何小竹。我鼓起勇气去了，在家里选了半天衣服，最后穿了一件藏蓝色的呢子长旗袍——这是我能拿出来的最庄重的衣服。估计我得了诺贝尔儿童文学奖（这个奖在家里九大师已经给我颁过了），也就穿成这样。

当我穿着藏蓝色呢子长旗袍站在那家饭馆的门口的时候，有人问我："包房在二楼吗？"我点点头："是吧。"那个人看了我一眼，眼神里含着责备，上了二楼。我才反应过来，他可能以为我是服务员，一个服务得漫不经心的服务员。

时间有点久了，都有点想不清楚当晚的具体情况，总之，我找了一个角落，沉默地坐在那里，看一个又一个的诗人走进来。门口摆着一张桌子，摆了几本诗集，有人负责卖。我很渴望去那里站着卖诗，但是不熟，不好意思提出这个要求。

好，我看见小安姐来了。我悄悄挪过去，看准她身边没有人，就坐了下去。一坐下去，我就心花怒放。小安姐不怎么说话的，这我知道，我只是想挨她近一点。我怕见诗人有个原因，就是怕要聊诗，我又不懂，怕丢人。

我看过小安姐出她那本《我们这儿是精神病院》的时候的一个采访。那是我看过的所有采访中，受访者最讷于言的一个。她也不是特别害羞，也不是特别害怕，至少看上去是，就是所有问题她都不敷衍，都回答，但是回答得飞快，一下子就回答完了。"嗯。""对的。""不晓得。""可能是吧。"提问题的人，对于自己精心准备的问题飞快被回答了，且对方没有任何补充的迹象，有一种焦急，好像准备的纸，一下子被烧了，他没有别的东西可以再丢进去烧了。

我看得心花怒放，这个采访给了我力量，怕什么，小安姐可以这样，我也可以，不要怕。

然后我就挨着她坐了下来。她也不会主动找我谈诗，也不客套。她烫着大卷卷头发，穿着一条裙子，我说："好看。"她也说我的好看。然后我们就坐在一起看着眼前的菜，菜在转盘上转来转去，但菜色一般，诗人们吃得不算好。

很多诗人在我们背后走来走去。另外一桌有杨黎，小安姐的位置背对杨黎。小安姐埋着头，大卷卷头发把她埋了一半。

我想起她的一首诗，《风暴》：

> 我坐在中间
> 没有一点迹象
> 没有一只鸟儿
> 我坐在树上
> 我要坐多久

小安有个神奇之处，就是她说啥就是啥，她用一个词，你就相信那个词。比如，她说树叶还十分新鲜，就真的很新鲜。很多人，词越说得多，我越不信。

听说她不喝酒了，但是后来，来找她喝酒的人多了，她唉了一声，就说："那就喝嘛喝嘛。"我心里非常高兴，因为我打算今晚一定要照顾她到最后，以前我都喝多，今晚她在，我就要好好照顾她。

何小竹端着酒过来了，我有点紧张，因为除了小安，男诗人里，我最喜欢他的诗。何小竹和小安姐是两个极端，他和每个人都熟，大家都愿意和他说话。他端着酒杯的样子，像一个优雅的总经理或者二婚的新郎官。

我特别喜欢他那首《一树繁花》：

> 开春的时候
> 一树繁花
> 到了夏天
> 我数了一数
> 才四个石榴

我犹豫了一下，要不要告诉他我很喜欢这首诗，但最终还是没有说出口。我在脑子里把眼前的何小竹，和这首诗打印在一起。因为我的紧张，他走过来的样子还配有慢镜头。

何小竹过来和我碰了一下杯，他笑眯眯地、非常斯文地说："格格，你的诗我看过，写得不错啊！"我的脸一下子就红了，我觉得他在取笑我，简直无地自容。我说："真的吗？"小竹说："真的。"

后来和小竹老师熟悉了以后，我反复问过他真的假的，他都说是真的，当时还没有喝多。

我喝了好几杯，脑袋有点晕。我四下寻找小安姐，她跑到隔壁喝酒去了，也喝了好几杯。我严密监测着她的情况，也不知道为什么那么担心她。

当天我还看见了张羞，他真的羞得从头到尾脑壳都没有抬起来过。当晚他得了一个奖，他很不好意思地坐在自己的海报下面，挨批斗一样。

周亚平是中途来的，他的到来，像是一个领导大驾光临。他的诗也好得很，硬扎得很。我忘记了和他说了句什么话。他那晚是最大的一个奖项的获得者。

杨黎这时候有点喝多了，他看着我，问："你是哪个？"我说："我是服务员。"说完我就跑掉了，去找小安。

忘记说，那是北京的冬天，外面冷得很，三三两两的诗人站在外面，站一会儿，又进来了。

忘记是通过哪两个诗人，我终于获得了在门口卖诗集的工作，我站在那里，气质、服装都非常合适。我也长长地舒了一口气，卖诗集，我拿手。

那晚有何小竹的《时间表》，还有小安的《等喝酒的人》。我把桌面重新排列了一下，把这两本摆在最醒目的地方，任何一个人进来，我都会笑眯眯地说："诗集看一下，今晚有签名本。"

何小竹过来和我合了一个影，好像还有别的人和我也合了影，一个穿着藏蓝色呢子长旗袍的卖诗集的人，估计诗人们也不常见到。有人拿着啤酒瓶过来，和我碰杯，我一饮而尽。

我醉眼蒙眬，偶尔也抬起头来看看一屋子的诗人，他们又亲切又陌生，目前还没有人发疯。我这个位置真好，看得特别清楚。

2

真的没有想到，我现在和诗人们在一起喝酒聊天，已经那么自如了。

而且完全符合大家对于诗人们聚会的想象，喝了酒的、谈了诗歌的、吵了架的、摔了酒瓶瓶的，直至天亮。

我不是说，小安姐的采访给我力量吗？她在台上的样子，真的不可能再清淡了，不说话也可以的，结果，我还是突破了这个底线。上次回成都，人家《南方周末》办的讲座，五百多个人，我在台上从头哭到尾，我的一些读者在台下从头哭到尾，想了一万遍小安姐也不起作用。我愧对《南方周末》，人家还给我一万块钱！好大一笔钱啊！

我当晚就拿着这个钱，去了宽巷子的白夜酒吧，打算找诗人喝酒，最好用完。正好碰见诗人李万峰发新诗集《在这个世界上是什么意思》，我哭了一整天，近乎神经质，非常需要一些东西安慰，"在这个世界上是什么意思"，非常符合我当时的心情。

李万峰是个脑壳很大的男娃娃，穿着一件白色的套头衫，显得年龄很小。他每次有活动的时候好像都爱穿这件白色的套头衫,也不知道是怎么在一整夜酒啊烟啊的气氛中保持雪白的。而我,每次参加完这种活动,衣服我都不想再看见第二次,看见想吐。藏蓝色呢子长旗袍我就甩了一件。

我问何小竹老师:"李万峰是哪个?写得好吗?"优雅的何老师点头:"好。"我翻开他的诗集,看见这几句:

看见月亮
他们简直有种明目张胆
想死就死的感觉

我抬起头来,在人群里看了一眼那个穿着白色套头衫的小伙子,说:"可以。"当晚组织大家上台朗诵他的诗歌,有何小竹老师,有小安,有浓玛姐姐,有余幼幼。大家也让我这个突然到来的人,朗诵一阵。我白天才在台上丢了人生中最大的一次人,丢得我灵魂出窍,但此刻我居然没有任何惧怕,上去就上去。我选了一段念:

我想过烧开水,或者用煮饭来得到热气腾腾的瞬间。
再说一遍,我不关心你为什么要这么做。

有点记不清了,也可能不是这一句,反正我记得当时我念得很好,每一个字,都被我充分理解了一样,每一个词语都是我发自内心的话。我一念完,我就听见小安姐在台上说:"好!"她离我近,我听见她这么说,我很高兴。

我一得意,就又唱了一首歌:《花好月圆》。一般我都是要喝两杯才开始唱,没想到,诗也有这个功效。

万峰一直笑眯眯的,不卑不亢,对所有来祝贺的人非常得体地表示感谢。人家来夸他,他就很谦虚地说:"没有没有,哪儿嘛,没那么好。"我突然写了几段话,递给他。

你的诗有一种天才带来的封闭感、包裹感、安全感(来自诗人能量的致密供应),有古典的美(对于自然、植物、色彩、自己生命经验的热烈抒发。像是上古天真之人的奔放),没有第三者的亲密感。

你的语言是跳跃的,但是下面的情绪是滚圆茁壮的,你的破碎来自诗歌的要求,更来自下面这个情绪流动的天然的接近于生理的节奏。

你的诗读起来其实很舒服,很简单,先读一遍。你的诗算是相当好读了,节奏鲜明,因为他要说的东西流畅,只是这种流畅有他独特的节奏。

懂没有那么重要,享受他冲口而出的那种没有距离的给予,反而要留一丝不懂,像是一层雾,保持某种气氛,这种气氛在即将要懂的时候就要散了,所以就再读一句。

我记得他那张娃娃脸当时就笑开了,眼睛很亮。但是人还是很稳的,他没有对我说:"没有没有,谢谢。"

读完了诗,大家坐着开始喝酒。吉木狼格也来了,右边卫哥哥也来了,我的心里简直乐开了花,右边卫哥哥来了,意味着今晚要开始唱京剧了。

3

我加了一些诗人的微信,暗中学习他们的写法。有一天,和何小竹老师聊天时,发了些偷偷摸摸写的句子,他笑眯眯地说:"挺好的啊。"何小竹老师是那种隔着屏幕你都能感觉到他在真实地笑的那种人,不是藏在图标后的。我说:"真的吗?老师你别骗我。"

他果然说:"确实还可以改进。你现在有感觉,但是缺乏经验,分段的节奏你还不明白。"他把我的那几句重新分了段,去掉了一些字,再发给我。

我惊呆了。真的是一首诗!我的惊讶得到了他再一次肯定:"你确实可以写诗,因为你能感觉到这种差别,这是一种基本的敏锐。"

然后我那几天跟疯了似的,眼里看见的一切好像都可以冒出诗句来。我不停地发给他,何老师非常敬业,基本上都秒回,而且非常准确地指出我的问题在哪里。他说得最多的就是:"不能写陈词滥调,不要企图写像'诗'的'诗'。"

你要松弛,彻底把企图抛开。再彻底一点。"

往往我觉得很得意的一些句子,都会被打回来,但我特别开心,因为觉得他说得对。优雅的何老师开始还客客气气的,后来完全就放开了,越来越直接。我如果哪一首得到鼓励,也开始觉得这是真的了。

有一天我一整夜都没睡,琢磨几首诗,直到看着天一点点亮起来。那晚写了好几首,天亮之后,每一首何老师都通过了。我觉得诗这个东西太有意思了,每个字都得琢磨,但是又不能露痕迹,要活,什么也遮掩不了。

经过了这个过程,我再看诗,这个世界完全不同了。很多东西,最好的欣赏还是要走进来,不能光站在外面看,得上手。

上手以后,才明白喜欢的东西,究竟为什么喜欢。小安姐有一首《花花世界》:

> 桃花的后面是
>
> 杏花
>
> 是樱花
>
> 油菜花
>
> 随随便便就开了
>
> 然后是
>
> 所有的花

这首诗的节奏在我不写诗的时候，是不明白的。可能我就这样把这首诗摆在这里，不明白的人依然不能明白。我上上下下看一遍，叹口气，发现现在还是说不清楚，但是太好了，小安姐写诗就像是迎风站在风口，句子往后面吹，她只管往前走。她自己也不明白怎么在写诗，但是就写出来了，她不在任何一个字上停留。

这首诗贴在白夜酒吧的入口处，很多人来来往往都能看到。那晚开始喝酒之前，其实我们先去巷子口吃了火锅。吃火锅的时候，小安坐在我的右边，小竹老师坐在我的左边，他们两个坐在我的身边，我再没有比这更心满意足的了，开心得接近眩晕。余幼幼和万峰坐在我的对面。幼幼是90后，她的诗我看过，很好，非常尖锐也非常温柔。见是第一次，我对她说："你的样子和你的诗非常一致。"她很吃惊，说："第一次有人这么说。"还没有喝酒，我想尽量表现得成熟一些，所以我只是腼腆地对她笑了笑。

那个火锅真是好吃，我吃第一口，哎哟一声捂住了嘴，嘿嘿地笑了："好好吃哟。"浓玛姐姐也笑了，她能看出来我不是客套，对一个常年不在成都的人可以理解。她说："这家在成都都还算可以。"浓玛姐写诗，写诗评，她非常喜欢万峰，给万峰写了很长的评论。我那晚看了万峰的诗，和她交流过，我说的点，每说一句，她都像理解了我说那火锅好吃一样，眼睛发亮，发自内心地笑。

我其实一直对成都有点心结，这里是我的家乡，但是我在这里没有得到过什么温暖，和家庭有些关系嘛，总是疙疙瘩瘩的，所以在成都的演讲才会哭得很惨。这不好。但是在成都认识的这几位诗人，就算他们几个，也是我以后回来的理由。

以往我回成都，都是非常落寞地待在豆豆的童装店里，如果没有什么事，我一待就是一天，好像她那两米宽的柜台后面，是我在成都觉得最温暖的地方。

那晚在白夜，一圈诗人朋友，大家慢慢从几个桌子拼了一张大桌子。我要了一打又一打的酒，开始赞美每一个人，人家都是喝酒打一圈，我是赞美先打一圈。我发现了，诗人其实非常好交往，就是认真看过他的诗，认真评论几句就好了，而我善于赞美。以前和我喝过酒的人都知道这一点，慢慢就不好使了，他们也都皮了。现在，我有崭新的一圈朋友，等着我全新的赞美！啊！朋友！端起你的酒杯！

我端着酒杯，对着吉木狼格哥哥唱起一首他们彝族的祝酒歌："呀咦滋呀，请喝一杯彝家的酒呀！"

狼格哥哥羞涩得很，在豪迈方面他比我差远了。他长得相当高大英俊，立体的鼻子甚至有点过于立体，眼神像是鹰一样。他始终都抿嘴笑，不是很热烈，和我想象中的很不同。

我狡猾地放下了酒杯，对他说："我喜欢你那首《偶然》：

出门前我写了几句诗
回来看见感觉特别奇怪
我是可以不写这几句诗的　但我写了
就像我有可能不会来到这个世上
但我已在这个世上生活了数十年

我还翻出了以前写的对这首诗的感受。我真佩服自己，喝了酒在手机上搜索居然还那么麻利。狼哥一下子就看见了，我觉得酒吧蓝色的灯光打在他一目十行的侧面上，显得他读得很认真。读完之后，他点点头，接下来再喝酒感觉完全不同了。这一晚，我们因这首诗起码碰了三到四回杯，每一次，感觉都在酒里。

至于右哥哥嘛，我们把去年、前年、大前年，在一起唱过的曲子轮番又唱了一遍。我俩其乐融融地发现，彼此都没有什么进步，也没有新歌，但是就够了！见得也不多，年纪一大，唱过的歌，也就忘记了，可以再唱一遍。

4

北京"橡皮"颁奖的那个晚上，小安姐喝得有点多了，是我还有另外几个诗人朋友一起把她送回酒店的。

我少有喝了酒一直保持清醒的时候，藏蓝色的呢子长旗袍丝毫不乱，板板正正在身上穿着。

小安姐一直哎呀哎呀地说喝多了喝多了，身子是有点飘，但并不失态。我还以为要付出更多的体力和精力，结果她晕了也一直非常镇定，实在让人佩服。后来一次见她，她已经彻底开戒，说："不喝酒太无聊了，还是要喝，喝了该唱歌唱歌，该跳舞就跳舞。"此番言论，让我如何不爱她，女神就是女神。

几个人沉默地走在北京的夜晚里。我搀扶着她，觉得她身体很轻，骨骼精巧。我往前走，她顺着我的力量也往前走。她的卷卷头发有时候拂在我的脸上，让我清清楚楚地明白在我身边的是小安。她隔几步就要说声对不起，我就说："没啥啊没啥的。"我问她冷不冷，她说不见得。

我又想起她的一首诗：

那天我是跑着回家
我怕忘了幸福
有三种幸福
我不能忘记

我和不少人提到过这首诗，说你看看，这个诗全是幸福，具体到三种，虽然读诗的人一种也不知道，但是不影响感觉到幸福。幸福的内容依然是诗人的隐私，她把幸福的外观提纯出来了，内容总是要消散的，外观不朽。

我当时的心情就是幸福，还有荣幸，而且很高兴也让小安姐看到我有正常的一面，并不总是发疯。在这一次之前，是在白夜见到她的时候。我因为抑郁症在成都住院，晚上偷跑出来去白夜酒吧。那个时候，我确实不是很正常，情绪一上一下，高兴起来，眼睛发着狂喜的蓝光。那天也有何小竹老师在。我其实不知道怎么和诗人相处，觉得诗人除了爱喝酒爱发狂，可能也爱说粗话。我喝了酒，居然对着何小竹说了一句粗话，可能是："喝酒哦，锤子，来喝。"他微微一笑，越发优雅，对我举起酒杯："格格，喝，你慢点。"

我酒醒了一半，觉得自己太要不得了，太丢人了，羞愧难当，只能继续拼命喝，对所有人说："对不起对不起对不起。"可能后来还哭了的。

小安姐看见我手上的医院手环，她说："你咋个了嘛？这是我的专业得嘛。"小安姐那个时候还在四医院当护士，四医院是成都的精神病医院。有一句成都的骂人的话就是："你是四医院跑出来的吗？"

是的，我就是四医院跑出来的，跑出来的时候，我心里怀着三种幸福。

我现在居然也斯斯文文地走着，扶着小安姐。那个酒店就在饭馆附近不远，类似于如家这种嘛。房间开开的时候，我看了看，窗户很小，房间很小。小安姐说："谢谢，谢谢你们，你们走嘛。"我们就退出来。我又看了一眼那个床，莫名感觉到孤独，喝了酒，一个人睡在这里，是会孤独的。我有点担心，小安说："好了好了，我安全了，你们也回去吧。"

走出来，我心里怀着孤独，好几种孤独，上次的记忆最后就到这里。

而这一次，在成都，我们喝到白夜最后只有我们一桌了，服务员都在打呵欠了。走了的人，有的打过招呼走了的，有的默默就走了，比如吉木狼格。我每一次去厕所的时候，都对大家说："请大家保持情绪，我去上个厕所，大家继续唱歌哦。"大家哈哈大笑。我快速冲向厕所，脸通红，身轻如燕。

回来还是少了几个人，我心里就缺了个口子一样，招呼大家再坐拢一点。"人生短暂啊我的朋友。"我说，"快乐不等人。"我为了留住喝酒的人，啥话都说得出来。另外坐在一边的陌生人，也被我邀请过来，我就问一句："朋友你喜欢诗吗？"对方是一个白胖的小伙子，他说："喜欢，我也写诗啊！"我哈哈大笑："来来来，喝一个喝一个。"他回头："我还有几个朋友，可以一起过来坐吗？"我已经在拉椅子了，多么好，有人走了，有人来了。

为了欢迎刚加入的朋友，我还唱了保留曲目：琴歌《阳关三叠》、云南民歌《猜调》、豫剧选段《谁说女子不如男》。

小乖乖来小乖乖

你们说给我们猜

银河长　长上天

莲藕长长海中间

米线长长街前卖嘛

丝线长长妹跟前喽来

唱完，大家轰然鼓掌，并且又共饮一杯。我放下心来，走的人留下的缺口补上了。刚来的朋友名字都不晓得，但也愉快地唱了几首歌。

坐在对面的何小竹老师，他负责那边的气氛，又把他的苗族山歌唱了一遍，但是我嫌弃他声音小，不如我嘹亮，哈哈。

可能是半夜两点了，甚至三点了，终于大家纷纷撑不住，说："今天就到这里吧！"我也点头："要得。"我满意了，以前不得行，扭倒不许走。我现在要说成熟，确实比以前是成熟了一点点。大家叫车的叫车，找包包外套的找包包外套。我心想："走嘛走嘛，都走，该走了。"这时候，小安姐说："走啥子嘛走，硬是，喝酒嘛，我们换个地方继续嘛，找地方吃个消夜嘛，不要散了嘛，哎呀。"

在拉萨

我从杭州到拉萨,豆豆从西宁到拉萨。她之前在西宁高原上挖虫草,在地上趴了好多天,一根也没有挖到。我喊她:"米,又做活动了,来当经纪人了!"

她扑起扑起就来了。上一盘我们在洛阳在成都做活动,耍得好,她记忆犹新。

在出口她看到我的第一眼,就眼睛一亮:"耶,穿的三宅一生哇,还挺好看呢。"我嘿嘿干笑两声:"闲鱼买的二手。"

然后她就把我的大箱子拿过去了。从这一刻,到最后离开,我都基本上没有碰过这个大箱子,每次要拿,豆豆就把我刨开:"你拿小的,会高反。"

接我们的文彩给我们一人挂了一条哈达,我眼睛一热。

豆豆帮我把脖子上的一堆绳子理好：帽子带、眼镜链、口罩带，好几次差点把自己缠死。

给我们献哈达的文彩是客栈的姑娘，非常文静，一路不怎么说话，只是带着淡淡的微笑。她好像着凉了，一路上都在咳嗽。

到了客栈，我激动了一下，高反了。我坐在凳子上，天昏地暗，无法呼吸，文彩马上一管葡萄糖递上来，然后我慢慢缓过来了。好了的第一时间我问豆豆："脸色如何？"豆豆说："可以，依然红头花色。"我就放下心来。

而我那个沉重的大箱子，文彩不声不响帮我扛上了三楼。出发的时候，那个箱子也是老九从杭州的三楼给我扛下来的，他当时就埋怨我："你都带啥了，这么重！"

带啥，带着我对高原满满的情谊和畏惧，抗高反的口服液和药物占了小半个箱子。

我打开箱子，先拿了治咳嗽的药给文彩，嘱咐她吃下。这个姑娘心重情重，内心和手上的力气都了得。

接下来，我们和朋友阿钟吃饭，这次拉萨的活动他是我的嘉宾，他本人是非常棒的旅行作家。走在楼梯上，我就又晕了，阿钟非常体贴，说来拉萨第一顿不要吃口味太重的食物，西餐清淡好消化。我对西餐的了解，仅限于"左手拿刀右手拿叉"，而他就不同了，就"沙拉"这一个词，他就用了好几个国家的语言念给我听。我非常开心，一开心，点了个甜品，是一个心形慕斯蛋糕，用勺子挖了一块，心形就缺了。我说:"不好意思,缺心眼了。"豆豆在另外一处也挖了一勺子:"要缺一起缺。"

阿钟笑眯眯的,但总有一丝紧张和不知所措,他非常想对我好,而我也是,这样反而两个人都紧张。

不过现在做读书分享活动我一点不紧张了,有豆豆在,我更不紧张,她能把所有细节打点好,我只管张起嘴巴说。而且我允许自己流露真情,这是什么场合,是那些读了我的书、要来见我的人,我啥也不靠,就靠文字,人家啥也不图,就图个理解,这样的见面,是多么珍贵。我都很难就单凭文字,天远地远地去看谁了,所以我基本上每一场都会哽咽,读者们更是。人家是读书会,我的读书会是哭播。阿钟说:"你的读者太好了。"我说:"是的。"

但当别人说桑格格是个好细腻好深情的人的时候,豆豆的总结还是那句话:"她就是个瓜的。"

活动中念的诗,好多都是我写豆豆的。开始她还多不好意思的,但现在坐在下面只是看着直播设备,眼睛都不抬一下。

活动结束了,剩下的日程就自己安排。我和豆豆本来是打算和阿钟一起,以半个月为期做一次旅行,但在来拉萨的路上,我重看了他的书,加上见过这个人之后,开始思考一件事:他的旅行和我们的旅行是不是同一件事。

阿钟提议去阿里无人区,我沉默了一下,说:"哦,好的。"豆豆在旁边看我说好的,眼神闪一下,旋即就点了个头："嗯，去嘛，莫得啥子。"

但这个提议最终无法形成一团可以下雨的云，阿钟是职业旅行家，他一直都是一个人上路，三本旅行游记都是在一个人旅行的氛围中完成的，这也是我喜欢的原因。他提出邀请，已经是破坏了自己的某种规则，这份心意我领了。

想清楚这一点，我就笃定地打算订票离开。阿钟说："对不起，一定是我没有照顾好你。"他越这样说，我就越笃定要离开。

豆豆说："那你跟我去大理。"我说："你跟我去杭州。"我们头都摇得跟拨浪鼓一样。然后她定了回大理的票，我定了回杭州的票。

订完了票，豆豆坐在客栈的榻榻米上，说："龟儿子的，我这个心里咋个有点没有着落喃。"我看着她："才来两天，都黑了一大圈了。"我心里有点难过，这一次没带她耍啥，就是干活。我的心里也空落落的。

傍晚四点过了，我和豆豆这一整天都没吃过啥，说好出门去吃饭，一场大雨又开始落，天乌糟糟的。高原的雨跟子弹一样，打在玻璃上，好像要打穿。我突然觉得非常非常难过，天荒地老地难过。玻璃碎掉的部分蒙着塑料纸，纸已经被吹破，昨晚我就听着它响了一晚上，好像有个人在外面翻报纸，一直听到天亮。

我来拉萨确实有两天几乎没有睡觉，头疼，总是醒来，胸口很闷，这个时候人非常容易难过起来，不知道在哪里积攒了很多委屈,好像被下雨下醒了,整个人像是被揉成一团的草纸,这个时候我就不问豆豆脸色如何了,我知道一定很差。

我一声一声叹气,捧着手机的手都在抖,好像以前抑郁症要犯的样子。豆豆看了一眼,说:"雨停了,天都亮开一块。"她把帽子给我戴上,"走,瓜娃子,我带你出门转转。"

走出来,果然阳光万丈。我站在路中间不知所措,豆豆去喊车,又喊不到。我们确实也不知道去哪里,司机问,豆豆只有说:"去大昭寺。"司机摇摇头:"不去,我要交班。"

豆豆去研究街头的小电动车,但连刷几辆都是没电的。我们站在街头,被暴晒着,一时没有办法。她把我拉到边上走,我就更恍惚了,阳光照着,皮肤上的感觉很奇怪,刺辣辣地冰冷。

也不知道豆豆怎么喊的车,我被她塞到一辆车里了,车开起来,我才回过神来,因为那些街景自己在动。

豆豆说:"你出来就对了,不要多想,你这两天就是高反。"

当我们一头扎进小商品批发市场的时候,我觉得我魂兮归来。一口气买了两件上衣之后,喜气洋洋的我就回来了。

说起这次为啥要去拉萨,简直都不好说。我这个人啊,很多地方都不好说的,怪渣渣的。

感情多得简直就跟经济危机时候倒掉的牛奶一样。我自己也知道这一点，所以是把自己当残疾人来看的，但我又没申请残疾证，申请了残疾证是可以去摆烟摊摊不上税的，这是我十年前得抑郁症的时候，我三姐去有关部门问的。当时她待业，想摆烟摊摊，人家有关部门看了我的病历说可以办得到。

但我没办，我觉得自己要身残志坚，人不能输一口气，更不能占国家便宜，要靠自己。后来我三姐也找到了别的工作。

好在我痊愈了。真的，这几年大部分时候我都很正常，尤其这几年，简直有点不悲不喜的模样了，都要像菩萨了。但还是有个后遗症，喜欢什么就喜欢得不得了，喜欢谁就喜欢得对方遭不住。

我就是真实存在的高压线，没有变电站的话，就把人家电得滋啊滋的。曾经有人说："格格，我看你的眼睛就想哭。"我就晓得那天我漏电了。

上个月曾老师的琴声把这些高压电流又勾了起来，我又舒服又难过，一个多星期不想吃饭，把曾老师整得也不好意思了，人家也没做错啥子，就是正常演奏。

豆豆反而理解："有啥子嘛，哎呀，高山流水有知音！人家古时候就有的！莫得事，我陪你出门转转就好了！你想去哪儿？"

我想去拉萨，正好阿钟也在拉萨，所以这一次拉萨之行就是这么来的。就像是天上的一阵云,看着好好的,突然就汇聚出一场雨。

在那场突如其来的雨后,我和豆豆坐在去大昭寺的车上。街景动起来了,拉萨街头商铺的密集和喧闹,比内陆城市有过之无不及。拉萨不是我十几年前来的那个样子了,也是我恍惚失落的原因之一。我们下了车,不知道往哪里走,哪里都很吵,又挤,人也很多,阳光又晒,大马路上还在施工,尘土、电钻,让人头皮发麻。我在小商品市场买了两件五十元小上衣之后,心情稍微好了一点。

但我们又非常渴,喉咙都要裂开一样,豆豆定位了好几个饮料店,跟着导航,神奇得就是找不到。有一个找到了,卫生条件让我们望而却步。

景点呢,大昭寺进不去,因为我忘带身份证;再去别的寺庙也进不去,因为时间晚了。这一次我们和拉萨真是没有缘分,头又开始痛起来。

转了好几圈,迷路了,总是转回原路。我拿着手机在大众点评上看,打算亲自挑一个,豆豆今天手气不行。突然看到一个下午茶,消费每人二百多元。我说:"这个可以啊。"豆豆说:"二百多一个人哦。"

她的意思是贵。说:"这个是五星级酒店的酒吧,我们就随便坐坐,何必喃。"

我气壮山河对她低声咆哮了起来:"老子有钱!老子是名人!老子要吃好的!"

我平日不可能这么夸张,真的,我昨天晚上那会儿高反太严重了,又饿极了。豆豆被我震慑住:"去就去嘛,吼啥子嘛吼。就去这个啥子瑞吉酒店的吐蕃酒吧。"

我说:"啥,瑞吉酒店?听着耳熟。"

时光倒回到我到拉萨的第一天,阿钟请我们吃那顿含缺心眼甜点大餐的时候,路过一处,他指着前方说:"那里有个瑞吉。"我坐在后排,有点蒙:"什么是瑞吉?"他有点吃惊:"啊,你不知道瑞吉?是酒店啊。"我哦了一声:"非常高级吗?"他很肯定地点点头:"很高级!"我又问:"在世界上都很高级的吗?"他看我的眼神有了一丝复杂的不可思议感:"是的,世界知名!"

我从小出生在成都,除了早期的抑郁症,还患有盆地狂想症,具体病情就是认为一样东西只要不是成都出产的,没有资格说自己"世界知名",这个病我现在还有点。但毕竟也见过了一些世面,没有问"瑞吉是成都人开的吗"这句话,我记住了瑞吉这个名字。

再说回来消费这件事。我和豆豆的友谊源自中学门口卖散装红梅的烟摊摊,那时候哪有钱,红梅只有论根买,所以可以理解豆豆不准我乱花钱。

这些年我写了点书,不过在豆豆眼里也不算挣了啥钱,她知道我几年才出一本书,一本书才赚几个钱,所以我这么多年,主要是靠"腹有诗书气自华"的风格来维持气魄,别的不说,真的不需要买啥贵的东西,而且显得还可以!朋友们，我非常推荐这个风格。

但是，在拉萨瑞吉酒店的酒吧坐下来的那一刻，我决定换个风格，因为我看见豆豆坐在那里，看着窗外的布达拉宫远景，非常动人。以前都是她带我闯江湖，在任何地方，都是她把东西安排得巴巴适适的，没有她搞不定的事情。

但她来到五星级酒店，坐在那软绵绵的沙发上看着布达拉宫的时候，脸上的神色都温顺了，一个气焰嚣张的江湖女侠，被豪华镇压了。得知这里居然可以抽烟的时候，她甚至有点娇嗔地点燃一支烟，吐了一口烟子："龟儿子的，是不同嘎。"

难以想象，她几天前还蓬头垢面匍匐在高原的地皮上寻找虫草，一无所获。

我哈哈大笑，把餐单抄过来，根本没看价格，点了好多样，然后我掸了掸自己的运动裤，像是大老爷们那样也点起了一支烟。豆豆给我拍了几张照片，我看着镜头，突然有了一个主意："你回客栈收拾一下行李，我们今晚就住这里。"

豆豆啊了一声："你确定？"我像是一个大老爷们加大富翁一样，眯缝着眼睛看着豆豆："确定。"第一次在和豆豆的相处之中感觉到了主权，真是让人沉迷不已！我掸掸烟灰，轻佻地说："还要住豪华间。"

我怕她不同意，稍微恢复了正常神色说："这是报销的。"（出版社的同志们，请分清此处是文学夸张手法）

她一听"报销"二字，风驰电掣地打了车回客栈，我也不知道刚开始出来怎么就打不到车。

我给客栈的文彩撒了个谎，不好说我贪图虚荣要住五星级酒店，只能说有个热情的朋友邀请我住她家，今晚就不回客栈了。感谢她的热情招待。她热情地说："好！"

这声"好"，让我心里一沉，我觉得对不起人家。人啊，这一生要撒好多谎哦。我眼前又浮现出她把箱子往楼上扛的样子，叹了口气，也不知道她的咳嗽如何了。

在办理入住的时候，小姐听我讲话是成都口音，她也是成都人，居然就帮我把"豪华间"直接升级为"至尊豪华间"。我就说嘛，果然世界知名的都是成都人开的。

豆豆飞快地带着我们的箱子就来了房间，简直110速度。但是她并没有表露太多，依然矜持地保持"大理莲华客栈"女老板以及资深微商的派头，安安静静上上下下把房间看了一个遍。

"都是同行，我也来学习一下人家的细节。"

她还开了视频，拍给驻守在大理客栈的男朋友涛哥看，拍了一整圈。涛哥在那边说："你们整得好哦，啥子酒店这么抖哦！"豆豆一个字一个字地说："瑞——吉。"涛哥说："啥子是瑞吉？"豆豆说："瓜娃子瑞吉都不晓得，是高级酒店！"涛哥哦了一声："非常高级吗？"豆豆很肯定地点点头："世界知名！全拉萨第一！"

然后她严肃地关了视频。然后她又飞快地收藏了所有一次性用具，只给我留了一双拖鞋。

我给她泡了一杯茶，用骨瓷红茶杯端给她。我在这里一点都不紧张，住了好几年了似的。她啧啧两声："你真的是你妈的女儿。"她的意思是，我和我妈都有一种莫名其妙的"腹有诗书气自华"的气质。尤其是我妈，不是去装修豪华的地方吃饭她都不愿意出门。作为一名曾经的乡村音乐教师，真的也是非常莫名其妙，估计上辈子我家是个大户人家吧，前世今生啊，毕竟来了拉萨了。不，这就是盆地狂想症。

无论如何，我从进这个房间那一刻开始，高反好了。然后慢条斯理地，听了一曲曾河的《楼兰散》。

曾河的《楼兰散》里有什么让我那么动心弦呢，我说不清楚，尤其是高反刚刚缓解的时候，脑子里更是不能多想，只是听，觉得和在杭州听的感觉真的不同。

为啥到拉萨能让人回到初心？可能就因为这里的氧气少，让人脑子转慢一点，自然杂念就少了？

为了纪念这一次听曲，我把在瑞吉酒店至尊豪华间里听的《楼兰散》称为《瑞吉散》。

豆豆能理解我听琴的感觉，是因为她也能有这个感觉。有一次我和小曾老师在成都一家茶楼的二楼雅间，小曾老师在演奏，豆豆来晚了，她在楼梯间听见这个琴声，说："老子脚都耙了。"

她什么感觉都有，就是不像我这样表达而已。所以，豆豆是和我型号匹配的变压器,我是高压电,她是变压器。

有首歌咋唱的喃:"变压器的天是明朗的天。变压器的人民好喜欢。"

此曲献给豆豆,献给我们无数次彼此通电变电输电的系列工作,有电就有光。

晚上,布达拉宫亮灯了。

豆豆说:"要不要上去看看?"我说:"好。"酒店六楼,就是下午喝茶的酒吧,此刻是观赏灯光布达拉宫的最佳位置。

又下雨了,夜晚的拉萨被雨浇湿之后,灯光更加流溢起来,但是,灯光中的布达拉宫并没有想象中的辉煌,像是一个什么广告布景。我们推开玻璃门走到酒吧阳台上,这样可以毫无阻隔地看到布达拉宫,希望感受能更好一点。

其实下午在这里看见布达拉宫的时候,不仅没有光,天空还是乌云密布的。灰蒙蒙的雾气让宫殿显得有些旧,四周拱卫着它的建筑也是旧旧的,但一片灰扑扑反而让布达拉宫比现在要巍峨和尊严。

阳台上还有几桌客人,边喝酒边赏夜色。一桌在谈旅游宣传,一桌在谈融资,还有一桌就一个人,是一个男人,端着一杯酒默默喝着。他很安静,戴着一副眼镜,像是旅途中一个孤独的人,这种孤独和安静让他有一种独特魅力。

豆豆给我努了努嘴,眨了眨眼睛:"长得如何?"我假装换个角度看布达拉宫,用余光瞥了一眼:"气质还可以。"

这时,一个穿得很清凉的浓妆女子推门出来,那位"孤独的旅人"对她挥了挥手。两分钟后,他们对着灯光布达拉宫亲昵相拥着谈笑起来。

豆豆懒懒地说:"走,回房间了。"我说:"好的。"当我推开房门的时候,说:"以后我们出来都住五星级要得不?"她摇摇头:"哪里有那么多报销哦。"我说:"我们自己就住不得啊?"她看我一眼:"还是肉痛。"

我打算洗澡,豆豆叫住我:"不许洗,你高反才好点。"然后她自己去了洗澡间,衣服都没脱就被浇得一身湿透,她怒气冲冲地说:"龟儿子,花洒太高级了,老子不晓得咋个用!"我笑得不得了,因为也差点被浇中,幸好跑得快!

我们收拾完,一人躺一张床,开始耍手机,都在逛淘宝。我把她手机拿过来:"我看看你的购物车喃。"她说:"我最近在看鞋子,有几双你帮我看下喃。"我看中了一双,符合她所有的要求,问她:"这双可以,你咋不下单喃?"她说再放放,等过几天打折。

我用自己的手机找到那家店,买给了她。她说:"送老子鞋子,喊老子走嗦,我购物车里还有贵的,你再送个贵的嘛。"我说:"我还有贵的呢。空了吹,睡觉。"

终于睡着了,没有梦,谈不上香甜,但是终于睡着了。第二天一早醒来,依然还有一点疲惫,好像走了很远的路,人是木木的。豆豆一大早就去吃早餐了,还给我发消息:"早餐巴适,把烟带上来。"

吃完早餐,就该收拾东西离开了。收拾东西的时候,才发现文彩给我们准备了很多很多土特产,各种牦牛肉、奶干啥的。箱子本来就重,这下更重了。

我买的各种抗高反的口服液太多了,都没用上,我说:"你们大理也是高原,你拿走吧。"豆豆看了一眼那些口服液,拿起最大的一瓶,一口气喝干:"带啥子带,难得背。"

这时有人发来消息,是诗友亚平,他也好像是通灵带电的人一样,没头没尾地来一句:"不要留恋,上飞机就睡。"我说:"好。"

阿钟发了一个信息:"一路平安。"我回:"感谢款待,你也平安。"

去机场的车是出租车,又破又脏,让人一举从"瑞吉"回到真实。司机还在半路载上了自己的孩子,司机为了答谢我们宽容他载自家孩子,说:"我车上可以抽烟。"

一路上,我真的没有什么留恋的感觉。我在朋友圈发了一段文字:"那些山就一匹又一匹从眼前滑过,仅仅是滑过而已。而蓝天,蓝得像是昨天一样,而昨天又像是前天一样。"

豆豆反而还拍了几张典型的拉萨蓝天白云,以及雅鲁藏布江发朋友圈。还配文:"拉萨,等我下次再来。"

很多年前，我也是坐车离开拉萨，和当时的朋友在车上，听到司机放《青藏高原》，我们要求他再放一遍这个歌，但怎么也找不到了，那时候还是磁带。

到了机场，豆豆的航班比我早，她先去搞定自己的登机牌，让我在一旁守着箱子。我看着周围的人匆匆忙忙，每个人都带着好多行李啊。我眼神又空茫起来。

豆豆办完手续，拉着我说："我先给你找个地方坐。"她拖着我往汉堡王走去，居然找到一个靠窗的位置，真是绝佳。我又开心了，外头还是群山和蓝天。这个位置真好啊！而且我们还有大概二十分钟可以待在一起。

她买了汉堡、薯条，还有可乐，她让我喝一口可乐，说是没加冰的。我摇摇头："嗯，不爱喝。"她说："你喝一口嘛。"我喝了一口，居然觉得还挺好喝。她就放心了一点，接着交代："一会儿我要先登机，你在这里坐到两点半，吃的就摆在面前，人家就不得赶你走。你上去过了安检，找个有插头的地方，把手机充上电，免得手机要没电了，到了杭州老九接不到你。听到没有？"

我嗯了一声，问："我们啥时候再去住高级酒店？"她叹口气："等我回大理把客栈卖了，这下就彻底可以想去哪儿就去哪儿。"我说："那以后出来带涛哥的话，我们两个就住不成一间了。"她又叹口气："买个车载帐篷，喊他住帐篷嘛。"

我又喝了一口可乐，几乎要破涕而笑。眼睛胀得难受。

豆豆说:"记住我的话了没有?"我不看她,低头看手机:"记住了,你快走,你走了我就啥都记得。"

她转身就走。

我拿着手机打出一行字:在拉萨。

去呼兰

上

我们是很早出发的,早上七点半去呼兰。从哈尔滨城边出发,坐的是中巴车,车上的人几乎都在睡觉。

我一路不眨眼睛地看,这条路也许萧红走过,她二十岁从呼兰逃出来,到哈尔滨。我现在从哈尔滨去呼兰,正好是个回程。路上的风景一定都变了,但路可能还是这条路,只是她没有中巴可以坐,一定走得慢而辛苦。

路上的风景,是大北方的初秋。太阳光已经很强了,一切都有太阳照着了,又闪亮,又新鲜。遇到低矮的老房子我就使劲多看两眼。老红砖房子趴在地上,趴久了,好像陷到地里了一节似的。几节小烟囱还举着,不知道在冬天那里还冒不冒烟呢？房子像小动物一样趴着，老得很了，却让人觉得还没有长大似的。路旁有铁道。

又要说一声，天真高啊，地又那么宽阔。真的，不知道是什么东西充满了这个天地，不知道是什么形成了这宽阔和高远。我忍不住想摸摸空气，觉得比南方的脆。阳光照着人，是晒，但不热，空气又凉爽爽的，脑子里想想些什么，想不深，也想不进去，只是傻乎乎地开心。

远处是一望无际的玉米地。玉米秆都长得非常高壮，左一个又一个的玉米孩子蹲在杆子上，等着人去摘下来。看到红红的玉米缨子，我想到萧红在《生死场》里写的王婆：

> 王婆穿的宽袖的短袄，走上平场。她的头发乱而且绞卷着，朝晨的红光照着她，她的头发恰像田上成熟的玉米的缨穗，红色并且蔫卷。

路上有开着电动车摆摊的。有卖芒果的，肯定是从南方批发来的，用塑料篮筐装得满满的，排成一排，芒果很大，落霞一样的黄中间红，颇有气势。老板是个很壮的女人，抱着大胳膊等人来。旁边是个卖玻璃水的男人，也不知道为啥有这个卖，一瓶一瓶就直接摆在地上。男人看看旁边的芒果，觉得自己的气势不够，又从车厢里拿了几瓶，排在地上。我觉得蛮好！好长一排！

一瞬间就只能看这么多，再看，他们都退成小小的影子了,车开得很快的。也不知道这一天下来,他们生意如何。

我一抬头,猛然看见前方路牌上写着"呼兰"的字样,心跳了一下,这两个字就那么随随便便印在蓝底的路牌上,字是白色的。

然后这两个字就到处都是了,甚至还有"呼兰河口",就那么大大方方出现了。刚进呼兰城,突然一声火车的长啸,呜——拉着长声,咔嚓咔嚓。我到处找古老一点儿的东西,比如大树、石头什么的,第一眼看见时,就想着她肯定也见过的。

路大大的直直的,都修起了高楼,一条条街都很短粗,一眼就看到头了,仔细看地貌还像是她文章里提到的那样,东二道街,西二道街。她说那时候的街道是"哑默"的,虽然现在没有那么哑默了,但是太阳高高这么一照着,树叶打得透透的,天又蓝得很,是有一种空旷和宁静的。

车上了大桥,桥叫作"呼兰河大桥",那么这个河就是呼兰河了。赫然一条大河啊,正是涨水期,河面宽大得像是长胖了。河堤上有人散着步,有闲散地走着的,有跑步锻炼的。两个老头叼着烟搂抱着、开着玩笑,虽然我听不见他们的话。他们推着电动车,往河堤上下来。

车驶入市中心,停在一个广场边上了。我一回头,在车边上挨着一个老院子,院墙围着,里面的房子是老平房,露出一个屋顶。我问车上的婷婷:"这里就是故居了?"她是个东北姑娘,睡了一觉,脸睡得红红的,回答我:"嗯呢。"我觉得呼吸哽了一下,停了一下,才呼出一口长气。是这里了。

我戴上帽子,下去。故居门口有个修车的老头,紧挨着售票窗口,他正在水盆里检查才补的内胎漏不漏气。我看了看他,我打算站一会儿再走。广场上有卖雪糕的,深绿色的老冰糕箱子搭着厚厚的棉被。还有好几堆老头,打扑克的、下象棋的,站着看的比玩着的更开心。我不知道为什么会突然看他们,而不是直直走向那故居。

附近有人在吹笛子,一串一串的音符像鸟飞着,飞向脆朗朗的上午的天空中。我打算先围着故居的外墙走走。整个故居是陷在一片高楼里的,四周都是高楼,故居像是碗里舍不得吃的那团肉丸子,静静待在碗底。围墙是新的,露出的房子也修过的样子。我想,她就在这儿出生的,又在这儿长到大。她那寂静的后花园,此刻和我一墙之隔。

我穿着皮鞋来回走在广场上,皮鞋咯噔咯噔,广场被晒得显得空旷。终于,逡巡了几圈,我走过去了。院子的大门上,挂着匾额,上书:"萧红故居"。大门紧闭着。

我看着这四个字,眼圈一下子红了。

这时候,一个小男孩拍着皮球笑着跳过来,看着我愣在大门口。他呵呵笑,一边拍皮球一边说:"进不去啦,周一闭馆。"

中

挑周一来,不是我疏忽,是跟着拍摄萧红纪录片的摄制组来的。大家为了萧红,天南海北地来这里。平日里,我哪里有这么多机会说起她呢,说太多了,周围的人也会烦的,所以我能不来吗,大家可以一起放开了说她,提到她的名字。

故居进不去,旁边的纪念馆能不能进,摄制组正在沟通。守门的老大爷非常严肃,说:"全国的博物馆都这样,都周一闭馆来着。"那意思是,我们这地方小,但我们和全国是一样的,东北话说起来响响亮亮的。我看着这么斩钉截铁的老大爷是畏惧的,要是自己来,他这么一说,我肯定就眼巴巴地站住了。

剧组的剧务小姑娘叫婷婷,很厉害的,三下两下就表明了来意,说:"我们和你们馆长打了招呼的。"

老大爷一听,又打了个电话确认,确实是有这么一回事。马上就笑着了:"你们几个人呢?里面不让抽烟的啊!"他自己站在大门口是抽着烟的,问完话,一丢烟头,正好起了风,烟头迎面就刮到婷婷面前,正好婷婷打着伞呢,挡回去了。大家哎呀呀一阵笑。头顶的太阳直射下来。

我们要拍的主题,是"作家桑格格浏览作家萧红的遗物和旧照"。那意思是,在镜头里,我要面色带着凝重和敬仰,看着这些关于萧红的遗物。

守门老大爷一听说了这么回事，马上变得特别殷勤了。尤其是刚才烟头差点不小心烫了婷婷，他带着歉意和热情："把灯都给你们开开啊！"

我今天穿了一身黑色的裙子，带着白色的小翻领，配了低跟黑色皮凉鞋。光是站着，就觉得很肃穆。我慢慢踱进纪念馆，迎面是一尊汉白玉的萧红塑像。她穿着旗袍，外面穿着半长外套，齐齐的厚厚的刘海覆盖在她鼓鼓的脑门上。我对她所有的雕像都没有太多感觉，因为不像她，她在我心里不是以雕塑的样子存在的。

雕塑右边的墙上，挂着印刷好的她的文字——

家乡是多么好呀，土地是宽阔的，粮食是充足的，有顶黄的金子，有顶亮的煤，鸽子在门楼上飞，鸡在柳树下啼着，马群越着原野而来，黄豆像潮水似的在铁道上翻涌。

现在正是枣儿成熟的季节，枣儿又甜又脆，可惜不能与你同尝。秋天到了！潇洒的秋风，好好玩味！

我一看就看进去了！想着现在就是秋天呢，我昨天也买了枣子吃的，真的是又脆又甜来着。她说："潇洒的秋天，好好玩味！"这个话说的，像是写了一封信给远方的儿时同伴，不仅要说这一句，还要说："来日方长。"

她的家乡，我也看见了，真的就与这文字一样一样的，鸡在柳树下啼,可不是嘛。可不是嘛,宽阔的土地,金子似的阳光到处都盖着呢。

我仰头看着。

摄影师布好机位了,导演告诉我从哪里入画,在哪里站定,带着什么情绪。走位的事情我都懂,小时候拍过很多猪饲料广告的,这一点我想还是不要告诉导演了。其实这样也好,拍着片子,隔着这些事情,让我也能情绪上有所抑制,不要一下子扑上去,嗷嗷哭,傻子一样。

我穿着低跟皮鞋和一身不常穿的肃穆的黑裙,啪嗒啪嗒,慢慢走过展柜,慢慢走过一幅幅萧红的旧照。导演说:"格格老师,你可以停留一下,对对对,观看的样子,走近一点,欸,对,可以举起手机拍一下。"

我就那么做的。

为了显得自然,我还真的去看那些东西,但看几秒,就不能看了,因为我就会忘记了自己在拍纪录片,就要看进去了。她的那些小手帕、小黑豆、梳子、印章、鲁迅先生送的相思豆、大红色的毛线围巾、带绒线球的毛线帽子(淡紫色的),让我沉浸其中。

展厅中央还有一对萧红和萧军的雕像,婷婷说:"这个真像!"我看了看,摇了摇头:"不,不像,萧军腿没有那么长。"说完就转身走了。

片子拍得很顺。基本上都是一条过,毕竟格格老师是拍过猪饲料广告的。只是最后,停在一张萧红单人相片前,格格老师又有点难受了。我很熟悉这照片,但是放这么老大挂在墙上,是第一次见。 那张照片是1934年萧红摄于青岛的樱花公园。她穿着旗袍,半长的格子外套,齐齐的厚厚的刘海覆盖在鼓鼓的脑门上,头发一边扎着一个,刷把式的。她那么年轻,说是个姑娘吧,又不是,是个孩子;说是个孩子吧,这一身穿得齐齐整整,大人才这么穿。

照片里也是现在这种天气,不冷不热,又有阳光,虽然是黑白色调,却能清晰看见光斑洒在地上、树上、萧红身上。可以肯定,那1934年的阳光和空气,也是爽洁的,刮来毫不黏腻。风把萧红的旗袍下摆撩开了一点点,露出了脚踝,她穿着一双平底的鞋子。她微微笑着,没有看镜头,她看着远方,又没有那么笃定地看,微微张开嘴,有点害怕似的,好像拍照的人对她说:"做个看远方的样子!这样自然!"她觉得不好意思,但是也那么做了。她的手还不知道怎么放,于是就插在外套的兜里了,就像我现在拍着这纪录片一样,也那么做了。

这张照片,我曾从一本书里小心地撕下来,用相框装了放在书柜里的。相框有一层玻璃,书柜又有一层玻璃,两层玻璃中,萧红在那里永远和书待在一起,怔怔地看着远方。平日里,我也不是常常想起她,但是每次在这书柜里取书,都看她一眼,站着待一会儿。

其实门口的雕像就是照着这照片雕刻的。但萧红一成了雕像,就没有这照片里那傻乎乎的、懵懵懂懂的、天真的神情了,就不是她了。

导演说:"好,拍完了,转场吧。"大家七手八脚收拾东西。大爷从外面进来:"好了吗?好了,我就关灯了。"

灯关了,展厅一片黑,那汉白玉的萧红静静站在黑暗中,我回头又看了一眼。

下

转场的下一站,就是去萧红的墓地了。

这次据说一共请了五位嘉宾,有的去萧红的故居拍,有的去萧红住过的旅馆拍,有的去她留影的大桥拍,而我,被安排在萧红的纪念馆以及墓地。导演说:"想让你去给萧红墓地献花,可以吗?"

我愣了一下,想了想,说:"可以,但是我怕我会哭,我这次来就是不想哭。"导演是位年轻的导演,他不太理解为什么我会哭,坦诚地说:"我人生中还没有遇到一个人,让我去墓地能哭,你能解释一下是为什么吗?"我嗯了一声,说:"可能是因为感觉到她替我活过了吧,比我自己的人生更深刻。"

说了这句话,导演哦了一声,但是我知道,这句话也不算一句很明确的解释。导演只是从职业角度觉得这句"她替我活过了",出现在节目里效果应该不错。

我开始担心起来,当着摄影机和那么多人哭,和一个人默默地哭，是两回事。回到房间，我从带的两条裙子中选了那条黑裙子，在此之前我不知道我要去墓地。

我穿着那条黑裙子站在酒店镜子前端详了一下自己，又傻又庄严。哈尔滨的夜晚，酒店的窗不能完全打开，我开了一条缝往外张望，天也不是纯黑的，是墨蓝色，很深很深的蓝色。烧烤的摊子旁霓虹灯红红绿绿，烟从那闪烁的红绿中冉冉升起。

第二天早起，也是七点半出发。

在车上才知道我还需要化妆。化妆师也很年轻，但眼神中已有专业人士的犀利，她轻轻托住我的脸审视："老师你平日不化妆吧。"我点点头。但是在颠簸的车上，我很知道怎么配合她，还是因为拍过猪饲料广告。但是最后上睫毛膏的时候，我说："可以不涂睫毛膏吗？"化妆师问："为啥呢老师？"我小声地告诉她："我可能会哭，睫毛膏会花。"化妆师不问为什么哭，她只是告诉我："这睫毛膏防水。"

离开故居广场之前，大家都很轻松，因为这项工作完成得很快。摄影师和灯光师都跑去广场中央的冰糕摊买冰激凌了，很便宜，一个球好像才三块钱，而且据说很好吃。冰激凌味道也多，有草莓味的、柠檬味的、酸奶味的。他们问我吃不吃，我坐在中巴座位上，带着化好的妆，轻轻摇头："谢谢，我不吃。"

导演也在吃，他吃的是原味的，一边吃，一边说："会吃的都吃原味，还是原味最好吃。"

我坐在座位上，微微笑了一下，我觉得他说得对。

车开了，从故居开出来，然后进了主大街，这条街叫萧红大道。一只白色的蝴蝶，从车窗边飞过，是最普通的那种白粉蝶，我每次看见这蝴蝶都觉得真是不太好看，萧红也是这么说的："蝴蝶有白蝴蝶，黄蝴蝶。这种蝴蝶极小，不太好看。好看的是大红蝴蝶，满身带着金粉。"

我知道她说的是什么。很奇怪的，别的作家写的什么，我会觉得好或者不好。但是萧红写什么，我的感受就是我知道，我全知道。是这样的，真的就是这样的。

那种大红带金粉的蝴蝶你们不知道吗？小时候看见没有觉得惊讶极了吗？当然了，那种蝴蝶太少了，而且飞得极快，根本是抓不住的，只能眼睁睁看着它一飞就飞不见了。

而黄蝴蝶，基本上就是这种白蝴蝶染了一点颜色，就像是原味冰激凌放了一点色素和香精，变成了柠檬味儿的冰激凌，但黄蝴蝶比白蝴蝶飞得稍微快一点。在漫长无事的童年，我看见一只黄蝴蝶也是很高兴的，比看见白蝴蝶高兴一些。

要说抓，还是这白粉蝶好抓，它傻乎乎的，追一会儿，一定能抓住。但是抓住的同时，也基本上会把它的翅膀弄碎，手指上粘着白粉，蝴蝶奄奄一息的，破碎的翅子再也飞不起来了。

我恍恍惚惚地想着蝴蝶。车继续开着。

一个穿着旗袍过街的老太太吸引了我的目光：她穿着红底黑花的旗袍，还戴着珍珠项链，手上居然拿着一个布做的手捏包，还有一束浅紫色的小花，非常像是民国的人物。陪着她的是个老头，就普通多了，穿了一件藏青色的便宜西装，皱巴巴的。过了街，站定了，那老太太还停下来帮老头子理了理衣领。他们是去哪里呢，拜客吗？

这好歹是呼兰城啊，是萧红的老家啊！瞧这讲究的老太太，在北京在杭州也是少见的。关键还不是穿着，关键是那把浅紫色的小花，这里是出这样的人儿啊。

我回头看他们一直在远处消失。

车开到西岗公园门口停了下来，这里距离萧红故居也就五六分钟的车程。这里真热闹，停满了车，挤满了人。公园里传来歌声"一条大河波浪宽"。一块古典大牌坊气气派派的，上书："西岗公园"。

摄制组人员先去踩点，让我在车上休息一会儿。中巴车上，瞬间就只剩我一个人了，司机也下去抽烟了。我待了一会儿，决定还是下去走走。

公园里都是唱歌的老头老太太，每个树荫或者亭廊下都有一群，唱着各自的歌。往里走，八角亭中的那一群居然还有管弦乐伴奏，是一把小提琴和一把圆号。他们演奏着《春风它吻上了我的脸》，前奏一过，一个穿着大红连衣裙的阿姨举着话筒就唱。我站住了，唱得很好啊。

我听了一会儿，慢慢又往前走了。北方的公园，只要树木一多，又不怎么修剪，长得茂盛处就像是森林似的。杨树高高的，叶片一面深绿一面灰，一阵风吹来，叶子哗啦啦响着。松树也大，枯掉的松针掉得地上厚厚的一层褐黄，踩着软绵绵的，又很干净。苹果树、海棠、山楂都有，它们在阳光下闪着光。都说这北方的天气，看着晒，但是一到树荫下立即就凉快了，其实北方的声音也是，别看刚才唱歌的人那么多，我往这树林茂盛的深处一走，那声音就像是掩上门似的，模模糊糊就剩一点了。秋虫叫着的声音倒是越响越大，还有蜜蜂嗡嗡的，像小绒线球一样，在空气里滚来滚去的。

虽然已经是秋天了，但树木都还没有露出衰败。唱歌跳舞的人们也点缀得这人间并不寂寞。

有一个穿着旧迷彩服的中老年男子，是公园扫地的，他一条腿瘸了，一边扫一边拖着那瘸腿慢慢走过来。走近了，我看见了他黑红的脸膛，脸上的皱纹很深，胡子拉碴。我问："您好，请问萧红的墓在哪里？"他立即指给我："那儿！您从这条道过去，或者你干脆走这个小坡，过去就是。"我说："谢谢。"

我远远地就看见了，那墓地很气派的。有大理石前碑，墓园是单独的高台，有着汉白玉的栏杆。一群花红柳绿的老太太在旁边扭着秧歌。

剧组打来电话："格格老师，你在哪里？可以到大门口来吗？"

我急忙往大门口去，大家都在等我。在大门口要拍的是我和节目主持人在大门口相会。按照纪录片的脚本，我和这位主持人之前就萧红的文字已经通过网络讨论很久了，我们相约来哈尔滨探访她的足迹。而今天，我和她约在这里，一起给萧红献花。

但事实上，我刚见到这位主持人，她是个漂亮的姑娘。她穿着棉质的玉兰色长裙，腰身婀娜。在别麦克风的时候，她帮我出了个主意，挂在了裙子不显眼的地方，我们这才第一次打了个照面。

开拍了，我捧着花走过去，她从对面走来。我们握手，她问："您刚到呼兰吗？"我把花别到一边，说："是，刚到。"握手的时候，我担心了一下，因为我的手很硬，怕拉着人家的手。我们并排往镜头纵深处走，一边走，她一边问："今天是专门来拜祭萧红吗？"我点点头："对，来看看她。"间歇了几秒，她又问："这次和上次你去广州看她有什么不同？"我捧着花，迈着客人般的步伐（因为我知道被拍摄），说："广州的墓园显得更冷清。"

这个见面的场景，各种原因拍了四五遍才过，刚才的这几句对话，我们说了四五次。调整候场的时候，我突然觉得很奇怪，很陌生，想不清楚，这是在干什么。好像连不远处的萧红也并不在那里似的。我看了看怀里捧着的这束花，扎得精致，沉甸甸的，是白百合和黄菊花，这两种颜色配在一起，像是一枚剖开的白煮蛋。

剧组请开了墓园前跳舞的阿姨们，只剩了两个老头在下象棋,因为在低处坐着,并不显眼。大家都有些累了,松松散散地搬着拍摄器材往墓园来。

机器架好了。导演说:"开始。"我和主持人慢慢走进画面里,阳光直射,路过墓碑时,我看了一眼。看的时候,我想,这是以前拍摄经验养成的加戏习惯呢,还是我真的想看这一眼。我不知道,可能都有。但是,这是萧红的碑啊。一想,我立刻知道,我是自己要看的。走上了台阶,导演本来只是说:"把花放在墓前,你们站定默哀一会儿就好。"

我站在那里了,弯腰把那束花放在墓前,花束挺重的,我没有立即直起腰来,就那么待了好几秒。主持人稍微有点不安,她不知道我在干什么。等我直起腰来,她就知道了,我流泪了,我还是忍不住,花一放下去,我就摸到了她似的。真的,这个世界上,只有两个地方和她最近了,但这里似乎更近一点。我颤抖着,却又还想控制自己。主持人抚摸了一下我的背,我的眼泪跌落在面前的石板上,我觉得很丢脸。依稀听着摄影师和导演往我们这边靠近了,我想,停下来吧,不要拍了,这不是预设的内容,应该停下来的。但是我也知道,机器没有停。

抬头看了看天,天好蓝啊,树又那么绿,透透的。我往后站了站,觉得脸很烫。这时,我应该和主持人说话,要不然她很尴尬。我颤抖着说:"你知道吗?这里才是她应该睡着的地方。广州太冷清了,这里是她的家。天这么蓝,她回家了。"主持人点头,她不知道该接什么话。我擦了眼泪,控制了一下声音,慢慢说:"在广州的墓地里是她的骨灰,而这里是她的一缕头发,头发是她完好的一部分。而这里的照片也像她,广州那个,完全不像。"主持人又点了点头。这时候,墓园旁边有人高叫:"将!"然后是一记响亮的啪——是那两个下棋的老头。

一只白蝴蝶飞来,忽悠悠的,在墓上停留了一会儿,又飞走了。这种蝴蝶在呼兰真的到处都是。

摄影机这时才停。大家围上来,导演说:"早知道格格老师真会哭,我就用纪实的拍法了。"剧务婷婷给我递上了纸巾,化妆师上来给我补了补粉。她看了看我的眼睛,说:"睫毛膏没花。"

然后,这个场景又拍了三次。后面的两次,我就没有哭了,花放下去,就是放下去,恭恭敬敬鞠三个躬,每次都是。然后我们两个人都静默地走下墓园,走出画面。导演说:"卡。好,拍完了。"

接下来,我就只剩玩耍了,立刻就把小皮鞋换成了球鞋。我也如释重负啊,我知道刚才哭成那样,会引得人窃窃私语,我现在更要显得并不在意似的。但愿看见我哭的人,早早忘记了,或者以为我是演着戏,演戏的人哭,并不丢人,那是一种工作,不是吗?

于是我们高高兴兴一起吃了小鱼贴饼子,柴锅烧大鹅。还去了哈尔滨中央大街买了马迭尔冰棍和红肠。

在回杭州的飞机上,我沉沉地睡了一觉。凉爽的哈尔滨好像根本没去过，只是一个梦。

　　第二天早上起来洗脸的时候，眼睫毛还支棱着，怎么搓也搓不掉。我看着镜子里的自己，突然就觉得，我有点老了。